Círculo Rojo

# Sebastián y la residencia de ancianos

# Sebastián y la residencia de ancianos

David Pomares Morón

Círculo Rojo
EDITORIAL

Primera edición: enero 2024
Segunda edición: octubre 2025

Depósito legal: AL 3168-2023

ISBN: 978-84-1199-920-5

Impresión y producción: Editorial Círculo Rojo

© Del texto: David Pomares Morón
© Maquetación y diseño: Equipo de Editorial Círculo Rojo
© Ilustración de portada: Ana Tejedor, Círculo Rojo

Editorial Círculo Rojo

www.editorialcirculorojo.com

info@editorialcirculorojo.com

Impreso en España - Printed in Spain

# AGRADECIMIENTOS

Doy las gracias a toda mi familia, que tantas veces me ha apoyado en cada uno de mis emprendimientos; también he tenido la suerte de tener a una madre entregada al máximo, dándolo todo a cambio de nada; a mi padre, que, a pesar de sus defectos, hoy estaría muy orgulloso de su hijo por haber sacado a la luz este libro.

A mis cuatro maravillosas hijas, Isa, Virginia, Laura y, la más pequeña, Sofía, a la que tanto tiempo le he robado. A mi querida Nadia, mi compañera de viaje en la vida.

A todos mis amigos, que siempre me han ayudado a seguir hacia delante y creído en mí. Al Capitán; a los hermanos Bolaños, Juan y Manuel; y en especial a mi amigo José; a mi antigua compi Esther por haber sido la primera persona en leer mi obra para evaluarla y hacer la consiguiente crítica constructiva.

Al equipo de la editorial Círculo Rojo por haberme editado este maravilloso libro.

Me gustaría nombrar a toda mi familia: hermanos, primos, sobrinos, titos y titas, al igual que a todos mis amigos, pero por suerte son muchos y necesitaría escribir otro libro para nombrarlos a todos. De todas formas, ya me conocéis.

Muchas gracias a todos.

# Prólogo

Siempre he admirado a los novelistas. Y quizás les envidie un poco. Sí, seguramente les envidio. Pero es que me fascina la manera de construir historias, personajes y situaciones tan solo con su imaginación, aunque se inspiren en alguna historia real. Son creadores de vidas, compuestas por letras en vez de por células, pero vidas, al fin y al cabo. Además, aunque nunca haya escrito una novela y mis viajes literarios se hayan dirigido más bien por las veredas del ensayo —mis escarceos con la ficción no pasan de un par de relatos bastante malos para antologías de ciencia ficción—, soy un consumidor adicto y compulsivo de ficciones literarias y creo disponer de un criterio bastante formado para valorarlas.

En cierta ocasión, el gran Henry Miller, padre de la contracultura estadounidense, dijo algo —o escribió— que desde entonces he tenido presente: «La mayor parte de la escritura se hace lejos de la máquina de escribir». Cuánta razón tenía. Escribir no es solo escribir, es mucho más, es la conclusión del cúmulo de saberes y experiencias vividas, y la especial perspectiva con la que ambos elementos, conocimiento y vida, se reinterpretan y se conjugan.

Por lo tanto, escribir, además de lo obvio, implica vivir, vivir de verdad, no sobrevivir en mundo alienante e inhumano; pero también contemplar y revisar la vida, tanto la nuestra como la de los demás, y, por supuesto, escribir es la forma en la que nuestras experiencias, reflexiones, sueños e imaginaciones se terminan convirtiendo en letras, palabras, frases.

Todo esto lo podrán encontrar en esta extraordinaria novela de David Pomares Morón, que podrán comenzar en cuanto este pedante prologuista les deje. Se trata de una historia humana, profundamente humana, cuyo contenido, claro está, no puedo desvelar. Ya me gustaría. Pero sí que me gustaría comentar algunas pequeñas cosillas que, a modo de reseña, le ayudarán a captar mejor lo que están a punto de leer. Eso sí, repito, sin destripar absolutamente nada.

Una buena obra de ficción debe construirse sobre una estructura que permita expresar a la perfección lo que se quiere contar. Viene a ser como uno de esos puzles de miles de piezas que, al formarse, permiten visualizar, por fin, la imagen prevista. En eso consiste el noble arte de fabricar ficciones. Y esto, sin duda, es lo que más impresiona de la brillante y compleja novela que tiene ahora mismo en sus manos. Es brillante porque su autor, además de contar una historia apasionante, coral y compleja, lo hace con un sentido del ritmo y de la estructura impecable.

Como debe suceder en una buena ficción, los personajes se van construyendo como un engranaje al que se le van agregando nuevas piezas, poco a poco, dosificada pero insistentemente. Y, como debe ser en una buena novela, se trata de personajes riquísimos, complejos, contradictorios, creíbles, realistas, vivos y llenos de historia.

David Pomares Morón va aportando y construyendo poco a poco los habitantes de esta trama, y lo hace con calma, con la precisa intención de que el lector vaya empatizando de forma paulatina con ellos y consiga comprender sus pensamientos, sus intenciones y sus complejidades.

Se trata, en resumidas cuentas, de una novela de personajes, pero también es una novela de espacios. Así, del mismo modo que construye a sus personajes con la fina y metódica precisión de un cirujano literario, los enmarca en unos contextos determinados que, como es lógico, influyen tanto en la historia como en los propios protagonistas y que nuestro autor describe con una precisión magistral, logrando que el lector sienta que está allí. Por supuesto, también ayuda el lenguaje cercano y realista que imprime en los personajes, que permite que el lector empatice con los habitantes de esta novela.

Además, como podrán comprobar, la obra esta repleta de sutiles pero necesarios y contundentes aprendizajes y reflexiones, como la importancia de cuidar y respetar el medio ambiente, lo esencial que resulta formarse no solo académica sino también humanamente, lo grande que es tener buenos maestros. Pero, sobre todo, muestra y evidencia de una forma preciosa el respeto que debemos tener a nuestros mayores. Sin ellos no seríamos nada.

Y también nos habla del amor, como no podía ser menos, aunque no solo del amor romántico, ya que también tiene aquí cabida el amor por la tierra, amor por el campo que propicia la vida, por la naturaleza que muchos, en este mundo cada vez más urbano y extraño, nunca conocerán en todo su esplendor; y el amor por el arte, como creación suprema de lo que realmente somos, humanos demasiado humanos. Pero también nos habla de otros sentimientos, como la tristeza, la nostalgia o la náusea existencial. Nos habla de las alegrías también, y de los siempre necesarios momentos de ocio y fiesta, pero también del llanto, de las dudas, de los miedos, de los momentos en que no encontramos sentido a esto de vivir. Nos habla de las heridas, pero también de las curas. Nos habla del tiempo perdido, pero también del tiempo que nos queda.

Sin más, les dejo con David, y con Sebastián, y con Mirabella, y con todos los habitantes de la Casa del Artista. No se arrepentirán de iniciar este camino.

Buen viaje.

ÓSCAR FÁBREGA

# INTRODUCCIÓN

El pensamiento humano, como la vida misma, siempre está cambiando. El arte, al igual que otras muchas cosas, también cambia constantemente. Por este motivo en especial y en este preciso instante hoy voy a comenzar la escritura de una historia, una historia llena de vida y de esperanza, la historia de un niño al filo de la vida y de la muerte, incluso antes de dar el primer suspiro, pero que con el tiempo y su infinita perseverancia iba teniendo cada día más y más suerte. Poseía un grandioso don: todo, absolutamente todo lo que veía, tocaba o sentía, lo convertía en arte, auténtico y sublime arte.

Aconteció en una pequeña aldea localizada al sur de Granada, en un lugar único y privilegiado, sobre todo por su ubicación geográfica y un clima excepcional, a tan solo quince kilómetros de la costa mediterránea, elevándose unos mil quinientos metros sobre el nivel del mar. Sus vistas eran celestiales. Precisamente en ese lugar se forjarían los cimientos de un genio del arte, de la invención y de la humanidad, cuyo nombre era Sebastián.

Le gustaba escribir, pintar, tocar el piano, el diseño gráfico, la arquitectura, la escultura e incluso la talla en madera, pero su gran virtud, por extraño que pareciera, era la humildad. Nació el 28 de abril de 2027.

Todo comenzó en la Navidad de 2026, con la visita de Luisa María a la aldea donde residían sus padres, Guillermo y María de los Ángeles, que como cada año por esas fechas esperaban con ansia la visita de su única hija. La tarde avanzaba con algo de frío y muchos nervios por ver a su hija, la cual poco a poco se había despegado cada día más de sus padres, algo mayores. Ella era una joven universitaria fracasada, de aspecto desmejorado y delgada en exceso, el pelo muy descuidado, y todo ello por culpa de la mala vida que había llevado en los últimos años en la ciudad. Escogió la ruta equivocada, la que transcurría por el camino de la maldición, las drogas y el sexo por doquier, alcohol, fiestas descontroladas, hombres que se distanciaban por mucho en edad y más historias turbulentas y oscuras que es mejor ni contarlas, y menos aún dejar constancia de su existencia con tinta sobre papel.

# Capítulo 1
# UN RETORNO DESPIADADO

Los huesudos nudillos de Luisa María golpeando la vieja y ruda puerta de madera de las de doble hoja y color marrón chocolate apenas si habían hecho un pequeño ruido, aunque sí lo suficiente para su madre, que miraba a cada instante la hora que marcaba el viejo reloj de pared del salón, en ese preciso instante que el antiguo reloj marcaba las seis de la tarde, hora en la que solía pasar el correo[1].

Cuando el temblor de cierto nerviosismo que desprendía María de los Ángeles de su cuerpo tenso y agotado llegó a la puerta de la entrada antes que ella, quiso abrir la puerta para poder verla, pero eso no sucedió. Tuvo que ser ella misma en cuerpo y alma quien le diera dos vueltas a la llave gigante, como no podía ser de otra forma, mientras su marido, Guillermo, se peleaba con unos troncos de almendro para encender el fuego del hogar y así mantener la casa cálida y acogedora. Hacía ya varios meses que no veían a su hija y nunca hubieran imaginado que la encontrarían en tales condiciones; claro que esta opinión se la guardaron para sus más profundos adentros.

—Por fin has llegado, hija. Cuántas ganas tenía de abrazarte. Entra, cariño mío, entra, que el frío está haciendo de las suyas.

---

1 Nombre que se le daba a la línea de autobuses provinciales desde tiempos inmemorables.

La hija, algo cabizbaja intentando hacer que surgiera una pequeña sonrisa de su rostro, algo que le costó un esfuerzo sobrehumano, preguntó:

—¿Dónde está papá?

Al parecer, su relación con su madre era más fría aún que la temperatura que hacía fuera de casa ese atardecer invernal.

—Está liado con el fuego del hogar, como de costumbre en estos fríos y húmedos días de invierno. La cena ya está preparada, pero antes date una ducha con agua caliente, que vienes helada.

—Sí, pero antes quiero saludar a mi padre.

—Por supuesto, hija, faltaría más.

Guillermo se incorporó girando el dorso hacia atrás, con un salto de alegría se dirigió con toda la energía que poseía para abrazar a su querida hija. Ella dejó caer el bolso algo sucio en el suelo y esta vez no le costó sonreír un poco a su padre, aunque, a decir verdad, tampoco fue para tirar cohetes; aun así, ambos se fundieron en un largo y cariñoso abrazo. En ese momento, la madre no sabía qué hacer ni qué decir, en lo más profundo de su ser reconocía que algo no habría hecho bien con su hija por ese extraño reencuentro; aun así, se mantuvo en silencio, esperando que la noche transcurriera con cierta normalidad.

Luisa María aprovechó la cena de Nochebuena. Justo antes de que sus padres se levantaran de la mesa para recoger y limpiar, soltó una insignificante tosecilla para comentar un tema verdaderamente crudo y bastante duro, tanto para decirlo como para ser escuchado.

—Padre, madre, he de contaros una noticia buena y otra mala al mismo tiempo.

Y el padre apuntó con audacia:

—Entonces empieza por la mala, así la buena noticia nos servirá de antídoto para el alivio.

Los tres se quedaron serios y sin palabras, sin ánimos de abrir el pico. El ambiente que llenaba el salón era tan espeso que se podía cortar con una espada. Pero, al cabo de unos arduos minutos, Luisa María sacó las pocas fuerzas que le quedaban de su corta y desastrosa existencia.

—Está bien, allá voy. Tengo una grave enfermedad en fase terminal y estoy embarazada de un niño. Ya está, eso es todo, y no me gustaría que pensarais que vine para daros lástima, sino que iba a abortar y una amiga me aconsejó que al menos lo intentara y os pusiera al corriente de mi nefasta situación. En pocas palabras, que os dejara al niño que llevo en mis entrañas como recuerdo. Al principio, ni siquiera se me pasó por la cabeza por vuestra avanzada edad y por vivir en este lugar tan apartado de la civilización, donde se encuentra esta pequeña y humilde aldea, aunque he de reconocer que mi niñez fue lo más bonito que me ha ocurrido en mi corta y densa vida.

Su madre se quedó, seria y callada. Su única manifestación a los acontecimientos fueron unas finas y espesas lágrimas que surcaban sus arrugas faciales. Al otro lado de la mesa, su padre, con los puños cerrados, se levantó al mismo tiempo que golpeaba la mesa de roble, maldiciendo al mismísimo diablo; pero enseguida abrazó fuerte y con toda la dulzura del mundo a su esposa. El abrazo duró unos cuantos segundos, el gélido silencio pareció haber absorbido la Navidad entera, pero ambos reaccionaron al ver a su hija sumida en un llanto ahogado, en lo más hondo de su corazón, con la cabeza apoyada en los antebrazos sobre la vieja mesa de roble, y se abalanzaron sobre ella para poder abrazarla y besarla, e intentar consolarla de alguna manera, y, por qué no, también de perdonarla. Al fin y al cabo, era su única hija. Qué otra cosa podían hacer.

—No te preocupes, hija, tu padre y yo haremos lo imposible para sacar adelante a esa criatura que llevas en tu vientre; pero tú te pondrás buena y te lo podrás llevar cuando estés recuperada de tu enfermedad.

Luisa María movía la cabeza de un lado a otro, con su rostro sumido en la tristeza más cruel y agonizante. La muerte la esperaba sin ninguna pizca de esperanza, corroborado por varios especialistas, según las últimas pruebas realizadas. Todos coincidían en que todo llegaría a su fin sin nada que poder hacer por lo inevitable, aunque, eso sí, con mucha suerte se podría salvar la vida del bebé.

—No lo entiendes, mamá, me voy a morir sí o sí. Como os he dicho, estoy en la fase terminal de la enfermedad, apenas me dan garantías de que el niño nacerá sano. Ya le dije a mi amiga que lo mejor que podía hacer era abortar y ni siquiera haberos contado esta historia tan desagradable.

El padre le contestó rotunda y decididamente, aunque con una voz dulce y sincera:

—No tienes que preocuparte de tu hijo todavía; además, nos quedan unos ahorros para poder darle de comer y unos estudios dignos, y gracias a Dios de momento estamos bien de salud para cuidarle y darle todo el cariño que se merece nuestro futuro nieto.

—Está bien, me alegro de que así sea llegado el momento —contestó la hija—. Cuando esté a punto de dar a luz, os lo haré saber para que así subáis a Granada, al Hospital Materno-Infantil Virgen de las Nieves, para poder recoger al bebé. Yo me quedaré ingresada hasta que ocurra lo inevitable, ya que en el parto perderé las pocas defensas que aún me quedan. En cuanto suba a la ciudad, me pasaré por Asuntos Sociales para que vayan preparando toda la documentación necesaria para la custodia del niño y así ahorrarnos más problemas de los justos y necesarios.

Su madre la volvió a abrazar con todas sus fuerzas al mismo tiempo que le decía:

—Tú no te preocupes de nada, hija mía, tenemos un antiguo amigo que es abogado y él en persona se encargará de todo. Tú aprovecha ahora para disfrutar de esta paz y tranquilidad, que aquí hay mucha. De momento, eso es de lo único que podemos presumir en esta aldea apartada pero acogedora.

—Pues, a decir verdad, pasaré unos días aquí para desconectar del bullicio de la ciudad y de tanta contaminación para disfrutar lo poco que me queda de estar junto a vosotros. De esa manera lograré llevarme conmigo el recuerdo reciente de los que serán los padres de mi hijo y míos a la misma vez. Vaya anécdota. —Se echó a reír de forma contenida.

—No te preocupes, hija. Quién sabe, lo mismo ocurre un milagro y os salváis los dos; incluso los mejores médicos a veces también se equivocan.

—Lo que tenga que ser será, mamá; además, soy consciente de que me lo he buscado yo solita, no puedo ni debo cargarle la culpa de mis actos a nadie.

El padre intervino para relajar el denso ambiente que allí se respiraba.

—Pues mañana mismo voy desalojando la habitación que tenemos como trastero para ir acondicionando un dormitorio como Dios manda. Y ahora vamos a dormir y dejar que los sueños hagan su trabajo, mañana hablaremos de cómo lo vamos a organizar todo.

Los tres se volvieron a fundir en un fuerte abrazo bastante extraño, lleno de melancolía y amor a la misma vez; seguidamente, todos se fueron a dormir.

Pasó la Navidad como una lanza atravesando el corazón de un animal salvaje.

Luisa María, que ya se encontraba ingresada en el hospital, no aguantó las complicaciones ni los fuertes dolores de parto. Por desgracia, los médicos tuvieron que practicarle la cesárea antes de que su corazón dejara de latir y así poder salvar al bebé. Guillermo y su esposa María deseaban que al menos se pudiera salvar al pequeño, puesto que lo de su hija lo tenían más que asimilado los últimos días. Los padres de Luisa María se mantenían erguidos ante lo que les iban a comunicar en cuestión de minutos cuando pudieron ver al doctor, que se asomó por el fondo del pasillo, que parecía interminable. Venía cabizbajo, sin dibujar ni siquiera una mínima sonrisa en su rostro, con una carpeta en sus manos llena de documentos.

# Capítulo 2
## EL NACIMIENTO

—Lo siento muchísimo, no hemos podido salvar a vuestra hija.

El doctor prosiguió con un suspiro sonoro a la vez que entrecortado. A pesar de que no era la primera vez que comunicaba la muerte de un paciente, no llegaba a acostumbrarse, y ante el dolor del matrimonio mayor que tenía enfrente, hizo un esfuerzo mayúsculo para poder mantener la compostura y al mismo tiempo comenzó a abrir la carpeta llena de documentos. Enseguida se la pasó a la enfermera, la cual estaba en la retaguardia. El doctor cogió fuerzas para seguir con su guion.

—Pero sí hemos podido salvar la vida de vuestro nieto. De veras, siento muchísimo lo de su hija, todo se ha complicado en demasía. Lo siento de todo corazón.

Guillermo y su esposa se ataron fuertemente el uno al otro aguantando como podían el llanto ahogado, tanto que se tragaban sus propias lágrimas saladas, inclusive la culpa. Ni siquiera la noticia de que el bebé se había salvado les pudo arrancar una pequeña sonrisa. Después firmaron el acta de defunción de su desgraciada y única hija en un documento, y en otro, la guarda y custodia de su recién nacido nieto a la misma vez, sin apenas poder leer lo que había escrito en los documentos. La enfermera que ayudaba con el papeleo le tocó el hombro al matrimonio, un gesto de agradecer en momentos como este, para que estos se calmaran y sintieran el más mínimo calor humano, la misma que no pudo contener por más tiempo las lágrimas, tanto que el llanto le goteó en varios folios, al mismo tiempo que le pedía perdón al doctor, sin tener por qué.

—Su hija dejó por escrito con su puño y letra que la incineraran —inquirió el doctor, al mismo tiempo que se despidió de unos padres abatidos por el dolor de tal desenlace, los mismos a los que tan solo les quedaron fuerzas para asentir con la cabeza y no soltar palabra alguna.

La enfermera los arropó y seguidamente los acompañó a que se sentaran en la sala de espera hasta que pudieran poder ver al recién nacido. Al cabo de una hora, sonó por los altavoces una voz femenina, avisando a los familiares de la criatura recién venida al mundo, para tan solo poder verla a través de los cristales, puesto que debía permanecer unos días en el hospital para hacerle las pruebas oportunas por todo lo ocurrido con la progenitora.

A la mañana siguiente, se llevaron consigo las cenizas a la aldea para así poderle hacer una misa como Dios manda en la pequeña ermita donde estarían arropados por todos y cada uno de los vecinos.

Al cabo de unos días, Guillermo y María de los Ángeles regresaron a la ciudad de Granada, dirigiéndose directamente y sin hacer ninguna parada por el camino, hasta llegar al Hospital Materno-Infantil Virgen de las Nieves para hacerse cargo del pequeño e indefenso nieto, llevándolo a la aldea, donde apenas vivían unos cuantos ancianos jubilados, a las afueras de la Venta del Haza del Lino, que era el nombre de la pequeña aldea.

# Capítulo 3
## LA RESIDENCIA

En una llanura de unas veinte hectáreas aproximadamente, justo en el centro de la finca que lindaba con los recién convertidos en abuelos Guillermo y María de los Ángeles, se podía apreciar con claridad a lo lejos un antiguo monasterio reconvertido y acondicionado en una rústica y lujosa residencia de ancianos, la misma que poseía una excepcional peculiaridad, pues la mayoría de los ancianos que allí residían eran antiguos genios y artistas, o por lo menos en alguna época de sus largas vidas lo habían sido.

La mayor parte de ellos sufrían alguna enfermedad, tal como párkinson, alzhéimer o cualquier otro tipo de enfermedad, alguna discapacidad física o mental; aunque por suerte algunos de ellos todavía conservaban su cabeza en perfecto estado, pudiendo elegir el estar en una residencia acechada por el mundanal ruido y bullicio de las grandes ciudades o, por el contrario, en un bello y único lugar recóndito, rodeado de un bosque milenario, donde abundaban los alcornoques con unas impresionantes vistas a Sierra Nevada y al mar Mediterráneo. Desde el mismo porche que se alzaba metro y medio del terreno en días muy claros se podían apreciar las costas del norte de África.

Rodeado de un pequeño arroyo que transcurría a espaldas de la residencia por la cara norte, casi todos los inviernos solía nevar; a pesar de ello, las temperaturas no llegaban nunca a ser extremas.

Algunos de los ancianos renunciaban a la solitaria vida que solían llevar en los centros de las grandes urbes, donde, a pesar de tener varios centenares de miles e incluso varios millones de habitantes, la soledad era aún mayor. Por este motivo anhelaban poder vivir en una casa de campo rodeada de árboles, animales, algún riachuelo, y también, cómo no, poder respirar un aire puro y enriquecedor.

De manera que muchos artistas y genios, cansados y asqueados del bullicio, las aglomeraciones y de tantas parafernalias innecesarias, elegían esta maravillosa residencia cuyo nombre no podía ser otro que la Casa del Artista.

La mayoría de las habitaciones disponían de unas magníficas vistas al mar en la lejanía y otras al pequeño riachuelo, cuyo cantar de sus aguas servía de musicoterapia.

En la residencia no existían vallas de ningún tipo, tan solo unos setos bien alineados y celosamente cuidados que iban a morir a los pilares de ladrillos de la puerta de entrada, por donde se podía acceder con cualquier tipo de vehículo, por grande que este fuera. Tan solo se erigía una grandísima cancela de hierro forjado, dibujando unas ramas con sus flores, todo de color negro y verde. Sebastián, ya desde muy pequeño, correteaba por los magníficos jardines de la residencia, que se entremezclaban con los grandes alcornocales y arbustos típicos del bosque mediterráneo.

El bosque rodeaba la Casa del Artista. El pequeño Sebastián se sentaba junto al primer anciano que se encontraba en el camino y lo atiborraba a preguntas; tan grande era su curiosidad como fascinación por el arte. Los pintores se dedicaban durante varias horas al día a pintar por los alrededores de la residencia con sus antiguos caballetes transportables; algunos eran dignos de estar expuestos en algún museo de antigüedades.

# Capítulo 4
# EL PRIMER MAESTRO

**D**on Luis Gasquet era uno de esos pintores de renombre y fama a nivel internacional, el mismo que aún no quería renunciar al encanto de sus pinceladas a pesar de estar postrado en una silla de ruedas y contar ya con una edad considerable, aunque nada de esto le hizo perder la ilusión y el amor al arte. A Sebastián le gustaba ver con qué maestría manejaba don Luis los pinceles y las paletinas, prácticamente era con quien más tiempo pasaba. El pequeño le ayudaba vaciando los tubos de óleo en una pequeña tabla adaptada especialmente a su silla de ruedas. Don Luis le enseñó cómo mezclar todos y cada uno de los colores para así obtener el tono de pintura más adecuado a cada pincelada. Ya por entonces Sebastián contaba con apenas cinco años de vida.

Cuando el pequeño Sebastián vio por primera vez a don Luis pintando en su silla de ruedas, el cual estaba en una apacible llanura rodeada de grandes y frondosos árboles junto a un pequeño riachuelo que tan solo se separaba unos cien metros de la residencia, se le acercó igual que una gacela, con audacia sigilosa, preguntándole:

—Hola, señor. ¿Me puede decir usted qué pinta y por qué lo hace?

El anciano se volvió hacia la pequeña criatura con la cara risueña, llena de luz y alegría. Este le contestó con agrado y aplomo:

—Pinto árboles, porque es lo que más he pintado en mi larga vida como artista, prácticamente desde que tenía tu misma edad, jovencito. Ellos son más importantes de lo que la mayoría de los seres vivos piensan, no solo renuevan y purifican el aire que respiramos cada día.

En ese preciso momento en que el anciano necesitó tomar aire para poder respirar de nuevo, el pequeño le interrumpió sin maldad alguna.

—¿Y para qué sirven los árboles y las plantas?

—Pues, además de ser uno de los culpables de que exista la lluvia, enriquecen la fauna y la flora, son responsables de purificar el aire que respiramos; aparte de estas virtudes, al mirarlos, nos transmiten un sinfín de buenos pensamientos armoniosos, llenos de energía, alegría y un bienestar especial de forma celestial.

El pequeño se quedó firme, inmóvil, asimilando toda la información que acababa de engullir en su recién creada memoria sin decir nada al respecto. Se despidió del maestro marchándose pensativo y despacio hacia la casa de sus abuelos, deseando contar a sus padres-abuelos todo lo que había aprendido esa tarde junto al anciano pintor. Esa misma noche apenas pudo conciliar el sueño, toda clase de ideas se le pasaban por su tierno cerebro. Soñó que hablaba con los árboles como si fueran personas de carne y hueso, incluso se reía con ellos. Precisamente en ese sueño, el pequeño se encontraba ante un lienzo en blanco de grandes dimensiones y con el pincel en la mano derecha y la paleta en la izquierda se disponía a pintar un viejo árbol testarudo que no paraba de mover sus grandes ramas, para que el pequeño Sebastián no pudiera pintarlo. Cuando despertó, se dijo a sí mismo que su primer cuadro que pintara debía ser un árbol.

A la mañana siguiente, sentado frente a sus abuelos con el vaso de leche abrazado por sus pequeñas manos para calentárselas, les contó el sueño del árbol parlante y rieron en armonía. Su abuelo Guillermo sujetó la mano de su esposa, se sentía orgulloso y feliz por poder disfrutar de su nieto, tan especial. Aunque el dolor de la muerte de su joven y única hija no pudiera desaparecer del todo, al menos menguaría. María de los Ángeles le leyó los pensamientos a su esposo; aun así, siguió disfrutando del sueño que en ese momento les estaba contando con ansia y esmero su nieto. La magia y la alegría no se podían romper en absoluto por nada del mundo.

Entre los ancianos de la residencia se encontraba Ismael Rodríguez, un poeta mexicano que contaba con unos ochenta y cinco años de edad. A pesar de que los últimos treinta años había residido en Barcelona, él también había elegido este maravilloso y único lugar para pasar sus últimos años de vida. Con él Sebastián aprendía juegos de palabras en un banco de madera que custodiaba a un bicentenario alcornoque en la zona oeste de la residencia. A pesar de su edad, Ismael Rodríguez no padecía ninguna enfermedad severa, tan solo el cansancio de una vida ajetreada y la desafortunada vivencia de una guerra civil. Cuando apenas contaba con dieciocho años, tuvo que alistarse en el ejército sin más remedio, y fue destinado a la sección de telecomunicaciones y escritos de los altos mandos. Cuando por fin finalizó la guerra tras tres arduos años, se marchó a EE. UU. para proseguir con sus estudios literarios y trabajar por las noches en algún club de la ciudad de Nueva Orleans haciendo monólogos poéticos y de fantasía. Quince años más tarde, ya convertido en un afamado escritor con varios títulos ya publicados, los cuales obtuvieron muy buenas críticas, algunos premios de relevancia y muy buenas ventas, regresó a su país para quedarse en la tierra que le vio nacer, siempre que podía, ejerciendo lo que mejor se le daba, que era escribir y más escribir.

Por aquella época, México estaba algo repuesto de la guerra, aunque todavía quedaban algunas secuelas de inseguridad e injusticias, por lo que, después de diez largos y angostos años transcurridos desde su regreso, decidió marcharse de nuevo, esta vez a Europa, harto de tantas zancadillas más la dura represión que le ahogaba a la hora de publicar sus libros por parte de las autoridades culturales del corrupto gobierno, digno de una auténtica dictadura encubierta, como en tantos otros países del planeta.

Praga fue precisamente el primer destino europeo que eligió, quedando prendado de tanto arte que se podía admirar, sentir e incluso respirar en cualquier rincón de la ciudad. Por ello se animó a instalarse allí durante algún tiempo. Apenas transcurrido un mes, tuvo la suerte de conocer a Yaqueline, una bellísima y joven francesa que estaba terminando sus estudios de Periodismo Histórico y Artístico. En esa época, él ya contaba con 44 años, fue un auténtico flechazo, y apenas transcurrieron seis meses cuando decidieron casarse en una de las más de cien iglesias y templos religiosos que existían en la ciudad de Praga, cerca del río Moldava.

La joven Yaqueline hacía poco que cumplió veintitrés años y estaba cursando el último año de carrera para lograr el título de Periodismo de Investigación de la Historia del Arte Arquitectónico. Veinticinco años más tarde se trasladaron a Barcelona. Al poco de residir en la Ciudad Condal, una tarde cálida y húmeda paseando juntos por la Rambla de las Flores, cogidos de la mano, la hermosa Yaqueline sufrió un ataque al corazón, desplomándose sobre las viejas baldosas gastadas por el paso de los años, sin nada que se pudiera hacer para poder salvar la vida de esta. Aquel fatídico día del fallecimiento de Yaqueline, la tristeza y la soledad invadieron la vida de Ismael Rodríguez, bajando los niveles de ganas de vivir a lo más profundo de su universo interior. Por desgracia, no pudieron concebir un descendiente. Él se atrincheró en su piso céntrico, cerca del Barrio Gótico, hasta que por suerte uno de los días se atrevió a pasar por una antigua cafetería donde solían charlar algunos artistas y bohemios de la época.

Algunos viejos amigos de juventud residían en Barcelona, ya que de sobra es conocido que era una ciudad de moda y vanguardista. Había artistas de todos los confines. En una de esas tertulias, escuchó hablar de la residencia la Casa del Artista; por suerte para él, esta se ubicaba en una comarca de la sierra de la Contraviesa, históricamente sierra del Cehel, al sur de la provincia de Granada, en la cual ingresaban célebres artistas, incluso científicos, de todos los rincones de Europa y países más lejanos, reconocidos en casi todo el mundo.

También cabía destacar que no todos eran famosos mundialmente; algunos eran artistas locales y humildes. En el fondo, todos lo eran por el solo hecho de coincidir en esta maravillosa residencia, fuese cual fuese su estatus social y económico. Allí dentro eran tratados todos por igual.

Ismael Rodríguez decidió donar parte de su fortuna a varias ONG, dejando una buena reserva para el pago mensual de la residencia. Cuando conoció a Sebastián, volvió a encontrarse consigo mismo, resurgió de los infiernos y la inspiración resucitó de su largo letargo, descubriendo en el pequeño al hijo y nieto que no pudo concebir, derrochando en él toda su sabiduría y cariño, sin dejar nada en el baúl de los recuerdos.

Le dedicó todo el tiempo posible para enseñarle todo lo necesario para que algún día se pudiera convertir en un buen escritor.

Pasaban los días, las semanas, los meses, y Sebastián no cesaba de crecer física e intelectualmente. Se había convertido en una auténtica esponja de sabiduría. Qué duda habría de que algún día el jovencísimo Sebastián se convertiría en unos de los genios que el hombre había conocido hasta la fecha, pero todavía quedaba un largo y difícil camino por recorrer por parte del pequeño Sebastián.

Un filósofo hindú, apodado el Trotamundos, que viajaba a España al menos dos veces al año para dar alguna que otra conferencia en las mejores universidades del país, se enamoró especialmente de Andalucía. Ya cuando contaba con una edad avanzada, pensaba en instalarse en algún rincón de la geografía andaluza, sobre todo que fuera tranquilo. Su vida transcurrió de un país a otro y hasta ese momento había tenido una apretada agenda. Le faltaban semanas para cumplir los 75 años de edad y también escuchó hablar de la Casa del Artista en una cafetería de un céntrico y lujoso hotel en Granada en cuanto terminó de dar una conferencia en la Facultad de Filosofía y Letras de esa ciudad tan maravillosa que es Granada. Por casualidad, era la última que le quedaba en su agenda por decisión propia, no por falta de clientes. Por ello comenzó a mover los hilos que conllevan los trámites de admisión en la residencia después de una visita a la misma, donde tuvo una larga y tendida entrevista con el director del centro residencial. El filósofo hindú quedó prendado del lugar y del paisaje, coincidía con la idea que él tenía en mente. Sí, en efecto, ese era el emplazamiento en el cual pasaría los últimos días de su vida.

Sebastián, cuya vida no había comenzado como un camino de rosas precisamente, ni siquiera llegó a conocer a su madre, y menos aún a su progenitor, cualquiera que hubiese sido este; por suerte, su madre lo dejó a muy buen recaudo con los abuelos y la cercanía que había de la casa de sus abuelos a la residencia, o sea, a la Casa del Artista. Fue lo mejor que le podía haber ocurrido después de tanta desgracia.

El tiempo transcurría apacible pero muy rápido, sobre todo para Sebastián. Llegó el día de su sexto cumpleaños y con ello también llegó el momento dichoso de pensar en inscribirlo en un colegio para que pudiera comenzar el próximo curso, y el colegio más cercano se encontraba a casi ochenta kilómetros y a unas dos horas en coche, por lo que Sebastián debería quedarse a vivir en la residencia de dicho colegio de lunes a viernes.

Cuando llegó el día en el que el pequeño Sebastián debía ingresar en la residencia del colegio, he ahí el problema, los abuelos intentaron dejarlo varias veces, pero el niño se escabullía de la profesora y se agarraba fuerte a la abuela y al mismo tiempo llorando como si fueran a dejarlo en un matadero, de tal manera que, visto lo visto, decidieron llevárselo de vuelta a la aldea. El abuelo expuso:

—Es demasiado pequeño para sufrir tanto, esperemos un par de años más para que al menos comprenda que tarde o temprano deberá ir al colegio para estudiar.

Todos los presentes estaban de acuerdo con la decisión.

Transcurrieron dos lustros, como si de varios meses se tratara, y un día de mayo se sentaron los tres únicos miembros de la familia para hablar de los estudios. Era domingo, los abuelos le recordaron a Sebastián que algún día debían matricularlo en algún colegio; de lo contrario, podían tener problemas con el defensor del menor y Asuntos Sociales; a lo que el niño contestó:

—Abuelos, ya tengo ocho años, ¿para qué me voy a matricular en un colegio y estar lejos de mi única familia de verdad que me queda? A un paso de nuestra casa tengo a unos de los mejores maestros de España y otros países, como don Luis Gasquet, para Pintura; don Ismael Rodríguez, de Poesía y Literatura; incluso a uno de filosofía hindú, apodado el Trotamundos, como lo llaman todos; también a la profesora de Piano, una mallorquina llamada Esther; y no solo eso, sino que también a menudo van viniendo nuevos, algunos científicos, otros de escultura. Mañana hablaré con don Luis, seguro que me puede ayudar y aconsejar. Deberá de tener algún contacto para que me dejen estudiar en la residencia de ancianos y así no tener que alejarme totalmente de vosotros ni de mis amigos los genios. ¿Qué me decís, abuelos?

El primero en contestar fue el abuelo:

—Pues que, para lo enano que eres, te has explicado demasiado bien y con bastante claridad. Por ese motivo, y sin saber la opinión de tu abuela aún, te doy toda la razón del mundo; y tú sí que eres un genio. Además, a mí tampoco me hace gracia tener que dejarte toda la semana en un lejano colegio, encerrado con gente extraña.

La abuela se quedó estupefacta y no le quedó otra que la de asentir con la cabeza y, apartando su silla de anea de la mesa camilla cubierta por un mantel de flores de tulipanes, se dirigió a los dos diciendo:

—A ver cómo podemos solucionar el tema del colegio, si es que esto tiene algún tipo de arreglo.

—Además de leer perfectamente; hacer cuentas de todo tipo; la pintura, que también se me da muy bien gracias a mi maestro preferido; con vosotros disfruto cada día de mi vida, escribo, leo; por no hablar de la comida tan sabrosa que preparas, abuela María, con tanto amor.

# Capítulo 5
# LAS DESPEDIDAS

El pequeño Sebastián pronto cumpliría nueve años y ni siquiera se planteaba ir a ningún colegio; de momento, claro. De momento lo que quiere es seguir aprendiendo más y más de sus místicos maestros. Pero a Sebastián le ocurría algo extraño, no comprendía, o puede que no quisiera comprender, por qué, cuando ya hacía una gran amistad con un maestro y le tomaba cariño y afecto, en uno de esos días que quedaba para una lección de aprendizaje, él acudía derrochando energía por los cuatro costados al banco de madera del jardín donde hubiesen quedado el día anterior y el anciano profesor con el que había quedado no aparecía. Cuando pasaba un rato y no aparecía nadie, él, algo decepcionado, se dirigía a la recepción del centro a preguntar por qué su maestro no había salido ese día al jardín y con mucha delicadeza le daban la mala noticia. Por ejemplo, que don Fulano o don Mengano se había ido de viaje para no volver jamás a la Casa del Artista, o que se había marchado a un país muy lejano, y frases muy similares. El pequeño Sebastián se marchaba triste y cabizbajo a casa de sus abuelos. Hacía falta que transcurrieran varios días al menos para recuperarse. Él se mostraba decepcionado y sin ganas de ir a ningún lugar, sobre todo a la residencia, a pesar de tener a todos los demás maestros a su entera disposición, los mismos que siempre estaban dispuestos a seguir enseñándole y apoyándolo en todo lo necesario para que el chiquillo saliera adelante.

Al cabo de unos días, cogía fuerzas y volvía a las andadas, reanudaba las charlas con todos como si no hubiese pasado nada. A pesar de su corta edad, sabía que la vida no podía ser de otra forma. Para que vinieran nuevos maestros, otros debían partir hacia su último viaje. En estos duros momentos al primero que acudía era al descendiente de Osho, que fue un afamado escritor y filósofo hindú a finales del siglo XX, que además dejó entre otras cosas una sociedad benéfica y un gran número de libros didácticos y de autoayuda.

Trotamundos era como se hacía conocer en la residencia, pero su nombre verdadero era Ram Osho. Charlaban horas y horas, sentados en una bonita roca junto al pequeño riachuelo, la misma que tenía forma de un sofá *chaise longue*. Cada tarde que los dos se reunían, Sebastián regresaba lleno de energía positiva para no perder la fe en seguir aprendiendo y amar la vida, la naturaleza y a las buenas personas.

Por aquel entonces, él comenzaba a ayudar a su abuelo en una pequeña huerta que había justo a la espalda de la casa, donde sembraban para comer sano, rábanos, cebollas, habas, guisantes, también tomates y más verduras y hortalizas totalmente ecológicas; además, cuidaban un pequeño jardín cargado de todo tipo de plantas con flores multicolores como tulipanes, orquídeas, gardenias, rosales, patos y algunas más especies traídas de otros países.

# Capítulo 6
## INTERCAMBIO DE FAVORES

En la Casa del Artista existía un espectacular piano Royale negro azabache, tan bien cuidado que uno se podía ver reflejado en él, sobre todo la pianista anciana y mallorquina llamada Esther. Lo acariciaba como si de un ángel se tratara; tanto era así que, cuando ella se inspiraba, componía sus propias melodías con un gran sentimiento lleno de alegría y de tristeza a la misma vez, algunas veces con una copa de balón en la mano que contenía un poco de brandi. Aunque tanto los médicos y los enfermeros se preguntaban cómo demonios conseguía la señora Esther el brandi dentro de la residencia (eso sí, el día que la pillaban, porque era astuta al máximo) con los controles tan exhaustivos que el centro tenía con todas las visitas, en cuanto se daban cuenta, estos con autoridad y comprensión infinita le sustraían la copa, en la mayoría de las veces ya vacía.

Cuando la señora Esther se encontraba con las suficientes fuerzas, tocaba algún tema, solo cuando se veía llena de vitalidad. La sala principal y la más cercana se paralizaban sin más para oírla y no entorpecer las dulces y melancólicas melodías, tanto sus compañeros como el personal, y casi siempre daba la casualidad de que Sebastián se encontraba en alguna esquina intentando pasar desapercibido, o sea, que pueden imaginarse quién suministraba el brandi a la pianista, ya que, con el ángel que el chico desprendía en su rostro y su mirada, a ningún guardia de seguridad se le pasaba por la cabeza registrarlo cada vez que entraba en la residencia. Ese contrabando de brandi comenzó el primer día que se conocieron. Una de esas tardes de invierno en la tranquilidad de una puesta de sol, la pianista estaba afinando el piano Royale y observó cómo le escuchaba con suma atención el pequeño sin querer molestarla. En ese momento, ella hizo un gesto de acercamiento con su rostro y una intensa mirada.

—¿Te gustaría aprender a tocar el piano, jovencito? —le preguntó misteriosa y tímidamente en voz dulce y suave como para no espantarlo.

—¿De verdad me está usted preguntando si quiero aprender a tocar el piano? ¡Claro que sí!

—Pues el próximo día que vengas, me traes esta pequeña petaca. —En ese momento abrió su enorme bolso, que siempre la acompañaba—. Seguro que tu abuelo tiene en algún lugar escondido alguna botella de coñac o brandi. Tú busca en las puertas que tengan cristal, debería de tenerla por ahí.

Él aceptó la propuesta en forma de misión y ella prosiguió con su plan explicándole con todo tipo de detalles:

—A ti seguro que no te registran. De momento, tómalo como un intercambio, pero no se lo cuentes a nadie o me pondrás en apuros. A todo esto, ¿cuál es tu nombre?

—Sebastián —le contestó algo gélido y preocupado por dicha encomienda; además, ella había escuchado hablar bastante de él, sabía dónde vivía y con quién, también su nombre; pero se hizo la inocente para ganarse su confianza.

—Muy bien, Sebastián, encantada. Yo me llamo Esther y soy de Mallorca. Pues ya sabes, mi querido joven amigo, cuando quieras que te dé alguna clase de piano, me traes la petaca de brandi y comenzamos con las clases.

Él se despidió algo receloso y pensativo, mirando hacia ella varias veces hasta perderla de vista.

Aunque dijera que sí al trato que le propuso la pianista, esa noche apenas pudo pegar ojo pensando en cómo diablos le iba a poder sustraer el brandi a su abuelo, suponiendo que tuviera alguna botella guardada en algún sitio, para que la abuela María no se percatara de dicha existencia. Él de sobra sabía que debía de actuar con gran cautela si quería aprender a tocar el piano de manos de una gran maestra y no se podía permitir el lujo de perder esta gran ocasión, si de verdad se quería convertir en un genio. Debía de ser consciente que tenía que pagar un alto precio en caso de que lo pillaran infraganti, no le quedaba otra, pensaba para sus adentros.

# Capítulo 7
## EL VIEJO GRANERO

A pesar de que no tenía padre ni madre, Sebastián tenía casi todo lo que un niño de su edad podía desear, ya que sus abuelos lo estaban criando con tanto amor o más si cabe que el de unos padres. Los pocos vecinos que vivían en la aldea también le daban todo el cariño y amor posibles, y no solo por el hecho de ser huérfano de padres, sino por su carisma y humildad, que desprendía por los cuatro costados.

Su abuelo disponía de un pajar muy grande, pero algo descuidado por caer en desuso, y sin que el joven sospechara nada, querían darle una sorpresa para su cumpleaños. Contrataron a un albañil y a un carpintero de la zona para reformarlo y convertirlo en un amplio estudio con un buen escritorio y, cómo no, un par de buenos caballetes, puesto que los abuelos habían observado que, de todas las artes que estaba aprendiendo, la que más le gustaba y con la que más disfrutaba era la pintura. El abuelo Guillermo no escatimó esfuerzo alguno, además de rascarse a base de bien el bolsillo, para que el viejo y descuidado granero quedara irreconocible. Sería una gran sorpresa; además, también contaba con unos grandes ventanales y unas espectaculares vistas al mar en la lejanía y a unos viñedos, mucha luz natural y rodeado de una tranquilidad sin igual.

Este sería el regalo del noveno cumpleaños, para ser más exactos, el 28 de abril, que casualmente cayó en sábado, por lo que habría muchos maestros de la residencia invitados, y algunos vendrían con sus familiares. Más que en un simple cumpleaños, esta fiesta se convertiría en el bautismo de un joven y prometedor artista.

Cuando por fin llegó el día del cumpleaños, todos los invitados esperaban con gran expectación e ilusión a que Sebastián abriera la puerta del granero. El pequeño no tenía ni remota idea de lo que se iba a encontrar de puertas adentro.

En un complicadísimo secreto que tuvieron que guardar tanto los vecinos como algunos ancianos y personal de la Casa del Artista, todos pusieron su granito de arena para que la fiesta fuera inolvidable para Sebastián, como algunos objetos decorativos, bizcochos de yogur, varias tartas, tortillas de patatas, sándwiches y un largo etcétera.

En cuanto abrió las grandes puertas del recién reformado granero con un poco de esfuerzo y entusiasmo, todos a una comenzaron a cantar el *Cumpleaños feliz* y aplaudieron durante varios minutos. El joven Sebastián, después de echarse las manos a la cabeza al ver cómo había quedado el granero, se lanzó como un cachorro a los brazos de sus abuelos llorando de alegría. Fue un día lleno de entusiasmo y mucho llanto a la vez. La fiesta se alargó hasta bien entrada la noche.

A partir de entonces, el granero se convertiría en su clase particular y punto de encuentro con algunos de sus maestros de la residencia, los mismos que le pidieron al director del centro si podían ser acompañados por alguien del personal hasta el granero para impartir cada cual su clase en particular, ya que la distancia era corta; aun así, el director de la Casa del Artista debía salvaguardar la salud y la seguridad de todos y cada uno de los ancianos que allí residían.

Con el fin de enseñar y transmitir toda la sabiduría de estos ancianos artistas y demás a quien para casi todos era como un hijo y para otros como un nieto, se iban intercambiando las visitas: unos días era el maestro el que se dirigía al estudio-granero y otros días era Sebastián el que iba a la residencia.

El pequeño no paraba de consultar todas y cada una de sus inquietudes que tenía, además de tener una sed de aprender insaciable. Los abuelos Guillermo y María de los Ángeles estaban cada día más contentos y orgullosos de su nieto a pesar de todo lo que les había hecho pasar su difunta hija. Ambos sacaron fuerzas de donde solo quedaba tristeza y desesperación para sacar al pequeño adelante.

La aldea, o sea, los pocos vecinos que allí vivían, también arrimaban el hombro para que dicho plan saliera adelante cada vez que podían, dentro de sus posibilidades, los mismos que se quedaban asombrados de ver el tránsito de ancianos dirigiéndose al estudio-granero de Sebastián casi a diario. Algunos iban en silla de ruedas, que era el caso de don Luis Gasquet, su profesor de Pintura, con el que más tiempo pasaba; otros, acompañados por algún familiar que en ese momento se encontrara de visita. El camino transcurría por una senda de grandes y frondosos árboles de apenas un kilómetro de distancia aproximadamente. Depende de quién se tratase, a veces se llegaba a tardar en hacer el recorrido hasta más de media hora ida y vuelta, algo que era muy llamativo por el sobresfuerzo que los mayores tenían que hacer de forma desinteresada para estar con su prometedor discípulo dándole clases a diestro y siniestro. A cambio, ellos se sentían queridos por un niño como si se tratara de su propio nieto, el mismo que desprendía energía positiva a borbotones, incansable, simpático e inteligente. Tanto era así que Sebastián se había convertido en la única razón de ser y estar en esta vida ardua para algunos de ellos, y por ello no escatimaban en tiempo ni esfuerzo físico y mental que dicha empresa requería.

Con el que más tiempo solía pasar era don Luis, al que más quería. Él fue su primer maestro, quien comenzó a enseñarle lo que era la vida y el arte de pintar.

Don Luis le tenía un aprecio especial, inclusive mucho más de lo que Sebastián pudiera imaginar. Él recibía visita de los pocos familiares que tenía de tarde en tarde por su lejanía.

# Capítulo 8
## ADIÓS A LA INFANCIA

Pasaron tres satisfactorios e intensos años, llenos de experiencias y de un gran aprendizaje por parte del joven Sebastián, al que tan solo le faltaba una semana para su duodécimo cumpleaños.

Durante estos tres años llenos de ajetreo, aprendió a tocar el piano con la señora Esther, la mallorquina, a la que tuvo que dejar de llevarle alguna vez que otra la petaca de brandi, en cuanto se percató de que estaba en juego la salud de la anciana; también, como no podría ser de otra manera, la confianza y la credibilidad que el centro había depositado en Sebastián si este quería seguir entrando y saliendo de La Casa del Artista como si fuera su propia casa. Por ello, debía de comportarse como un zagal responsable de su comportamiento y no como un niñato insensato. Por aquel entonces empezó a aprender la talla en madera con un nuevo maestro, un cántabro con mucha gracia, el mismo que vino de un pueblo llamado Santillana de Mar, bastante conocido en la península por su historia y belleza, y sobre todo por las cuevas de Altamira.

El nuevo maestro, cuyo nombre era Jorge Leira, estaba especializado en barcos de pesca en miniatura, tallados en madera, algo que a Sebastián le vino muy bien para desconectar de otras asignaturas, a veces algo cansinas y agobiantes.

Una vez que el joven iba teniendo más maestría con los pinceles, contando ya con unos cuantos lienzos en su haber, comenzó a darse a conocer en el mundo de la pintura con algunos cuadros. Pintaba a algunos maestros desempeñando su labor y conocimientos a los que habían dedicado durante sus largas vidas. Pintó al filósofo hindú Trotamundos meditando junto a una figura de madera que él mismo había tallado para la pose; a la señora Esther, como no podía ser de otra manera, sentada delante del piano Royale tocando una vieja melodía en el salón de la residencia, por lo que tenía que dedicarle algunos días para ir marcando sus principales rasgos allí mismo, para más tarde terminar la obra en su estudio, el cual mantenía su nombre original, el granero.

Apenas si faltaban unos pocos días para dar por concluido el retrato del que hasta la fecha había sido su primer y más apreciado maestro, el pintor don Luis Gasquet, pero por desgracia falleció de un infarto a sus 96 años. Ambos se tenían un enorme cariño. Era en la pintura donde más destacaba, a la vez que también Historia del Arte era la asignatura que más le gustaba. Pasaron mucho tiempo juntos, sobre todo en el jardín de la residencia y en el riachuelo, además de que fue el primer anciano que lo tuvo en cuenta a la hora de dejar hecha la herencia.

Don Luis tenía familia en Francia e Italia, pero en los últimos tiempos estaban muy desconectados, apenas algunas videollamadas en Navidad o en algún cumpleaños.

Salvo con su sobrina Jeanette, junto con su marido Ricard, su hijo Philippe y su hija Mirabella, que habían venido algunas veces en verano a visitarle, también alguna Navidad que otra, y se alojaban en una pequeña casa de campo que había cerca de la aldea que don Luis había adquirido años atrás, seguramente con la finalidad de que se convirtiera en la excusa perfecta por la que venir a ver al anciano familiar y así pudieran pasar unos días en el campo respirando aire puro y descansar del bullicio de una ciudad como París.

Su sobrina contaba ya con 48 años de edad, siempre venía acompañada de su familia: su marido, Ricard, de 52 años; su hijo,

Philippe, de 19 años de edad, y Mirabella, con apenas 12 años, llamada así por capricho de un familiar que residía en Italia.

Mirabella era una niña de tez morena, con una dulzura que saltaba a la vista y con unos ojazos preciosos de color esmeralda. Sebastián en los años anteriores no se había fijado demasiado en ella, o por lo menos no lo aparentó; incluso ni él mismo se dio cuenta de la gran belleza de la criatura hasta el mismo día del entierro de don Luis. La soledad, el llanto y la tristeza que había en él hicieron que no quisiera hablar ni mirar a nadie, ni siquiera con sus abuelos allí presentes; pero la joven Mirabella se le acercó y le dio un fuerte abrazo lleno de inocencia y ternura. A pesar de su juventud, sabía la fuerte unión que existía entre su tío abuelo y Sebastián.

Y ella le dijo acercando su boca lo más cerca posible al oído de este, en un español afrancesado:

—Tranquilo, Sebastián. El otro día escuché de pura casualidad decir a mi madre que, aunque mi tío abuelo Luis ya no esté con vida, nosotros seguiremos viniendo a la casa de campo. Todos sabemos de sobra que tú eras como un nieto para él y te quería muchísimo. Cada vez que hablamos por teléfono, te nombraba y nos contaba todos tus progresos en tus estudios y en los trabajos que llevabas a cabo en el estudio del granero. Sabía que algún día te convertirías en un gran artista.

Las palabras le llegaron tan adentro al jovencísimo pero sentimental Sebastián que en ese preciso instante soltó una pequeña sonrisa de satisfacción algo entristecida. Probablemente, ese pequeño episodio de su vida se convertiría en el instante que el destino los uniera por siempre jamás.

Transcurría el día 24 de abril, apenas faltaban unos días para el cumpleaños de Sebastián. A pesar de lo acontecido, todos estaban de acuerdo en celebrarlo: los demás maestros, la familia de don Luis y sus abuelos; claro está, con un brindis en recuerdo al gran maestro. Eran las cinco de la tarde.

La primavera estaba en todo su apogeo, de nuevo todos arrimaban el hombro para que la fiesta no defraudase al joven.

Había adornos como globos de colores o dulces, así como una gran tarta de galletas, cubierta de merengue y chocolate, o sea, la típica tarta de antaño que se hacía en la aldea; también bizcochos de chocolate, comida y más comida. Fue la señora Jeanette quien abrió la primera botella de champán que ellos mismos trajeron de Francia e hizo el primero de muchos brindis. Cogió la copa y con la misma cuchara que estaba comiendo la tarta golpeó la botella para que así todos pusieran sus oídos a órdenes de sus palabras.

—Brindo por mi tío don Luis Gasquet, el gran pintor como todos lo conocíamos, por el cumpleaños de su mejor y más joven amigo de todo corazón, convirtiéndose en su primer y más apreciado maestro de todos los que ha tenido hasta este momento según ha llegado a mis oídos.

Después del sonido de las copas al chocar, casi todos se dieron un fuerte y emotivo abrazo, acaparando todas y cada una de las miradas, como no podía ser de otra manera, el anfitrión de la fiesta, el joven y abatido Sebastián.

# Capítulo 9
# LA HERENCIA

La fiesta no quisieron alargarla demasiado, puesto que al día siguiente habían quedado en leer juntos ante el notario de la ciudad más cercana, por la mañana a primera hora en la secretaria de la residencia, el testamento de don Luis.

Sería también la sobrina Jeanette la encargada de leerlo, y decía así:

Espero de todo corazón que, llegado el momento de mi retirada definitiva, todos salgáis de la sala felices por cómo he redactado el reparto de mis bienes y objetos de valor económico tanto como lo de valor sentimental. Quiero dar comienzo por el último ser querido que entró de lleno en mi vida y mi corazón, y me llegó a lo más profundo de mi ser. No dudo lo más mínimo de que ahora mismo estará aquí escuchando a mi querida sobrina, la encargada de la lectura de testamento, conociéndola como la conozco. Seguro que estás ahí, Sebastián. Empezamos.

A él le dejo el gran estudio de la *rue* Saint Vincent de París, que pasará directamente a su nombre en cuanto cumpla los 18 años de edad y del que podrá disponer para lo que desee. Espero que lo aproveche para cursar los estudios de Bellas Artes de París. También, todos mis utensilios de pintura, como no podría ser de otra forma, además de una cuenta en el banco con ciento veinte mil euros para los gastos de sus estudios.

También un cuadro muy especial que he mantenido en secreto para que nadie tuviera constancia de ello hasta llegado este momento. Lo he dejado tapado con una sábana blanca en la esquina de mi habitación, cosido con hilo fuerte para que no se pudiera descubrir con facilidad y ser visto por algún curioso.

En la secretaría se encontraban las pocas pertenencias que don Luis tenía en su habitación, entre ellas el lienzo tapado con la sábana.

Cuando Sebastián lo destapó delante de la familia, todos quedaron estupefactos al ver que eran un niño y una niña dándose un beso inocente en los labios frente a frente como dos tortolitos. Eran Sebastián y Mirabella, fue el primer día en que los dos se conocieron.

En ese momento, don Luis estaba asomado a la ventana de su habitación, que daba al jardín, sin saber qué sucedería. Instantes después, cogió su cámara fotográfica Nikon réflex digital con un gran objetivo para captar una fotografía de los pequeños cogidos de la mano, pero el destino quiso que en el preciso momento del disparo de la cámara ocurriera el milagro y se dieron el beso inesperado e inocente.

Meses más tarde, el maestro lo plasmaría en un lienzo con mucho arte y cariño, como si estuviera adelantándose a los acontecimientos venideros. El cuadro lo pintó en su habitación, siempre con la precaución de echar el seguro de la puerta su habitación para que nadie descubriera la futura sorpresa.

Todos arrancaron un diminuto llanto silencioso, triste y alegre al unísono. Jeanette prosiguió con la lectura del testamento, con la atenta mirada del notario y en director del centro allí presentes:

Otra importante suma de dinero irá destinada a la residencia la Casa del Artista para restaurar la fachada algo deteriorada por las duras inclemencias de muchos inviernos. Otra cantidad, para varias ONG. El resto —que no era poco—, junto con unas acciones en un banco suizo, la pequeña casa de campo cerca de la residencia, además de la joya más preciada de la extensa herencia, la villa situada en Vallauris, en el sur de Francia, que perteneció a un genio español de la pintura para que la pudieran disfrutar todos juntos en las vacaciones estivales. Todo eso, para ti, Jeanette, y tu preciosa familia. Un apartamento cerca de la torre Eiffel, para Mirabella.

Su hermano Philippe estaba algo serio e impaciente esperando su regalo, si es que lo había. La madre prosiguió:

La colección de coches antiguos, además de la nave donde se guardan en el pueblo de Mormant, puesto que siempre me hablaba muy entusiasmado de ellos, a partir de este momento son tuyos, mi apuesto sobrino nieto Philippe: el Jaguar E, el Porsche 911 de 1973, el Rolls-Royce Silver Shadow del año 1971, un Citroën 2 CV. Por lo menos, eso era lo que me comentaba tu padre, que os pasabais algunos fines de semana por la nave para limpiarlos y mantenerlos al día; incluso hacíais algún pequeño recorrido con alguno de ellos por esas carreteras comarcales con tan bellas vistas a la campiña francesa y a esos viñedos. Espero de todo corazón que no os haya decepcionado la forma de repartir todas mis pertenencias, que he ido acumulando durante tantos años.

Mi salud empeora por momentos, por ello he querido dejarlo todo a buen recaudo para que no hubiera ninguna duda sobre la herencia. Por último, os deseo que seáis felices con todo esto, igual que lo fui yo es su día. ¡Hasta dentro de muchos, muchos años!

—Eso es todo —dijo la señora Jeanette.

El director de la residencia asintió con un leve movimiento de cabeza a la vez que decía:

—Pues ya hemos terminado, ya que nadie tiene nada que objetar, puesto que, al leerlo la señora Jeanette, ha quedado todo bien claro, por lo que puedo observar.

Todos asintieron con un movimiento afirmativo al unísono, quedando la sala en total silencio y armonía, mirándose entre sí algo asombrados.

El notario rompió el silencio para que todos firmaran todos los documentos necesarios y dar por terminada la reunión.

El señor Ricard, que iba provisto para la ocasión, sacó una botella de *chardonnay* de su propia cosecha, ya que tenía como costumbre cada vez que venía a la aldea traerse una caja de seis botellas y dejarla en la casa de campo, conocida como la Casa Alegre. Sacó unas copas para hacer un brindis y romper el frío glacial que había quedado impregnado en la secretaría, despidiéndose en cuanto acabaron la botella. A Sebastián y a Mirabella tan solo le echaron un dedo de vino.

Al cabo de tres largos días, Mirabella y su familia tenían que partir a París y no volvieron hasta últimos de julio, para pasar un mes como de costumbre. Durante todo ese tiempo, Sebastián y Mirabella pasaron mucho tiempo juntos estudiando en el granero-estudio, dibujando en el jardín de la residencia y paseando por el bosque, bañándose en una poza que había en el riachuelo. Eran como almas inseparables, siempre con el prudente control de los abuelos.

Durante ese mes forjaron una gran amistad y una apacible similitud de ideales y pensamientos. Esta vez su hermano se había quedado en la casa de unos parientes por parte de su padre, de manera que tuvieron mucho tiempo para estar a solas y hacerse ilusiones. Era una relación infantil, de muchas bromas y risas, algún que otro beso esporádico. Antes de despedirse, se intercambiaron las direcciones de correo y sus números de teléfono para hablar de vez en cuando por videoconferencia.

También acordaron escribirse alguna vez que otra por carta, ya que las cartas deberían de estar presentes tras el paso de los años, sobre todo por su romanticismo e intimidad, cuando cada persona saca de lo más profundo de su ser sin sentir vergüenza o timidez al escribirlas.

A pesar de los avances y las nuevas tecnologías, la residencia, al igual que la aldea, se mantenía anclada al siglo XX; eso sí, con constantes remodelaciones y mantenimiento al mismo estilo de monumentos como la Mezquita y la Alhambra, con más de mil años de antigüedad. Aunque para don Luis nunca era suficiente, el estado de la fachada era aceptable para cualquiera; sin embargo, él la quería perfecta; por eso lo dejó bien claro en su testamento.

La Casa del Artista fue durante los siglos XVII y XVIII un monasterio. Más tarde, a últimos del siglo XVIII, el edificio fue adquirido por un prestigioso hombre de negocios de Mallorca, convirtiéndolo en uno de los primeros paradores nacionales de la península, hasta su declive al comenzar la guerra civil española, aunque sufrió pocos daños por alguna gracia divina, apenas unos expolios materiales y decorativos, a pesar de estar rodeado del mayor alcornocal de Europa.

En la zona sur de la finca había una gran apertura con unas maravillosas vistas al mar y unas laderas cubiertas de vid. Las mismas que antaño fueron plantadas por los monjes que habitaron el antiguo monasterio, estas a su vez daban unos caldos que incluso llegaron a ser importados al extranjero, sobre todo a las islas británicas, llegando a paladares de reyes y grandes señores de la época.

A pesar de que algunas mañanas las tenía ocupadas con sus maestros, Sebastián y Mirabella tuvieron tiempo de conocerse mejor, hablar de sus últimas experiencias. Ella había escuchado sin ser avistada por nadie una conversación que habían mantenido sus padres. Ricard era directivo de una multinacional francesa de alimentación, que tenía proyectada la apertura de una sucursal en Miami, EE. UU., por lo que debían trasladarse allí al menos tres años. Ella se quedó helada, retirándose del lugar con un llanto silencioso, pero al día siguiente se lo contaron todo.

Sebastián se quedó también helado al escuchar lo que había dicho la joven, con ganas de llorar los dos. Se hizo el silencio durante unos instantes. Ambos se miraban con recelo sin saber qué decir, como si sus mentes ya se hubieran despedido antes de que lo hicieran sus cuerpos. Él pensaba que no la volvería a ver en todo este tiempo por la lejanía, pero en un descuido Mirabella se abalanzó a su cuello, se acercó a su oído y le dijo:

—Seguro que venimos todos los veranos.

Luego se despidieron y quedaron para darse un baño en el diminuto lago al atardecer.

A Mirabella le encantaba mirar a Sebastián mientras pintaba en el granero, allí pasaban muchas horas. Ella escribía poesía y hacía deberes que se traía del colegio. El mes de vacaciones pasó más rápido de lo que nadie se pudiera imaginar y llegó el momento de partir. Los padres de Mirabella decidieron dar una cena de despedida en el jardín de la Casa Alegre. Sebastián propuso que en la mesa hubiera una silla vacía con una foto de don Luis en su honor. Allí estaban todos mirando la foto sobre la silla que había entre Mirabella y sus padres, Guillermo y María de los Ángeles, sentados a cada lado de su nieto.

Don Luis parecía estar revoloteando por todos los rincones del frondoso jardín; fue tal la huella que les dejó a todos los presentes que, cada vez que alguien tomaba la palabra, terminaba hablando del difunto. Al final de la velada, Jeanette les propuso a los abuelos de Sebastián si querían aceptar el encargo de quedarse con las llaves de la Casa Alegre para de vez en cuando abrir las ventanas y cuidar del jardín, al mismo tiempo que dijo:

—He hecho una copia de todas las llaves.

Seguidamente dejó una copia de cada una en la mesa a esperar la respuesta. Guillermo quedó algo sorprendido por lo que acababa de escuchar. Ella le preguntó cuánto quería cobrar por ese cargo y por las molestias que le pudiera ocasionar.

Guillermo estaba prejubilado, a pesar de tener 66 años de edad, por culpa de un accidente cuando conducía su propio camión de reparto de mercancías por toda la provincia de Granada, que sufrió 14 años antes, no quedando bien de su rodilla derecha. A Sebastián le faltó tiempo para ofrecerse a ayudar a su abuelo, de manera que el abuelo les dijo:

—No quiero cobrar nada y lo haré con mucho gusto; además, vuestra casa tiene muchos árboles frutales cuyos frutos nos vienen bien para cuidar nuestra salud; si sobran, las vendo en el mercadillo de los viernes y a la residencia de ancianos. Con eso es suficiente para pagar los gastos de regadío, abonos y algunos imprevistos.

Ricard dijo:

—De eso nada, señor Guillermo. Díganos lo que costaría su trabajo de mantenimiento, por favor. Siempre viene bien un dinero extra y nosotros estaríamos encantados de que fuera usted por la confianza.

—Bueno, como ustedes vean. Yo no pienso aceptar ningún dinero en forma de pago. Se acabó el tema, que para algo soy el mayor de los presentes.

En efecto, ahí acabó la conversación. Guillermo cogió las llaves y le pidió a Ricard que le diera algunas explicaciones sobre el sistema de riego y dónde se guardaban las herramientas y poco más. Al mismo tiempo que todos se levantaron, Sebastián y Mirabella se fundieron en un dulce abrazo y rompieron a llorar como si estuvieran solos.

Todos se quedaron sin palabras y boquiabiertos; eso sí, respetando los sentimientos de los dos jóvenes.

5 de diciembre, el tiempo pasaba con tal rapidez, apenas faltaban tres semanas para la Navidad. Sebastián seguía concentrado en sus queridas artes, pintando, escribiendo, esculpiendo, y de vez en cuando se dirigía a la Casa del Artista para que la encantadora pianista, la señora Esther, le diera alguna clase de piano; también con su buen amigo Ram Osho, el mismo que le ayudó a superar la crisis emocional de los meses anteriores por los dolorosos acontecimientos, primero la muerte de don Luis y luego la despedida de Mirabella, que había sido la primera y única experiencia de amor puro que había descubierto a pesar de su corta edad. Sufría de solo pensar en el hecho de no poder estar juntos

de nuevo durante tres años, a no ser que pudieran pasar por allí en verano, si todo salía bien; pero en un año todo podía cambiar.

De todas formas, él seguía adelante fuerte y confiado con la ayuda de sus maestros y pensando en la situación de privilegio que tenía al poder contar con la residencia y sus genios.

Apenas hacía dos semanas que había ingresado un filólogo y escritor inglés que había vivido durante casi treinta años en un bonito pueblo de Málaga llamado Mijas. Aunque los ingleses tienen fama de distantes y algo ásperos, él era un inglés españolizado; en fin, un bicho raro; pero eso ayudó para que conectara con el pequeño genio que se iba forjando más y más cada día que pasaba por su vida. El inglés, cuyo nombre era James Simon, al cabo de unos días se dio cuenta del gran potencial y el ansia de aprender del que disponía Sebastián, que no tenía parangón. El joven no tardó en pedirle que le enseñara a hablar en inglés lo mejor posible para cuando cumpliera los dieciocho años, ya que a partir de esa edad empezaría a viajar y a recorrer mundo.

Su amiga Esther, que era francoparlante, también le enseñaría a leer y escribir correctamente el francés para cuando llegara el momento de ir a estudiar a la antiquísima Escuela Nacional Superior de Bellas Artes de París, fundada en 1682. Con este fin le dejó el grandísimo estudio su ya desaparecido y más querido maestro. También Mirabella le ayudaba a expresarse en francés cuando hablaban por videoconferencia y a intentar coger algo del acento tan característico de los franceses, también para comunicarse con la familia de ella, aunque sabían hablar en castellano bastante bien dentro de lo que cabía esperar.

James Simon quedó fascinado la primera vez que visitó el estudio del granero, observando los lienzos que colgaban algo desordenados y apretujados en las paredes de un blanco inmaculado. Mirando al joven con postura de un general británico retirado, le preguntó:

—¿Quién ha sido tu maestro, jovencito? Por mucho arte que lleves en las venas, en estas pinturas se encuentra una maestría de ejecución sin igual, y no podría ser de otra manera.

Sebastián le contestó con firmeza:

—Fue don Luis Gasquet, mi primer gran amigo y maestro de la Casa del Artista, que se marchó para siempre tres días antes de mi duodécimo cumpleaños, dejándome bastante asolado. Tanta era la amistad que nos unía que incluso me tuvo en cuenta a la hora de redactar su testamento: todos sus utensilios de pintura, un estudio en pleno centro de París y dinero para la universidad.

—Pues debió de apreciarte como a un hijo, más bien, como a un nieto, para hacer todo lo que hizo por ti.

—La verdad es que sí, porque a mi padre verdadero no lo conozco y mi madre murió prácticamente cuando yo nací, y don Luis no tuvo hijos, que yo sepa. Para mí, mis verdaderos padres son mis abuelos Guillermo y María de los Ángeles, de los que me siento muy orgulloso. Don Luis fue como mi segundo abuelo.

—Ya veo en la forma que te expresas lo mucho que significó para ti tu primer maestro.

—Pero la mejor herencia que me dejó don Luis, aparte de su cariño y maestría, fue un caballete que tengo bien guardado de caoba que trajo de uno de sus muchos viajes que hizo a Nueva Delhi y todos sus utensilios de pintura y escultura.

—Creo que ha llegado la hora de la merienda y toda la medicación del mundo que me receta mi médico, pero que no salga de esta habitación: solo me tomo las que no me restan memoria e inteligencia, o sea, para no volverme tonto. Cuando quieras, te pasas por la residencia para mejorar tu pobre inglés. Eso no quita que algún día me pase por aquí, ¿entendido?

—De acuerdo, señor James. Nos vemos en un par de días.

# Capítulo 10
# LA FIESTA DE NAVIDAD

La Navidad estaba cada vez más cerca y el joven Sebastián les pidió a sus abuelos hablar con los padres de Mirabella para hacer una fiesta en el jardín de la casa de la alegría, ya que estaba muy cerca de la residencia, para que vinieran todos sus maestros y pasar un día diferente y escapar de la monotonía.

Su abuelo le contestó:

—Tendrás que hablar con los celadores y el director del centro para que den su aprobación.

—Eso está hecho, abuelo. ¡Ah!, también tengo el dilema de cuál va a ser el día, el 24 o el 31 de diciembre, siempre contando con el permiso del señor Ricard y la señora Jeanette.

—Pues, mientras tanto, tú haces una votación a los maestros y a los celadores, a ver qué día les viene mejor para la fiesta —le propuso su abuelo.

Todos dieron su aprobación sin apenas vacilar, donde hubo algo de dificultad fue con la fecha, pero al final decidieron por unanimidad que sería el 31 de diciembre.

En cuanto se enteraron dos de sus mejores vecinas, que tenían buenas manos para la cocina, se ofrecieron voluntarias para ayudar con la comida a la abuela. Sebastián y su abuelo recogerían toda la verdura y fruta necesaria del mismo huerto de la casa de la alegría. Un pastor de la aldea le ofreció un par de chotos; otro vecino, un buen vino de su propia cosecha, que según su abuelo se trataba de una mezcla espectacular de diferentes variedades de uvas: montúa, Jaén blanca y Pedro Ximénez; y otro vecino, cuyo nieto de manera profesional secaba pulpos, se encargaría de traer varios kilos de pulpo seco, un manjar que cada día estaba más caro y difícil de conseguir; así sucesivamente conforme se iban enterando todos los vecinos. La abuela María se encargaría de hacer las manitas de cerdo con almendras y un toque de picante, su especialidad, de manera que el gasto de la fiesta sería el mínimo.

Al joven le gustó la idea del choto al ajillo que prepararía el propio pastor con leña de almendro, porque la mayoría de sus maestros le contaban las comilonas que hacían cuando eran más jóvenes en algún cortijo del padre de alguno de los asistentes a tales eventos en los que tan solo bastaba con tres cosas para pasarlo en grande: un buen choto cocinado por alguno de los asistentes, pan de horno de leña y, lo más importante, como no podía ser de otra manera, un buen vino del terreno.

Los médicos de la residencia harían una excepción con la prohibición del vino por ese día tan especial; eso sí, solo una copa por persona. Absolutamente todos pusieron su granito de arena para que todo saliese a la perfección.

29 de diciembre. Tan solo faltaban dos días para la cena, hacía buen tiempo y decidieron celebrarlo en el jardín con varias hogueras para que estuviera más cálido y acogedor. Prepararon una mesa muy larga para que cupieran todos en la misma. Cuarenta eran en total: los vecinos, sus maestros acompañados de un médico junto con dos celadores y sus respectivas familias, y los abuelos de Sebastián, claro está.

21:00 h de Nochevieja de 2040. 40 comensales, todos estaban preparados para empezar el magnífico banquete que entre todos habían preparado, digno de reyes de la Edad Media. Durante diez minutos, todos haciendo fotos con sus *smartphones* unos a los otros. Al final, tuvieron que montar la mesa en el porche de la

Casa Alegre, ya que era lo bastante grande. A pesar de que la casa no era muy grande, el porche era espectacular. El fuerte recencio no les dio otra opción, puesto que la humedad les venía a todos mal, más aún a los mayores. En un extremo de la mesa se encontraba la señora Esther y en el otro Sebastián, ambos dirían unas palabras antes de desenvainar los cubiertos en agradecimiento a todos los que habían hecho posible celebrar una cena tan especial y pasar juntos una noche tan importante, como lo es el treinta y uno de diciembre.

Los maestros asistentes fueron el filósofo Ram Osho, el filólogo y escritor inglés James Simon y Toni Sánchez, un guitarrista de México, el cual descendía de uno de los mejores guitarristas de todos los tiempos de guitarra española, gaditano de nacimiento, el cual decidió pasar sus últimos días en un lugar paradisiaco, la playa del Carmen.

Junto a Toni Sánchez estaba Julen Ortiz, un afamado pintor modernista, el mismo que cada día iba aumentando más y más su amistad y complicidad con Sebastián. Este anciano maestro apenas llevaba un año en la residencia. Nació y vivió siempre en Vitoria, País Vasco, y en la mayoría de sus vacaciones optaba por viajar a Andalucía, de la que estaba enormemente enamorado, por lo que llegado el momento de la jubilación nada ni nadie le impediría pasar sus últimos días de vida en la tierra que tanto amaba. Estuvo casado felizmente tres veces, o por lo menos de eso iba alardeando. La mayoría de sus doce hijos vivían en el extranjero con sus vidas casi desconectadas del padre y algo más conectadas con sus respectivas madres.

En España le quedaban dos, un hijo en Santander y una hija en Madrid, pero el contacto se resumía en las felicitaciones de Navidad y cumpleaños, incluso en alguna exposición y poco más; eso sí, en cuanto alguno de sus hijos tenía alguna necesidad económica, la comunicación ya fuera por correo o algún medio tecnológico se hacía realidad como por arte de magia.

A este respecto, según contó en la cena, se sentía decepcionado con la existencia del ser humano, conveniente por defecto desde su mismo nacimiento.

El pintor Julen Ortiz padecía el síndrome de Werner, una enfermedad que aceleraba de una forma brutal el envejecimiento de adultos a una edad temprana, y al parecer todos sus retoños estaban al acecho de la mucha o poca herencia que el anciano fuera a dejar, y por ello decidió ingresar en una buena y tranquila residencia, como lo era la Casa del Artista. A pesar de su enfermedad, la salud le permitía seguir pintando; eso sí, con algo más de lentitud y torpeza, pero que a su vez le servía de terapia, dándole así un respiro de tranquilidad; incluso seguía vendiendo algunas de sus obras por internet y enseñaba la técnica de acuarela y pastel a su último discípulo.

La cena se convirtió en un cruce de charlas y risas, recordando Nocheviejas de antaño. En pocas palabras, fue una buena y grata idea hacer una fiesta tan especial.

Todos se despidieron felices de la fiesta, que no se alargó en el tiempo mucho más allá de las uvas y la copita de champán para hacer algún que otro brindis que siempre guardaba el señor Ricard en la vinoteca instalada en el sótano de la Casa Alegre.

# Capítulo 11
# EL CRECIMIENTO

La Navidad se desvaneció y el invierno enreció. Algunos días llegaba a cuajar la nieve, pero el sol fuerte del Mediterráneo volvía a salir con fuerza y en un par de días se derretía la nieve y se convertía en agua cristalina que corría por los pequeños riachuelos. Sebastián pasaba mucho tiempo en su estudio, el granero, pintando y escribiendo, sobre todo aprovechando la ausencia de clases particulares. Hasta entonces, tan solo había escrito algunos pequeños cuentos y algunas poesías sueltas que no terminaban de ser su fuerte.

Por ello decidió comenzar a escribir una fantástica historia de unos niños huérfanos que vivían en una de las más grandes favelas de Río de Janeiro. Él había leído algo de este gran país que es Brasil. También se documentó a través de internet y observó que desde tiempos muy lejanos este país tenía la tasa más grande de abandono de menores del planeta, y ese detalle le llamó bastante la atención, aunque está claro que él no se sentía como un niño abandonado; más bien se sentía un poco reflejado con este problema, por lo que era sobradamente consciente del mismo.

Pasaban los días invernales y, aunque era imposible que él se aburriese, ya que siempre estaba ocupado con alguna de sus actividades artísticas, ayudaba en todo lo que era posible a su abuelo, que en ocasiones era un poco cascarrabias, y sin poder ocultar a veces su enfado hacia Dios y a la vida misma por la situación de su nieto de no haber podido conocer a sus progenitores, en especial por la pérdida de su hija y madre del joven, por haberse ido de este mundo tan injusto y cruel en tantas situaciones, que ella se hubiera ido tan joven y no conocer a su maravilloso y genial hijo. En fin, Sebastián le ayudaba en algunas tareas del campo, tan básicas como quitar las malas hierbas de los bancales, rastrojos traídos por las ventiscas tan fuertes que algunas veces eran capaces de hacer doblegar a los árboles de mayor tamaño y resistencia.

Los domingos por la tarde solía hablar por videollamada con Mirabella. Aunque se encontraban muy lejos el uno del otro, apenas sentían la distancia, el amor crecía dentro de ellos como sus propias carnes y vísceras, tanto que hacía desaparecer el espacio físico y lo convertía en una línea imaginaria. Él le envió varios vídeos de la cena de Nochevieja en la Casa Alegre y Mirabella no pudo sostener sus lágrimas, dos diminutas gotas de llanto que parecían dos pequeños diamantes en bruto rodando por su bella y suave piel juvenil con tal lentitud que Sebastián, al observarla desde su pantalla, lo podía ver con total claridad. Le dijo él:

—Mirabella, parece como si tuvieras unos duendecillos aguantando tus lágrimas.

—No me digas —dijo Mirabella al mismo tiempo que dejó caer una leve sonrisa—. No te imaginas cuánto me gustaría estar allí, en la Casa Alegre, cerca de ti. Si supieras lo pequeña que me siento en un país tan grande y tan lejano… A veces me pregunto si seré capaz de aguantar tres largos años, viéndonos unos cuantos días en verano, contando con que todo salga bien, claro. Apenas llevo cinco meses y me parece una eternidad, cinco meses larguísimos.

—No te pongas triste, amor mío. El tiempo pasará tan deprisa que en un abrir y cerrar de ojos estaremos juntos para siempre.

—Dirás para unas semanas en verano, qué fácil lo ves todo, aunque he de reconocer que en el colegio he conectado muy bien con mis compañeras, y los profesores son geniales. También he de decir que Miami está muy bien. A pesar de ser una urbe tan grande, me siento a gusto en ella; además, viniendo de París, no me asusta ninguna ciudad por grande que esta sea. Me fascinan sus enormes avenidas llenas de palmeras altísimas, sus neones y el ambiente de la ciudad.

—Pues yo me alegro de que hayas encajado allí a pesar de estar tan lejos. Yo sigo empapándome de arte y sabiduría para que algún día pueda salir de aquí y desarrollarme por completo.

Los dos se despidieron alegres y seguros de sí mismos. A pesar de su juventud, ambos sentían en lo más profundo de su ser que eran el amor de su vida mutuamente.

Con el paso del tiempo, a punto de hacer su aparición el verano, Sebastián se encontraba algo triste paseando por la orilla del riachuelo donde solían pasear juntos. Cuando llegó a la poza de agua estancada o pequeño lago, estaba el agua en tal calma que se llegaba a reflejar el rostro de ella en su mente, la razón de su tristeza no era otra. Al final, surgió un asunto de última hora en el que las vacaciones de su padre se fastidiaron y toda la familia decidió quedarse en Miami hasta que le dieran vacaciones a su padre, el señor Ricard, y ese fue el último domingo de julio que hablaron por videollamada.

En agosto solían venir unos ingleses de unos cincuenta años de edad aproximadamente, los hijos de un famoso escritor y guionista londinense. Al parecer, sus propios hijos habían dirigido varios de sus proyectos para la gran pantalla. Estos no querían abandonar a su suerte a su progenitor en cualquier residencia de mala muerte. Al parecer, escucharon en una fiesta privada que tuvo lugar en el Festival de Cannes hablar de la Casa del Artista, que era una estupenda residencia de ancianos situada al sur de Granada, un lugar único y paradisiaco; y a la mañana siguiente se pusieron en contacto con el director de la residencia para fijar una fecha con la intención de acudir a una entrevista y visitar el lugar donde esta se situaba, y así poder observar de primera mano el trato que allí se les daban a los mayores que ya residían en la misma, acompañados del anciano escritor para contar con su aprobación, como no podía ser de otra forma.

Aunque no era el único requisito disponer de una buena salud económica, el requisito más importante era haber destacado en alguna materia, sobre todo en el mundo del arte, y Frank Palmer reunía todas las condiciones; de todas formas, en cuestión de dinero, había una fundación que, por motivos excepcionales y desafortunados, disponía para ayudar e ingresar a algún genio que por desgracia no tuviera poder adquisitivo.

Esta fundación surgió de unos cuantos famosos y adinerados artistas allá por 1980, los mismos que fundaron la residencia, pero en el caso de Frank Palmer no hizo falta.

Cuando los hijos de Frank Palmer y el mismo escritor llegaron al lugar donde estaba situada la residencia, quedaron maravillados del entorno natural que lo rodeaba, casi salvaje, y pudieron comprobar las maravillosas vistas que allí se divisaban. Por ello, no solo inscribieron a su padre, sino que, en cuanto regresaron a Inglaterra, no tardaron en poner a la venta una cafetería y un apartamento que tenían los dos en sociedad justamente en la ciudad de los Beatles, Liverpool, para comprar alguna finca con un cortijo lo más grande posible para rehabilitarlo y dotarlo de las últimas tecnologías del momento, ya que sus trabajos lo exigían; eso respetando la fachada original y el entorno natural al máximo. Les llevó varios meses lo que tenían en lo más profundo de sus mentes.

# Capítulo 12
# UN HOTEL RURAL

Los hermanos Paul y Jon Palmer le propusieron la idea a la señora Sarah Lover, la esposa de Paul, el mayor de los hermanos, de que, si encontraban la finca apropiada con una gran cortijada o mansión para poder hacer un hotel rural, ella sería la directora del mismo.

El hotel rural estaría pensado en un principio para alojar a los familiares de los ancianos, ya que el hotel más cercano se encontraba a unos ochenta kilómetros.

La distinguida señora Sarah Lover contaba con una dilatada experiencia en el mundo de la restauración y la hostelería, y no solo en Liverpool.

Cuando era más joven, estuvo trabajando varios años en uno de los mejores complejos turísticos y en una de las zonas más paradisiacas del Caribe, justamente en el resort Cayo Levantado, en República Dominicana, que abarcaba la mitad de la isla con el mismo nombre, más conocida como la isla Bacardi. La llamaban así porque a finales del siglo XX rodaron un espectacular anuncio de esa bebida tan nacional y autóctona de la República Dominicana, una pareja de enamorados bailando bachata de noche alrededor de una hoguera en la playa donde había una palmera con forma de una L.

La señora Sarah Lover derrochaba glamur y simpatía por los cuatro costados y podía permitirse presumir de ser una mujer muy competente. Enseguida se puso manos a la obra. En cuanto todos dieron el visto bueno, lo primero que hizo para ganar tiempo fue buscar un buen chef con experiencia en preparar cocina casera y que destacara en la dieta mediterránea, y a otro chef para la cocina más internacional, refinada y vanguardista.

A la señora Sarah se le vino a la cabeza un amigo francés que, a pesar de haber sido un gran cocinero, en la actualidad se encontraba en paro a sus 59 años de edad y con una mentalidad difícil, pero era muy meticuloso y tenía mucha experiencia en cocina internacional. Ya no les interesaba a los restauradores de mucho bullicio como el que había en las grandes urbes, seguramente aceptaría un lugar de trabajo más tranquilo, aunque el sueldo fuera más bajo. El acometido del cocinero francés no sería otro que el de satisfacer a los clientes venidos de muy distintos lugares de la geografía mundial, sobre todo europea y del sur de América.

Por fin encontraron la finca que tenían en mente para el proyecto. Por desgracia, Jon, el hermano de Paul Palmer, se quedó fuera. Por extraños caprichos del destino, del cual nadie tiene escapatoria alguna, tuvo una muerte repentina de infarto miocardio en su apartamento de Liverpool. En ese fatídico momento se encontraba solo, no pudiendo ser atendido a tiempo por la unidad médica. A pesar de tan gran episodio, el escritor Frank Palmer, con su otro hijo y su nuera, siguió adelante con el proyecto muy a su pesar.

La brillante idea tuvo una buena acogida por todos en cuanto la conocieron: los ancianos, los familiares de estos, los trabajadores de la residencia y, cómo no, los vecinos de la aldea, ya que se parecía más a una cortijada que a un pequeño pueblo y este proyecto le daría algo más de vida a la aldea.

Paul, Sarah, el arquitecto y un decorador, ambos ingleses también, se reunieron en la única taberna restaurante que había en la zona, la Venta del Lino, muy antigua, pero grande y acogedora. En una esquina emergía una grandísima chimenea con unos troncos de almendro que ardían lentamente, con el olor típico a leña que desprendía, como todo lo que sucedía en la aldea, ya que la calma reinaba allí en todos los sentidos. El mismo que tenía doble acometido: calentar la taberna y al mismo tiempo preparar buenas parrillas de chuletas de cerdo, costillas y paletillas de cordero, morcillas y longaniza; pero su plato por antonomasia era el choto al ajillo, hasta tal punto que gente de otras provincias aledañas venía especialmente a comer choto al ajillo por lo bien que lo preparaban, sin desprestigiar la asadura con patatas y cebolla, otra gran delicia.

El propósito de esa reunión no era otra que la de dar a conocer y hacer partícipes de algunas ideas que se pudiera aportar y explicarles cuáles iban a ser los pasos a seguir en la rehabilitación del futuro hotel rural, para así cometer los mínimos errores posibles y para mantener la paz y la armonía que reinaban en la aldea. La belleza del lugar y el entorno donde se encontraba la finca que habían adquirido eran espectaculares. Invitaron a la reunión a varios políticos de la comarca, así como a algunos vecinos colindantes de la finca, algunos productores de vino y ganaderos. Ellos estaban dispuestos a todos los cambios necesarios que hicieran falta hacer por el bien de la comunidad vecinal, antes de comenzar las obras.

Sebastián fue el único menor que asistió a la reunión, acompañado de sus abuelos, por la estrecha relación que mantenía con la residencia. No sintió ningún pudor en levantar su fina mano para pedir la palabra. Algo nervioso y un poco tembloroso con voz de pubertad dijo:

—Creo que lo más importante del proyecto que han expuesto sobre la mesa debería ser mantener el gran jardín que posee la antigua mansión; eso sí, con una limpieza a fondo de los gigantescos árboles, unos retoques de albañilería y mampostería en los muros de la entrada. Quitar las malas hierbas sería más que suficiente para no perder el esplendor y gloria que tuvo esta mansión en su día, la cual, según mi abuelo Guillermo, perteneció a uno de los abogados de Franco, después pasó a manos de su hijo y por último a un nieto, al cual ustedes se la han comprado; por lo menos eso es lo que yo haría si me perteneciera, por supuesto.

Todos los asistentes se quedaron boquiabiertos, sobre todo los nuevos dueños; esa fue una de las pocas sugerencias que se escucharon allí. Al fondo de la taberna, alguien que al parecer estuvo escuchando atentamente al joven, con tan solo trece años de edad, comenzó a aplaudir pausadamente, pero con tosquedad, contagiando así a todos los que se encontraban allí presentes. Algunos hacían pequeños movimientos de cabeza de un lado a otro pensando en sabe Dios qué, lo más seguro es que el que no conociera a Sebastián dijera para sus adentros: «De dónde habrá salido este niño tan inteligente y vivaz». Tanto duraron los aplausos que llegó a sonrojar las mejillas del joven, pero su reacción no fue la de encogerse de hombros y mirar al suelo, que hubiese sido lo normal para alguien de su edad, sino todo lo contrario. A pesar de tener la cara como un fresón de Huelva, sonreía con la mirada equilibrada, la barbilla erguida y con su esbelto cuerpo observando a sus abuelos y a varios ancianos.

La mansión contaba con diecinueve dormitorios y cinco salones de dispares tamaños; uno de ellos era lo bastante grande como para celebrar un baile, con forma de silueta de una barrica bordelesa tumbada; también ocho cuartos de aseo, algo inusual para la época en que fue construida. Asimismo, una gran cocina con varios hornos de leña; uno de ellos se utilizaba en exclusiva para hacer pan y repostería, la misma que comunicaba con otra cocina, la principal con una isla en medio, donde justo encima descansaban decenas de cacerolas, sartenes y todo tipo de utensilios culinarios, sobre todo antiguallas que supuestamente se utilizaban para banquetes en fiestas que celebraban sus primeros dueños cuando pasaban allí los veranos y la Navidad.

El gran porche ocupaba la totalidad de la fachada a un metro y medio del nivel del jardín con una superficie de unos trescientos metros cuadrados, custodiado por unas gruesas columnas de piedra tan gruesas como troncos de jóvenes secuoyas. Justo en medio de las dos columnas centrales se dejaban caer unos escalones que iban de menor a mayor tamaño, donde se deslizaba una robusta y magnífica balaustrada de estilo románico, justo donde esta barandilla terminaba con un pilar cuadrado donde descansaba un enorme jarrón de doble asa que hacía de macetero con plantas y flores petrificadas de al menos varias décadas. Por desgracia, a una de ellas le faltaba una de las dos asas, seguramente debido al paso del tiempo o alguna gamberrada y tempestades a sus espaldas. Las ventanas de madera estaban muy deterioradas, se podía decir que irrecuperables, con los cristales hechos añicos. Los expertos de reformas de casas antiguas serían los encargados de decidir lo que tenía arreglo o no. En el ala oeste había un gran alcornoque; parecía muy viejo, pero aún estaba fuerte.

Esta grandiosa mansión llevaba varios años a la venta, más otros tantos que hicieron falta para que todos los miembros de la familia que la heredaron se pusieran de acuerdo después de algunos encuentros, además de estar estos repartidos por varios países y la mayoría de ellos con vidas bastante ajetreadas. Por suerte, lograron ponerse de acuerdo para venderla. Algunos de ellos venían de año en año para cobrar las rentas de las tierras, más bien a renovar contratos, ya que los pagos de los alquileres se hacían a través del banco a un solo número de cuenta habilitado para ello. Al parecer, solo había un nieto del difunto abogado que estaba interesado en comprarla, pero no estaba bien económicamente para abonar una cuantiosa cantidad de dinero al resto de los herederos.

El cartel de «Se vende» estuvo puesto en la cancela de entrada hasta que por fin llegaron Paul y Sarah. Se enamoraron de ella nada más verla y se convirtieron en los actuales dueños y señores de esta magnífica joya arquitectónica de la época del Imperio español, cuando nunca se ponía el sol; eso sí, después de desembolsar la cantidad de tres millones y medio de euros. También contaba con unas cien hectáreas de terreno, sobre todo de almendros, encinas, alguna viña y grandes alcornoques y castaños. También pasaba por la finca el mismo arroyo que transcurría por la residencia, y tenía todo el derecho a utilizar toda el agua que les hiciera falta.

Por fin comenzaron las obras a mediados de marzo, con la intención de aprovechar el buen tiempo, procurando que a finales de octubre lo más importante estuviera terminado, sobre todo los exteriores, antes de que llegara la época de las lluvias y las nevadas, con el fin de que para esa fecha tan solo quedaran algunos detalles técnicos para comenzar con la decoración y el mobiliario exigido por las autoridades del Ministerio de Turismo. Iban muy justos, la apertura del establecimiento estaba prevista para mediados de diciembre para aprovechar la llegada de la festividad navideña.

A Sebastián le habían encargado varios óleos de tamaño mediano para las escaleras inspirados en su primer maestro, o sea, paisajes y árboles de la zona. En uno de ellos se veía al maestro a lo lejos pintando en una silla de ruedas cerca del arroyo, y un retablo más grande, de la mansión, con el aspecto de antes de que comenzaran las obras de reforma, para que se mantuviera viva en el recuerdo.

La señora Sarah encargó traer su piano Royale, de color marfil, que su padre le regaló en su dieciocho cumpleaños, el cual ya había fallecido. Quería tenerlo cerca de ella en su recuerdo y fue una de las pocas cosas que no quiso dejar en Inglaterra, ya que, cuando vendió el apartamento, hicieron un mercadillo para no transportar tantas pertenencias de todo tipo.

El piano Royale estaría a disposición de cualquier huésped que quisiera y supiera tocar alguna pieza; también, cómo no, para las futuras fiestas que se celebrarían en el gran salón.

Muchos de los ancianos querían colaborar en lo que fuera, dentro de sus posibilidades, y ayudaron sobre todo con la decoración y en paisajismo. Estos se repartían en dos grupos guiados y asesorados por dos jardineros profesionales, al mismo que varios ancianos se encargaban de la barbacoa para comer al aire libre. En el caso de que el tiempo empeorase, se iban al garaje, que también hacía de almacén y se encontraba justo a la espalda de la mansión. Con ellos siempre había un cuidador de la residencia para velar por la seguridad de estos grandes maestros y amantes del arte en todas sus dimensiones.

La verdad irrevocable era que este tipo de actividades no podía ser mejor para su salud física y mental; además, disfrutaban como niños en el recreo a la vez que seguían sintiéndose útiles.

Sebastián se reunía algunos días con ellos para ayudar y comer juntos, incluyendo a los nuevos propietarios, que, a pesar de ser británicos, eran bastante campechanos y amigables. Cada día de trabajo se convertía en una gran fiesta a la hora del almuerzo.

La señora Sarah Lover se hacía cargo de comprar todo lo necesario para preparar la comida a diario para un gran número de trabajadores. En el grupo de ancianos se encontraba uno de los mejores chefs del mundo, un asturiano que aún poseía un buen restaurante en los lagos de Covadonga, regentado por su hijo menor. Él era el que les daba un punto especial a las carnes y pescados que preparaban, incluyendo algunos postres que con tanto cariño preparaba la señora Sarah. Algunos por su enfermedad tenían dietas especiales, pero esos días hacían excepciones, ya que no podían resistir como sus compañeros disfrutaban comiendo esas delicias. Algunos preferían la muerte antes de no poder probar un poco de esos manjares, incluyendo un sorbo de alguno de los buenos vinos que ya iban recibiendo en las cestas de Navidad, el mismo que estaba guardado bajo llave por los cuidadores. Pero en estos días de trabajo en la mansión, llenos de anécdotas e historias alucinantes a la vez que antiguas, algunos chistes y de grandiosa armonía, estos se saltaban las estrictas normas del centro y se hacía entender que, en caso de que hubiera algún problema, los mismos ancianos se echarían la culpa unos a otros para no comprometer a los cuidadores y que así no peligraran sus puestos de trabajo por negligencia.

Muchos de los ancianos pensaban así y dieron a conocer en una reunión conjunta con el director de la residencia que este tipo de actividades y comidas fuera de las instalaciones del centro se deberían hacer más a menudo, al menos una vez al mes, aunque por ello perdieran un año de sus largas vidas. En ese punto de vista, la decisión que se erigió fue unánime y ganarían calidad de vida física y espiritual a la vez.

Ya en otros países más avanzados se estaba practicando este tipo de actividades en residencias de alto *standing*, dándose muy buenos resultados en todos los aspectos de la salud, sobre todo mental.

La señora Sarah también era la que se encargaba de comprar la carne a un pastor jubilado que, a pesar de ello, se quedó con unas cuantas cabezas de ganado para no caer en la decadencia y el aburrimiento en el que solían caer la mayoría de los ancianos jubilados, aparte de sacar algún dinerillo para los gastos de guerra. Su ganado constaba de tres vacas, unas quince cabras y un montón de gallinas ponedoras para sacar unos huevos ecológicos de escándalo; difícilmente se podían encontrar en algún supermercado. Había un tal Rafael, un anciano escultor y constructor, que tenía muy buena mano para preparar el choto y las patatas a lo pobre. Al parecer, le salían de muerte, o por lo menos tenía fama de ello.

Este también aportó ideas y conocimiento para la reconstrucción del hotel rural y fue de gran ayuda para el matrimonio británico, ya que, al parecer, el presupuesto estaba a punto de agotarse; pero, gracias a todos los ancianos, tanto los de la aldea como los de la residencia, que estaban de lo más ilusionados con este proyecto, se ahorraron un buen dinero. Todos pusieron su granito de arena.

Las obras de Sebastián iban con algo de retraso. A pesar de ello, todo estaba quedando espléndido, aunque no era lo único que iba con cierta demora; también la domótica, los pintores, las cortinas, etc. Todo se estaba convirtiendo en una auténtica pesadilla para Paul y Sarah, pero lo intentaban llevar con cierta armonía, no les quedaba otra. La lejanía de muchos de los materiales y almacenes de muebles retrasaban algunos trabajos.

Transcurrieron nueve largos y fatigosos meses, con la inauguración a la vuelta de la esquina; no obstante, la señora Sarah Lover se esforzó de lo más para hacer la lista de invitados. Ella quería que viniese gente de lo más variopinta: del mundo del arte y la ciencia, del espectáculo de renombre y fama mundial, y, cómo no, algunos políticos de Andalucía, alcaldes de la zona, por lo que se tuvo que apresurar a enviar las invitaciones para que estos pudieran hacer hueco en sus apretadas agendas y así poder asistir a tan peculiar apertura de este pequeño hotel rural campestre al sur de Granada, lejos del mundanal ruido de la civilización.

Aunque un poco modesto, salvo por las enormes columnas y las exuberantes escaleras, era un edificio casi lineal, para nada rococó, aunque restaurado con mucho arte y esmero para y por los artistas y genios en su mayoría. Era algo difícil de bautizar, no existía nada igual en toda Europa, al menos nunca se había dado el caso de abrir un hotel tan hermoso y apacible para los familiares y amigos de los ancianos que residían en una residencia lejana y apartada de la urbe. A pesar de la pionera apuesta, los vecinos de la aldea lo acogieron con alegría y se sentían orgullosos de que tal acontecimiento se diera en una pequeña y apartada aldea.

Por fin llegó el momento de la inauguración, todo parecía estar listo. Sebastián estaba algo nervioso en su interior, por su cabeza rondaban algunas dudas de si les gustaría a los invitados los cuadros que había pintado con ahínco.

Era su primera exposición, a sus casi catorce años de existencia; al menos algo que ya se le podía llamar una exposición. Sus abuelos le apoyaron y dieron fuerzas. El joven y futuro genio también quería que viniera Mirabella con su familia. El señor Ricard pidió un permiso especial de diez días, que, añadido a los días de las vacaciones de Navidad, que se convertirían en unos veinte días para poder acudir a la fiesta inaugural. Aunque fue la señora Sarah la que se puso en contacto con ellos a través de videollamada para invitarlos, Sebastián fue quien se lo comentó a Sarah, proporcionándole la dirección y el teléfono de la familia de Mirabella.

No habían pasado ni siquiera dos años, pero a Sebastián le había parecido una eternidad. Él estaba delgado y más alto, con un poco de melena ondulada. Estaba librando una pequeña guerra con unos granos de pubertad. Se mantenía en forma porque cada dos horas que pasaba en el estudio salía a correr y andar un poco, tiempo que aprovechaba para grabar pensamientos en su mente que más tarde plasmaría en un libro que había comenzado hacía prácticamente un mes. En cuanto llegaba al estudio, lo primero que hacía era escribir en un portátil que le regaló su abuelo para que no se olvidara nada por el camino de la juventud.

Ya faltaban pocos días para la inauguración, la principal preocupación de Sebastián era cómo quedarían los marcos que le encargó el carpintero de Trevélez, un pueblo de la Alpujarra Granadina. La razón era que debían parecer antiguos y el otro motivo para estar nervioso, no menos importante para el joven, era el rencuentro con la dulce y maravillosa Mirabella. Él no había caído en que ella también estaría muy nerviosa y con muchas ganas de verle, abrazarle y, por qué no, besarle detrás de los árboles del cercano bosque.

El tiempo parecía pasar a cámara rápida, tres días tan solo para la tan esperada fiesta inaugural. Todo estaba a punto a falta de unos detalles decorativos para la ocasión. El almuerzo tendría lugar en el magnífico jardín junto a la piscina con su agua cristalina. Se informaron del tiempo que iba a hacer y, al parecer, en un principio sería un día soleado.

La tarde de antes, Sebastián se dirigió al hotel, había quedado con la señora Sarah Lover para darle una poesía que le había escrito para que ella lo leyera en el acto de presentación.

Subió las escalinatas del nuevo hotel y tocó al timbre. Al cabo de unos segundos, se abrió la enorme puerta de un blanco impoluto e hizo su aparición le hermosa señora Sarah Lover. Este le dijo:

—Buenas, señora Sarah. Aquí le traigo esta poesía para que le eche un vistazo y, si le gusta, pueda recitarla con su bella voz en el acto inaugural, aunque he de reconocer que su español es algo pobre, pero estoy seguro de que la entenderán todos los asistentes.

Ella, sorprendida de la entrega y el desparpajo que demostró tener el joven, cogió el folio en forma de pergamino de color hueso y lo leyó en silencio. Al cabo de un par de minutos, dijo:

—¡Me encanta! A pesar de que tengo ya escrito mi breve discurso, lo leeré al final del mismo. No sé cómo agradecerte todo lo que estás haciendo por mí y el hotel. Siempre estaré en deuda contigo, mi guapo amigo Sebastián. Si tuvieras veinte años menos, no te escapabas de mis garras.

Se le acercó y lo abrazó con tantas ganas que posó sus grandes y firmes pechos en ambos lados de su fino y alargado rostro durante al menos ocho segundos, pero que a Sebastián le habían parecido varias semanas. La señora Sarah, a pesar de ser una mujer madura, se mantenía de buen ver, delgada, pero manteniendo una línea esbelta y muy muy atractiva.

—No es para tanto, señora, lo he hecho con muchas ganas y también para ser conocido por muchos de los invitados y famosos del mundo del arte, para serle sincero —le soltó el joven, tímido, con la cara roja aún y con dos ríos de sudor que le corrían por la frente, hasta el punto de tener que sacar la señora Sarah un pañuelo de seda de su minibolso y secarle la frente sin dejar de sonreírle.

—¿Qué te pasa, Sebastián? ¿Por qué estás sudando tanto? Mi joven y apuesto amigo, no será por el abrazo tan tierno que te acabo de soltar, ¿verdad? Para mí eres como un hijo.

Justo en ese instante llegó el señor Paul.

—¿Qué está pasando aquí? Veo mucha tensión, parecéis madre e hijo hablando en la intimidad.

Ella le hizo un guiño y el señor Paul Palmer no cayó en la cuenta de que el joven no llegó a conocer a su progenitora. Para derretir el hielo que eso había causado, en ese preciso y malogrado instante ella le dijo:

—Sebastián, dile al señor Paul por qué has venido a visitarme.

Al mismo tiempo, le posó la mano sobre el hombro para tranquilizarlo. Sebastián apenas pudo abrir los ojos de tal apretujón y se le quedó grabado a fuego en el interior de su mente la canalilla que había entre pecho y pecho. No encontraba la forma de salir del apuro. Según él, claro está, el señor Paul estaba bromeando con su apuesta seriedad. Un director de cine con tanta genialidad no se sorprendería jamás por la forma en que su cónyuge le diera un abrazo a un jovenzuelo, el mismo que intentaba que sus tartamudeantes palabras vieran la luz más pronto que tarde.

—Bu, bu, bueno, yooo vine a traerle esta poooesía... a la señora Sarah.

En ese instante, el matrimonio comenzó a reír, acercándose al joven y rodeándolo juntos con los brazos.

—No te pongas tan serio, que solo estaba bromeando, que ya nos conocemos de casi un año, hombre. Ah, y mi mujer es muy cariñosa, te deberías ir acostumbrando, porque no será la última vez que te abrace como si fueras su hijo. Ella te quiere muchísimo, tú le has dado más fuerzas que nadie en este proyecto desde el primer día.

Sarah sonreía al mismo tiempo que asentía con su hermosa tez mirando fijamente a Sebastián. Este por fin se relajó y prosiguieron con los detalles de la inauguración.

Por fin llegó el gran día, habían preparado un pedestal junto a las escaleras para dar el discurso inaugural. Los asistentes se iban colocando en forma de piña junto a las mesas altas y redondas para escuchar las palabras de la señora Sarah, que en breve daría comienzo el discurso. Enfrente del pedestal también colocaron varias filas de asientos para casi todos los asistentes, unas ocho filas aproximadamente.

Comenzó el discurso:

—Buenos días, mi nombre es Sarah Lover. Doy las gracias a todos los asistentes a esta magnífica inauguración. Sin el apoyo de mi querido esposo, Paul Palmer, y los albañiles, carpinteros, decoradores y obreros en general, además de los ancianos de la residencia y todos los vecinos de la aldea, esto no hubiera sido posible; pero he de resaltar a una persona en especial a la que ya tienen la suerte de conocer la mayoría de ustedes, y no es otro que mi querido y joven amigo Sebastián. —Al mismo tiempo señalaba con su fina y larga mano extendida hacia la tensa mirada de Sebastián, orgulloso pero avergonzado a la misma vez.

Sus abuelos, que no cabían en sus cuerpos, uno a cada lado del joven, lo rodearon con los brazos sin perder demasiado la compostura.

—A pesar de su corta edad —siguió Sarah—, nos ha ayudado tanto que para mucha gente sería difícil de creer, no solo por sus obras que hay expuestas por el hotel, en las escaleras, en el *hall* y los retablos del salón principal, sino también con la decoración y anímicamente, dándonos fuerza a todos para seguir adelante con este complicadísimo proyecto. También quiero guardar un minuto de silencio en honor de mi cuñado Jon Palmer, recientemente fallecido en Liverpool al principio de este viaje. —Transcurrido el minuto de silencio dijo—: Espero que les guste a todos y pasen un grato día con nuestra compañía y puedan compartir con nosotros nuestro entusiasmo y alegría. Sin más preámbulos, pasaremos a ver todas las instalaciones del hotel y luego iremos a comer y beber para después pasar a baile; pero antes me gustaría pasar la palabra a Sebastián, que tiene el placer de recitaros un poema de su cosecha propia. ¡Ah!, y perdonen por no hablar mejor el castellano, prometo que de aquí en adelante intentaré mejorarlo con el tiempo. Sebastián, por favor, sube al estrado, ahora es tu turno.

Él estaba sentado en la primera fila, por lo que prácticamente no se había percatado de los invitados que estaban sentados en las últimas filas; a continuación, subió al pequeño estrado para intentar sacar fuerzas y recitar su poema.

—Buenos días a todos y a todas. Creo que no hace falta que me presente, ya saben quién soy a través de la señora Sarah, a la que le estoy enormemente agradecido por todo, por haberme escuchado y dado rienda suelta a mi creatividad.

El joven llevaba un traje de color *beige* que se había comprado para la ocasión, incluyendo una corbata de color naranja. El nerviosismo se podía sentir desde la distancia. Todos estaban muy atentos a las palabras, que salían, a veces, entrecortadas.

De la boca de Sebastián, los rayos de sol que se colaban por las ramas de los grandes árboles hacían brillar como diamantes las gotas de sudor que lentamente iban rodando por la frente. Una murió en su aún delgada ceja; otra siguió su viaje hasta la punta de la nariz, soltándose y cayendo sobre el pequeño atril. Hacía un día de auténtico verano. Él sacó fuerzas para proseguir con su discurso sacando un clínex de su bolsillo izquierdo para secarse el sudor y poder continuar.

—Gracias a todos mis fantásticos maestros de la Casa del Artista, que me han enseñado a escribir, a pintar, tocar el piano, y lo más importante, a amar con mucha intensidad el arte en todas sus dimensiones. Gracias a mis abuelos, que tanto me han apoyado en todo lo que ha estado en sus manos. Gracias al señor Paul Palmer y a la señora Sarah Lover, por darme esta maravillosa oportunidad de hacer mi primera exposición, pintar un gran retablo y poder ayudar a poner en marcha este acogedor y bello hotel. Y desde aquí, espero que me estén viendo, mando un beso muy grande a mi madre y en especial al señor Luis Gasquet, mi primer y gran maestro, que se encuentra tan lejos y tan cerca al mismo tiempo en mi corazón. Gracias a todos los que han venido de muchas partes del mundo. Que pasen un gran día y espero que disfruten de la fiesta y el hotel. Termino con un poema:

> Qué grande bello y antiguo lugar.
> Qué hermosos pétalos pasean de aquí para allá.
> Qué ronroneo de ramas y hojas al chocar.
> Que Dios los bendiga en su hacer y crear.
> Que en estos jardines siempre se pueda soñar.
> Que todos los clientes puedan descansar.
> Que yo en mi vejez pueda disfrutar.
> Gracias de todo corazón.

Cuando terminó el discurso y ya por fin relajado pudo observar que en la última fila se encontraba la familia de Mirabella, sus ojos se encontraron con los de ella, que estaba erguida, feliz, con las mejillas sonrosadas, tiernas, como recién esculpidas. Vestía con escasa ropa, ya que el sol estaba de mal humor. Sebastián se quedó embobado durante unos instantes, para él una eternidad.

Los invitados rompieron en fuertes aplausos deseando devorar a besos y abrazos al joven genio. Él por fin despertó de su letargo y se retiró del atril como una pequeña gacela asustada, sin dejar de buscar de nuevo los ojos de Mirabella, dirigiendo su mirada a la última fila para encontrarse con ella; mientras tanto, los que estaban cerca del pasillo que había entre las dos filas de sillas querían conocerlo, lo paraban para darle la enhorabuena o para hacerle presentaciones.

—Sebastián, aquí te presento al señor Vincent Laguner, uno de los mejores novelistas del momento.

—Encantado, joven. Tienes un futuro prometedor, no lo desperdicies por nada.

—Me alegro de haberle conocido, señor. He leído varias de sus obras y me han gustado con locura.

—Muchas gracias por el cumplido, no termino de acostumbrarme a que haya gente tan joven que me lea, y menos aún con estos elogios.

—¡Ven, Sebastián! Aquí está Francisco López. Feliz de haberte escuchado, imagínate, está deseando ver lo que has pintado.

Él no era del todo consciente del nivel de invitados que habían venido al evento, pero con el paso del tiempo se iría dando cuenta de lo mucho que le serviría conocer a la flor y nata del mundo del arte, de la ciencia e incluso a algún político. Mientras tanto, parecía misión imposible avanzar. Él se encontraba flotando en el aire como por arte de magia, atrapado por tantas manos a la vez sobresaltados por el emotivo discurso y el precioso poema, hasta que por fin todos pudieron ver con sus propios ojos el encuentro con su amada Mirabella y el intenso abrazo que se dieron. Él la levantó más de un palmo de la hierba recién cortada, incluso los padres que se encontraban justo al lado parecían estatuas del propio jardín. El abrazo duró casi un minuto, pero parecía que el tiempo se había parado y todos los asistentes daban vueltas a su alrededor, tanto que el padre de la chica le tocó el hombro al mismo tiempo que decía:

—Sebastián, nosotros también queremos abrazarte.

Se lo quitó a la hija y lo abrazó, y así sucesivamente. Hubo un momento en que se sintió como una pelota de tenis de aquí para allá, hasta que dijo en un tono de voz algo elevado:

—¡Basta ya, por favor!

El silencio se hizo dueño del jardín al escuchar ese estruendo de nervios acumulados, hasta que Ricard, para romper un poco el hielo, dijo:

—Me alegro de que hayas avanzado tanto en este tiempo que llevamos en EE. UU.

Él, sonrojado como una fresa madura recién cortada, dijo:

—Perdonen, no me he podido aguantar, me encontraba algo agobiado. Espero de todo corazón que me comprendan.

Continuó abrazando a todos y cada uno de los invitados y terminando de conocer a los que no le habían presentado. Al final, la alegría y el nerviosismo se apoderaron de él.

Las lágrimas de casi todos, sobre todo de los más sensibles, por poco inundan el jardín del hotel. En ese mismo instante, el señor Paul con la alcachofa en mano dijo:

—Música, por favor.

Y allí estaba la señora Esther con el piano Royale, que habían sacado al porche, y acompañada de tres jóvenes músicos, que comenzaron a animar a todo el mundo.

Mirabella se quedó sin palabras, sorprendida y feliz al mismo tiempo del tan esperado reencuentro.

Mucha gente se interesó por saber más de la vida del peculiar Sebastián, tanto que lo acribillaron con bastante sutileza a preguntas de todo tipo. Durante al menos una hora no pudo volver a encontrarse con ella. Para poder hablar, tuvieron que cogerse de las manos y salir a toda hostia de la fiesta. Pasearon por la orilla de riachuelo, se contaron algunas de sus vivencias, ambos estaban entusiasmados. La música se escuchaba a lo lejos. Mientras ella le describía la vida en Miami, él le explicaba los proyectos que tenía en mente, que no eran pocos. Cuando llegaron a cosas más íntimas, se detuvieron en seco cogidos de las dos manos bajo la sombra de un viejo olivo, mirándose de una forma fija y densa como dos adultos. Muy despacio fueron acercándose más y más hasta que sus labios, recién sacados del horno, se fundieron en un dulce e inocente primer beso de amor tierno en la boca, en el que incluso llegaron a rozar sus rígidas y temblorosas lenguas, de las que saltaron chispas. En cuanto dejaron el beso atrás, se encontraban empapados de sudor, flojos de piernas y algo sonrientes. Se tumbaron en la fresca hierba bocarriba mirando al cielo y cogidos de la mano para seguir hablando un rato más, y así después regresar a la fiesta para poder compartir la alegría y el amor que ambos rebosaban con todos los demás. La fiesta se alargó hasta las dos de la madrugada. Algunos ayudaron con la limpieza, aparte del personal que había en plantilla del hotel. Sebastián y Mirabella quedaron en verse al día siguiente cerca del arroyo para darse un baño de agua fría.

Allí hablarían de su futuro más cercano, pero lo que nunca se imaginarían ninguno de los dos es que esa misma tarde los padres de ella le propondrían a Sebastián que se fuera con ellos a Miami para el próximo curso, ya que era el último año de contrato que le quedaba, y aprovechar para conocer el país, practicar el inglés y ampliar sus conocimientos en general.

Cuando los jóvenes escucharon la propuesta, saltaron de alegría y júbilo, gritando como dos locos recién salidos de un manicomio. Al cabo de unos instantes, Sebastián se detuvo en seco algo pensativo, hasta que dijo:

—Se lo tendremos que consultar a mis abuelos, necesito el permiso de ellos para salir del país.

A partir de ese momento, la alegría se fue desvaneciendo poco a poco, algo cabizbajo, meditativo y hasta un poco triste a la vez. Mirabella le dijo:

—Tranquilo, mis padres hablarán con ellos, seguro que te dejan; además, sería a últimos de agosto, que vendremos de vacaciones y te vendrás con nosotros en el avión.

—Eso mismo espero yo, que me dejarán ir.

# Capítulo 13
# EL DESPEGUE

Llegó la hora de la cena.

—Abuelos, he de deciros algo fantástico, pero triste a la vez. Sabéis que os quiero con locura y me habéis dado todo lo que un niño puede desear, mucho cariño y algunos caprichos, pero hay algo dentro de mi ser que me empuja a viajar por el mundo, conocer y estudiar nuevas culturas.

La abuela dijo antes de que él terminara de dar la noticia y pedirles permiso para marchar:

—¿Qué diablos quieres decir con eso? ¿Tú también quieres abandonarnos como lo hizo tu madre a tu misma edad?

El abuelo la cogió de la mano con mucha ternura y comprensión. Sebastián hizo oídos sordos al duro comentario de su abuela.

—Siéntate, cariño, deja que termine de darnos la noticia.

Algo tembloroso, pero seguro de sí mismo, prosiguió:

—Pues veréis, esta mañana los padres de Mirabella me han invitado a que vaya con ellos a su casa de Miami a últimos de agosto para estudiar allí durante un año que les queda de estar allí. Solo lo decía para que lo supierais de antemano y no os pillara de sopetón, aunque al final ya veo que no os hace mucha gracia.

En ese instante, la abuela arrancó a llorar como una niña pequeña cuando le quitan una chuche de los labios.

El abuelo Guillermo, algo más comprensible con la propuesta, dijo para tranquilizarla:

—No llores más, la familia de don Luis también significa mucho para tu nieto, son personas muy responsables. Si Sebastián se fuera con ellos, lo cuidarían como a un hijo más.

—Por mucho que me duela tener que separarme de vosotros, no quiero dejar de escapar esta gran y única oportunidad de oro que se me ha presentado. Espero que lo comprendáis y me deis vuestra aprobación, pero de todas formas todavía falta mucho.

La abuela María, algo mareada y tambaleante, se dirigió a su dormitorio como una zombi. El abuelo se levantó enseguida para acompañarla. Cuando pasó justo al lado de su nieto, le hizo un pequeño guiño y una palmada en el hombro como queriendo decirle: «Tranquilo, para mañana se le habrá pasado». El joven, solo y pensativo, se quedó en la mesa camilla. El silencio se adueñó del salón y de la casa entera, pero, para sorpresa de Sebastián, después de transcurrir una media hora, volvieron a salir sus abuelos cogidos de la mano algo desconsolados, aunque con una ligera sonrisa. Mientras tanto, se dieron un abrazo de amor longevo, derritiéndose como dos bolas de helado en una terraza en pleno mes de agosto. Sentados de nuevo, retomaron el tema desde otra perspectiva, mirándose todos a una y esperando a ver quién diría la primera palabra.

—Pues yo creo que, cuando nos quedemos solos, acostumbrados a escucharte a andar por la casa, abrir la nevera para buscar comida, tus risas, las regañinas, resfriados y toda clase de acontecimientos corrientes de un jovenzuelo, nos va a costar mucho trabajo sentir ese vacío tan grande que vas a dejar cuando te vayas. El despedirnos de ti es algo que tarde o temprano teníamos conciencia de que ocurriría, entendiendo que esta pequeña aldea se te esté quedando demasiado pequeña y obsoleta. En tu caso en especial, que nunca has salido de aquí, es obvio que quieras adquirir más y diferentes conocimientos aparte de los que ya has absorbido de tus maestros de la residencia, y la verdad es que tenemos que estar agradecidos de que sea con la familia de don

Luis Gasquet. Tu abuela y yo de todo corazón estamos seguros de que van a mirar por ti —dijo el abuelo en nombre de los dos; no obstante, la abuela estaba un poco aturdida aún.

—Es verdad que ha sido una suerte que me hayan invitado a vivir con ellos, aunque nos echemos de menos, pero once meses pasan muy rápido; además, os enseñaré cómo funcionan las videollamadas virtuales para poder vernos mientras hablamos, o más bien para que retoméis la actividad con el ordenador. Reconozco que no sois amantes de la tecnología a no ser que sea exageradamente necesario, ¿verdad?

—Tranquilo. A tu abuela María se le da bien manejar esos aparatejos, más de lo que piensas. Cuando lleves un par de días fuera, se monta una oficina llena de cables y aparatos de toda clase para poder verte y escucharte de manera impecable.

La abuela por fin reaccionó:

—No creo que sea para tanto, tu abuelo es muy exagerado. No te molestaré más de lo justo y necesario. Tú necesitarás mucho tiempo para conocer la ciudad, nuevos amigos, los estudios y, aunque creas que estoy ciega, también para el amor. El otro día me di cuenta de cómo mirabas a Mirabella; así me miraba tu abuelo cuando nos conocimos. Hay cosas en la vida que nunca cambiarán y esa es una de ellas. En pocas palabras, estás colado por esa jovencita y bonita francesa, y la verdad es que se la ve una chica muy dulce y guapa; pero apenas estáis empezando a vivir, aunque eso es lo que nos dicen a todos cuando llegamos a las puertas de la pubertad.

—¡Verdad! —dijo dirigiendo la mirada a su querido Guillermo, acompañada de una sabia sonrisilla.

Sebastián se sumergió en su mundo buscado las palabras para argumentar los sentimientos que tenía hacia Mirabella y le preguntó:

—¿Quién te lo ha dicho? No habrán sido sus padres, o por lo menos espero que no haya pasado así.

—Has sido tú, se te nota a leguas, muchacho. Estás tan enamorado e introducido en la burbuja del amor primerizo que pensáis que tenéis vuestra atmósfera particular, o sea, para vosotros solos.

El abuelo soltó varias carcajadas y le dijo:

—Sebastián, nunca renuncies a lo que tu abuela llama tu mundo, agárralo con todas tus fuerzas. Siempre estará ahí, solo cambiarán algunos detalles; pero ese mundo tuyo siempre ha de estar vivo en tu interior y que te ha de pertenecer. Nunca dudes lo más mínimo de lo que te acabo de decir, hijo.

—Gracias a los dos por vuestros consejos, nunca lo olvidaré. Habéis sido todo lo buenos que cualquier niño hubiese querido de sus abuelos. Para mí lo habéis sido todo, no me ha faltado de nada y, a pesar de no tener padres, no padezco ningún trauma por falta de cariño, ya que vosotros me lo habéis dado multiplicado por mil.

Con esas bellas palabras, la abuela se quedó más desconcertada aún si cabe. No pudo evitar lo inevitable y las lágrimas se derramaban a cántaros por sus pequeños surcos de la vejez que se le iban formando a ambos lados de la nariz, hasta desembocar encima de sus afligidos pechos, cubiertos por un camisón negro, ya que, desde que falleció su hija, nunca se quitó el luto por muy pasado de moda que estuviera. Sebastián dio un salto de su silla como una gacela saltando por encima de las ramas secas de un árbol caído, abrazándola con todas sus fuerzas. El abuelo se acercó con cautela y sigilo sin reclamar protagonismo alguno ni echarle más leña al fuego.

Todo acabó cuando los tres se fundieron en un abrazo y se convirtieron en un solo cuerpo. Al día siguiente habían quedado para ir a comer a la Casa Alegre; ahí sería donde el señor Ricard y la señora Jeanette les propondrían el asunto a los abuelos.

Sin saber que Sebastián se lo había dicho la noche anterior, ya sentados en la mesa del porche de la Casa Alegre, el señor Ricard comenzó a carraspear para llamar la atención de todos:

—Señor Guillermo y señora María, queridos amigos, mi esposa Jeanette y yo quisiéramos proponerles que dieran vuestro consentimiento para dejar que su nieto se viniera una temporada a vivir con nosotros a Miami. En un principio, habíamos pensado que sería en agosto, pero al final creemos que sería mejor que se viniera con nosotros en unos días y se vaya adaptando a su nueva vida.

La abuela algo nerviosa dijo:

—Nuestro nieto nos puso anoche al corriente de todo. En un principio me dijo que sería a finales de este verano, pero tienen ustedes razón; si se va ahora, tendrá tiempo de sobra para acomodarse y empezar el curso del instituto con algo de ventaja.

Todos asintieron con la cabeza y las risas más sinceras empezaron a resurgir.

—Pues entonces que dé comienzo el almuerzo, que me muero de apetito —dijo Ricard.

Al día siguiente, Sebastián comenzó con los preparativos del que iba a ser su primer gran viaje, como el pasaporte. Tuvo que ir con su abuelo a la ciudad de Granada, preparar sus dos maletas con las cosas más imprescindibles. A todo esto, sus abuelos querían celebrar una cena de despedida. Decidieron celebrarla en el nuevo hotel para que cupiesen tantos invitados como fuera posible: sus maestros, algunos vecinos y trabajadores de la residencia y la familia de Mirabella, ya que Sebastián era muy querido en todas sus facetas que no eran pocas.

Los días pasaron tan rápido como las hojas de un periódico en manos de un ojeador. Llegó la hora de la cena de despedida en el nuevo hotel. En el *hall*, justo en la esquina norte a la izquierda, descansaban dos sillones Regina estilo barroco de terciopelo verde, en medio de una mesita de madera de olivo que robaba casi todo el protagonismo decorativo, y justo en la esquina, un revistero. Debajo de la escalera de caracol se encontraba la recepción, una mesa de despacho en madera de nogal y tapete de piel de color verde también, al más típico estilo inglés, y un sillón de piel de búfalo color sangre. En un lado de la mesa, una pantalla de ordenador de lo más moderna, y en el otro lado de la mesa, una pequeña lámpara Tiffany. Lo ultramoderno se entremezclaba con lo clásico.

Detrás de la silla giratoria, un tablero con un paisaje de la zona donde se encontraban las llaves de las veintiocho habitaciones disponibles que pudieron conseguir después de la exhaustiva reforma. Los dueños dudaron entre poner el cierre con cerradura normal o con tarjetas, que era lo que se imponía en casi todos los hoteles, o con una llave retro; al final optaron por la última para darle un toque de romanticismo. A la derecha había un pasillo que daba a la entrada de la cocina y entre los sofás Chesterfield y la fachada se encontraba una puerta de doble hoja de madera clara con unas maravillosas vidrieras de aves tropicales y cañaveras. Detrás de estas se hacía esperar un salón comedor de estilo francés e inglés al mismo tiempo, una mezcla muy original. Justo encima de cada mesa colgaba una lámpara marinera, los grandes ventanales abrigados con sus cortinas claras de flores silvestres, los suelos de parqué de madera natural; y en la pared más grande se asentaba un robusto aparador de madera de roble para el servicio del comedor, custodiado por el retablo que pintó Sebastián, de color negro y rojo.

Los primeros en llegar fueron Sebastián y sus abuelos. La poca claridad que quedaba desapareció por completo al dar paso a otra noche más de invierno. Querían comprobar que estaba todo correcto. La señora Sarah encargó unos centros de mesa con orquídeas, todo estaba resplandeciente y olía a nuevo. El señor Paul Palmer y Sarah Lover se vistieron de manera sencilla y elegante para no desentonar demasiado. Todos se saludaron con una alegría desmesurada. En cuanto el servicio de camareros terminó de servir todas las bebidas y platos correspondientes, también acompañarían en la cena como unos invitados más.

La señora Sarah Lover comenzó a hablar para romper el hielo:

—Buenas noches a todos, me alegro muchísimo de que hayan confiado en mí para organizar esta cena tan especial como la que nos acontece. ¿Cómo estás, mi querido amigo Sebastián? Ha llegado a mis oídos que nos abandonas durante bastante tiempo. Ante todo, quiero que sepas que te voy a echar muchísimo de menos.

Seguidamente lo cogió de un moflete y le pellizcó sin demasiada fuerza.

—Yo también te echaré de menos, jovencito, y pensaba que me ibas a quitar a mi hermosa mujer, ¡ja, ja, ja! —dijo soltando una carcajada el señor Paul.

Todos a una arrancaron unas pequeñas y entusiasmadas risas. Estaban todos: los maestros con los cuidadores, el director de la residencia, la familia de Mirabella y los más madrugadores, que fueron los vecinos.

Sebastián estaba sentado entre su abuela y Mirabella, y a la derecha de ella, su madre. Le seguían Philippe y su padre, el señor Ricard, cerrando el cerco de la mesa redonda el abuelo Guillermo. Eligieron un menú de lo más variopinto con comida española y francesa para intentar satisfacer los paladares de la mayoría de los comensales.

## MENÚ ESPECIAL. DESPEDIDA DE SEBASTIÁN

### ENTRANTES
Jamón ibérico de bellota y queso de oveja
Ensalada tropical con quisquilla de Motril, aguacate y mango acompañado de salsa rosa.

### 1.er PLATO
*Le foie gras,* con mermelada de arándanos y hojas de menta.

2.º PLATO
*Boeuf bourgignon* (buey al vino tinto).

3.ᵉʳ PLATO
Perdiz en escabeche.

POSTRES
Crep con mermelada de higo, helado y miel. Mazapán y turrones de almendra de la zona. Pan de higo.

BEBIDAS
Agua mineral Lanjarón en botella cristal, tinto Federico Reserva y champán.

Los dos tortolitos se intercambiaban unas pequeñas miraditas de reojo para que nadie se diera cuenta, hasta que en medio de la cena la madre, Jeanette, les dijera:

—Parece que habéis conectado muy rápido. Hacéis una buena pareja, pero debéis de tener calma, sois muy jóvenes y por ello os recomiendo ir despacio. Con esto digo que confío en vuestra cordura y espero que actuéis acorde con ella.

Los dos jóvenes no sabían dónde meterse.

Ricard se dedicó solo a dar su consentimiento a todo lo que decía su esposa asintiendo con su cabeza y sonriendo como de costumbre. El hermano fue más allá.

—No tenéis de qué preocuparos, yo los vigilaré, ¡ji, ji, ji! Si veo algo raro, os tendré informados.

—Si he de ser sincera, sí, estamos enamorados, pero no como dos adultos, sino como dos niños. No tenéis de qué preocuparos, sabemos de sobra que hemos de ir con suma tranquilidad y responsabilidad, y sobre todo somos lo suficientemente conscientes como para preocuparnos de estudiar duro, y así conseguir nuestros objetivos —soltó seria y firme la joven Mirabella.

Luego Sebastián continuó:

—Creo que no tengo nada que añadir a lo dicho; bueno, sí, que esperaré todo el tiempo que necesitemos para ser una pareja de verdad. El tiempo no me preocupa demasiado de momento. Ahora sigamos disfrutando de esta cena de despedida que mis abuelos han organizado con tanto cariño y entusiasmo.

—Sí, está bien, pero que sepas que os estaré vigilando, ¡ja, ja, ja! —volvió a decir el cansino de Philippe, al mismo que no tardaron en replicarle.

—Ya está bien —dijo el señor Ricard—. Si no confiara en ellos, no hubiera pensado en que se viniera a vivir a Miami una temporada, así que vamos a hacer un brindis por los abuelos y desear que vivan muchos años para que vean los logros de estos tres jóvenes, que no van a ser pocos, y de eso me encargaré yo en particular.

Y así fue como se zanjó el tema de la confianza a los dos tortolitos.

Todos los invitados estaban más que satisfechos por los ricos y sabrosones platos. Los más delicados de salud esa noche se saltaron a la torera la estricta dieta que les imponía el nutricionista de la residencia, por lo que, disfrutando plenamente, se hizo bastante tarde, casi las dos de la madrugada, después de muchos brindis llenos de orgullosos elogios al joven Sebastián, que iba a comenzar su andadura por el mundo, y lo haría a lo grande, directamente en Miami.

La pianista Esther hizo el último brindis de la noche, estaba bastante alegre y su tenue timidez hacía un buen rato que había desaparecido por completo.

—Brindo por el futuro genio de la humanidad, en el cual yo he puesto mi pequeño granito de arena para que se haga realidad y que tenga un buen viaje, lleno de experiencias y un buen aprendizaje. Pero que haga el puñetero favor de no olvidarnos, ¡chin, chin!

Y cayó redonda en la cómoda silla de terciopelo azul marengo. Después de unos fuertes aplausos, comenzó a sonar de ese majestuoso Royale la música que tocaba como un ángel la señora Sarah, que eligió el tema *Claro de luna* de Beethoven. Todos estaban extasiados durante todo el rato que duró la pieza y, en cuanto terminó, siguieron los aplausos y los despidos llenos de besos, abrazos, llantos y risas y algún que otro pellizco en las mejillas. La mañana despertó más tarde que temprano e hizo su aparición la familia de Mirabella en una Mercedes Vito Tourer de alquiler para ir lo más cómodos posibles, debido al transporte de tantísimas maletas, en las que no faltaban algunos preciados productos de la zona como queso, jamón, vino, miel y aceite de oliva.

Sebastián y sus abuelos esperaban resguardados del sol fuerte que había esa mañana de invierno, debajo del porche de madera de color blanco, junto con su voluminoso equipaje, varias maletas, tres cajas bien embaladas y el caballete transportable que le dejó de recuerdo don Luis y que todos reconocieron enseguida. La abuela María lucía un rostro alegre para no hacer sufrir a su nieto, que relucía lleno de alegría y entusiasmo tan ilusionado y ganas de ver mundo, pero que al final no pudo contener unas minúsculas pero visibles lágrimas.

En la mirada del abuelo, aunque sonriente de vez tanta felicidad en estado puro, también se podía observar un atisbo de melancolía, pero lo más importante para los abuelos era él, su futuro y sus inquietudes hechas realidad. También, claro está, lo cerca que estaría de lo que sería su primer y gran amor, Mirabella, la cual sonreía sin parar. Ella estaba muy feliz de que así podrían conocerse más y mucho mejor.

# Capítulo 14
# LA PARTIDA

Llegó el momento de la despedida sin más preámbulos, harían falta cinco horas para llegar a la terminal 4 de Barajas en Madrid, de la cual solo salían aviones destino América.

La hora de la salida era a las ocho de la tarde, y así tendrían tiempo de parar a comer a medio camino. Durante el trayecto tuvieron un pequeño susto en la calzada por culpa del hielo a la altura de Despeñaperros, las montañas que separaban Andalucía de Castilla-La Mancha. En la siguiente curva, el monovolumen se salió de su trayectoria rompiendo incluso el quitamiedos de hierro galvanizado, tropezando con una enorme montaña de granito. Todos los airbags se hincharon como globos en menos de un segundo, las maletas se removieron como cuando un barman se dispone a preparar un coctel en una discoteca. El señor Ricard miró a su alrededor para comprobar que todos estaban bien y en sus respectivos asientos.

—¿Estáis todos bien?

Contestaron con un leve movimiento de cabeza de arriba y abajo como si por un instante se hubieran quedado mudos.

—No os mováis, por favor, esperad a que yo os abra la puerta.

En ese instante, Jeanette se echó las manos a la cabeza al sentir que le corría algún líquido viscoso por su rostro y, en cuanto observó sus manos manchadas de sangre, chilló como cuando le introducen un machete en el cuello a un cabrito, lo que hizo que todos entraran en pánico.

—Dios mío, Dios mío, ¿qué ha ocurrido? Mamá, mamá, ¿qué te ocurre? No llores, debes tranquilizarte —le dijo Mirabella.

A Sebastián en esos segundos se le vinieron todos los recuerdos de su corta vida a la cabeza, aunque sacó fuerzas de sus entrañas para no llorar. Reaccionó cogiendo la mano de la joven, que estaba justo a su lado.

—No te preocupes, parece que estamos todos bien.

En ese momento, ella comenzó a llorar apoyando la cabeza sobre su hombro. La madre parecía haber entrado en *shock*, no se movió ni un ápice de su asiento. Eso fue lo que dijo el señor Ricard, que estaba llamando al 112 y seguidamente al seguro. El joven Philippe fue el último en reaccionar, iba escuchando música con los ojos cerrados, puede que estuviera dormido cuando tuvieron el accidente. En cuanto vino la ambulancia, los médicos comprobaron que todos estaban bien, excepto la señora Jeanette, que sufrió una brecha considerable en la ceja derecha al darse con el cristal de la puerta. Se la desinfectaron y le pusieron seis grapas; por lo demás, no sentían ningún dolor más allá del golpe del airbag en la cara y la presión de los cinturones de seguridad. A los pocos minutos llegó el taxi. El médico recomendó que se pasaran para hacerle una resonancia magnética a la señora Jeanette para estar más tranquilos, pero ella dijo, que si podía hacerlo al día siguiente en Miami para no perder el vuelo, mirando fijamente a los médicos.

Los jóvenes médicos cuchichearon algunas palabras entre sí; después se encogieron de hombros. Uno de ellos dijo:

—Como ustedes vean, pero que no pase de mañana, por favor; de esa manera saldréis de dudas sobre que se haya o no producido algún daño cerebral. A simple vista, con las preguntas que le hemos hecho a la señora, parece estar todo en orden. Que tengan un buen viaje.

Efectivamente, eso sería lo primero que harían al llegar a Miami y dejar las maletas en casa para salir de dudas.

El conductor del taxi era un joven lleno de energía y muy zalamero. Era boquerón; así es como llaman a los hijos de Málaga, en plan cariñoso, claro. En cuanto estaban todos sentados, este dijo:

—Abróchense bien los cinturones. Según me dice mi pequeño ordenador de a bordo, tan solo tenemos tres horas para llegar al destino. Solo pararemos en caso de alguna emergencia. —Y soltó una risa, pero sin llegar a ser muy exagerado.

—Está bien, adelante, caballero, a ver si somos capaces de llegar a tiempo para coger ese vuelo; si no, tendré problemas en el trabajo, puesto que han surgido algunos imprevistos técnicos en el proyecto en el cual soy el principal responsable.

—Usted relájese y póngase cómodo. Yo hago este recorrido al menos una vez por semana y conozco bien los tramos más peligrosos.

Al cabo de un rato, ya estaban más tranquilos y contentos, aunque con cierto desasosiego; después de todo, solo hubo daños materiales. Tan solo se tuvieron que someter a un pequeño chequeo, comprobando que estaban bien. Únicamente tuvo que ser tratada la madre con las grapas y unas pastillas para el dolor. También les dejaron unos tranquilizantes para quien los necesitara. Sebastián se asustó bastante, no era para menos. Cuando estaban subiendo al avión, el joven se sentía exhausto. Era su primera vez, los nervios querían adueñarse de él, pero no tuvieron éxito.

Mirabella se dio cuenta, le cogió de la mano y se sentaron juntos. Cuando el avión alzó el vuelo en el cielo, se dieron un fortísimo abrazo cerrando los ojos. Los padres, que iban justo detrás de ellos, se cogieron fuerte de las manos, conteniendo la respiración y contentos, después de todo lo acontecido. Philippe, con apenas el echo de observar ese romanticismo que surgía de ambas parejas, reaccionó sonriendo y moviendo su afilado rostro de un lado a otro.

# Capítulo 15
# UN NUEVO MUNDO

**P**or fin, el avión tocó suelo en el Aeropuerto Internacional de Miami después de tan largo y angustioso viaje. La casa donde residían se encontraba en el barrio de Westchester, que podía presumir de tener grandes parques, estar cerca del aeropuerto y del centro de Miami. Durante el trayecto a casa, Sebastián iba pegado a la ventanilla. Se le caía la baba de ver esas avenidas tan gigantescas con edificios muy muy separados unos de los otros.

Mansiones, casas más pequeñas, parques, carril bici, césped por todas partes, palmeras tan altas que llegaban a hacerles cosquillas a las nubes y plantas que parecían de otro planeta. La casa no era demasiado grande, pero sí muy bonita, rodeada de un coqueto jardín. En la esquina había un árbol bastante adulto que robaba todo el protagonismo a las casas colindantes. La villa era propiedad de la empresa donde trabajaba el señor Ricard, dotada con cuatro dormitorios. Uno era el de matrimonio, los otros tres algo más pequeños todos en la planta de arriba. En la planta principal se encontraban un aseo, una cocina-comedor y el salón con el típico tresillo y una pantalla gigante; también un aseo pequeño; y en un rincón de la casa que daba a la parte de atrás, se encontraba la oficina de Ricard. Era sábado, por lo que tendrían todo el fin de semana para dejar lista la habitación del invitado y deshacer las maletas, repletas. Los padres, en cuanto dejaron el equipaje, se dirigieron a urgencias del hospital más cercano para que le hicieran las pruebas necesarias y así quedarse tranquilos.

El lunes fueron directamente a la academia de inglés a la que iban los dos hermanos y matricularon a Sebastián acompañados de la señora Jeanette, y a unas clases que se daban en exclusiva por la tarde noche de arte moderno avanzado, en un pequeño colegio, el cual gozaba de buena fama y una gran reputación internacional, del que recientemente habían salido dos grandes e innovadores artistas, para que así el joven y prometedor Sebastián fuera ampliando el abanico de diferentes formas de hacer arte a la que estaba acostumbrado hasta ahora, además de intentar que lo admitieran en el buen instituto adonde ya iba Mirabella. Por lo avanzado que iba el curso, harían todo lo posible para que así fuera en el instituto Marangoni Miami, por supuesto, uno de los más recomendados.

Los días seguían su curso como cualquier río, la alegría que ambos desprendían era más que evidente si cabe a la hora de comer, ver la televisión en contadas ocasiones, leer o hablar por videoconferencia con sus respectivos familiares de Europa; aunque de momento entre ellos todavía no había sexo, solo existían amor y amistad a caudales y muchísima atracción, que no es poco. A pesar de que ambos eran inteligentes, sabiendo casi todo lo relacionado con el sexo, tanto Mirabella como Sebastián mantenían la inocencia intacta, poco habitual en los tiempos que corrían, hasta tal punto que se podía decir que era algo pasado de moda.

Al cabo de unas semanas, el joven Sebastián se había adaptado a su nuevo hábitat, se encontraba contento y alegre de poder vivir tal experiencia, mantenía largas conversaciones con sus abuelos y en ocasiones con alguno de sus maestros de la residencia que se acercaban a la casa de los abuelos y aprovechaban la visita para dar un paseo y salir del centro.

Cada día que transcurría en el colegio de arte moderno, más le fascinaba. Transcurrieron unos meses y ya comenzó a trabajar con materiales como el acero, el latón, el titanio, el granito y maderas en pequeños proyectos, utilizando unas placas de imán para poder contemplar las pequeñas esculturitas de distintos metales desde diferentes perspectivas y ángulos, resaltando la belleza y perfección de las mismas. El verano llegó tan rápido que apenas si se dieron cuenta.

Después de varias reuniones familiares, inclusive Sebastián, concluyeron que apenas contaban con mucho tiempo en agosto para hacer un gran viaje a Europa. Optaron por unas minivacaciones en una autocaravana tan grande como un autobús para conocer un poco los estados más cercanos al de Florida como el estado de Alabama o el del Misisipi y algún otro más, para visitar la casa museo de Elvis Presley, la Basílica de Santa María y muchos más lugares emblemáticos. Los abuelos de Sebastián no acogieron la noticia con agrado, pero ya no les quedaba otra que esperar a que regresaran todos definitivamente el próximo año, que era cuando terminaba el contrato el señor Ricard.

# Capítulo 16
# EL PRIMER GRAN PROYECTO

Justo antes de la Navidad, cuando iba a cumplir un año de su llegada a Miami, Sebastián se sacó un proyecto de la manga en el Colegio de Arte Moderno. Había inventado un sistema para mostrar esculturas suspendidas en el aire. Su tutor, llamado Bryan Gordon, se quedó fascinado; tal fue así que le propuso un acuerdo fantástico.

—¡Sebastián! ¿Tú sabes lo que tienes entre tus manos? Este proyecto podría encajar en los mejores museos de todo el mundo que estuvieran dispuestos a hacer un buen reembolso y tuvieran el presupuesto necesario para acometer tales reformas. Mi consejo es que hables con tu apoderado, el señor Ricard, y lo patentéis sin demora; incluso él mismo se podía encargar de hacerte un programa de desarrollo posible y viable. Según el trabajo que desempeña en su empresa, debe de saber de estos asuntos. Habla con él y, si por casualidad te pusiera alguna pega, le mando una invitación al colegio para proponerle el caso y así explicarlo con detenimiento.

Sebastián se quedó alucinando después de escuchar al profesor Bryan Gordon, no podía creerse lo que sus oídos acababan de escuchar. El dichoso proyecto consistía en lo siguiente:

1. En la instalación de un habitáculo de cristal lo más fuerte posible y así poder hacerlo ingrávido.

2. En el suelo hacer una instalación de chorro de aire comprimido para poder mantener la obra de arte suspendida en el aire, según la altura que esta requiriera.

3. En las esquinas irían instalados otros propulsores de chorros de aire con la misión de mover las piezas en forma de giro constante y superlento para que se pudiera contemplar sin necesidad de estar dando vueltas a la obra representada.

4. En cada pared habría un sensor de temperatura que haría posible que la pieza que se mostraba en ese momento se acercara más al visitante que en ese momento quisiera observarla más de cerca.

5. La colocación de unos electroimanes en las obras que fuera posible sin dañar las mismas y en distintos puntos del habitáculo según se requiriera.

Cuando presentó el proyecto a todos los profesores y alumnos de El Colegio de Arte Moderno, que por cierto tuvo muy buena acogida, no antes de haber cogido y utilizado el buen consejo de su tutor Bryan Gordon y así patentarlo, el señor Ricard pidió un día de asuntos propios a su empresa para dirigirse a la oficina de patentes y marcas del estado de Florida, acudiendo en apoyo del mismo el tutor de Sebastián.

El nombre de la patente que bautizo Sebastián fue *La escultura viva*. El director del colegio tenía contactos con los políticos de Miami y con el director del museo Lowe Art Museum de la ciudad, y podía proponerle desarrollarlo de forma experimental y de forma que le sirviera a Sebastián de ensayo y propaganda para las próximas instalaciones futuras.

El director mandó llamar a Sebastián para que se dirigiera a su oficina para proponerle el trato, y él se presentó algo nervioso.

—Adelante, mi querido y buen alumno. Como ya te habrás dado cuenta, estamos muy orgullosos del proyecto que has patentado. Te quisiera hacer una propuesta: me he tomado la libertad de comentarles tu proyecto al concejal de cultura de la ciudad y al director del Lowe Art Museum de Miami, para poner en práctica tu proyecto. Ambas entidades correrían con todos los gastos del montaje, incluyendo todos los tuyos, mientras duren los trabajos; en definitiva, hasta que se inaugurara la nueva sala. ¿Qué me dices, joven? Te vendría bien para estudiar con exactitud los pros y los contras del mismo y contarías con toda la ayuda técnica y lesiva de El Colegio de Arte Moderno, que estaría a tu entera disposición. Nuestro colegio ganaría prestigio, y el Lowe Art Museum, visitantes. Piénsalo, muchacho, y me comunicas tu respuesta en cuanto lo tengas claro. Toma mi tarjeta con mis números de teléfono.

—Señor director, estoy exhausto de lo que acabo de escuchar, voy a necesitar unos días para asimilar tal información. Lo hablaré detenidamente con mis familiares y el señor Ricard, que es la persona que tiene la responsabilidad sobre mí aquí, en Miami. Muchas gracias por confiar en mi proyecto y por darme esta gran oportunidad. En cuanto tenga la respuesta, se lo comunicaré por teléfono.

—Pues no se hable más, joven Sebastián, siga con sus clases. Espero con la mayor brevedad tener su respuesta positiva sobre el asunto que acabamos de tratar. Suerte, hijo, seguro que todos te apoyarán. —Se le acercó y le dio un fuerte apretón de manos, mirando al joven fijamente y sonriendo.

Sebastián no cabía dentro de su fibroso cuerpo. Se fue, cerrando la puerta con sumo cuidado. Lento y pensativo se dirigió a la clase, que en ese momento ya estaba comenzada. Tocó la puerta con los nudillos y allí estaba su tutor dando explicaciones a sus alumnos. Miró a Sebastián con cierto orgullo y curiosidad porque sabía que venía de mantener una reunión con el director.

—Toma asiento, apenas acabamos de empezar, y a vosotros os quiero comunicar una noticia importante. Como ya habréis escuchado algo seguramente, vuestro compañero Sebastián, venido de España, ha presentado un proyecto innovador que puede revolucionar la forma de visitar un museo, por lo que les hago saber que, si acepta la propuesta que le han hecho, no le tengan en cuenta si algún día llega tarde o incluso falta a algunas de sus clases. Espero que lo comprendan, muchas gracias a todos. Dicho esto, seguimos por donde íbamos.

Sebastián estaba sentado, erguido, mirando las caras que pusieron sus compañeros después del discurso del tutor. Amorró la cabeza casi con vergüenza y suma humildad, abrió su carpeta y comenzó a tomar notas.

Ya en casa aprovechó la cena para comentar todo lo acontecido y en lo más profundo de su ser deseaba el apoyo de todos, sobre todo del señor Ricard, y así fue. Todos acogieron la propuesta del director con entusiasmo, salvo el hermano de Mirabella, que acogió la noticia con cierta indiferencia.

Al día siguiente, antes de entrar en clase, llamó al director para comunicarle que le habían dado el consentimiento, el mismo que le dijo que se pasara por el despacho y así hablar del plan de actuación del proyecto.

La nueva sala estaría terminada en un año poco más o menos y al padre de Mirabella le quedaban unos meses de contrato, por lo que regresarían a Francia.

Mientras tanto, los padres de Mirabella estaban en la tesitura de dejar a su hija un año más en el instituto por lo bien que le iban los estudios y no querían que se viera interrumpida por su culpa. Por la noche volvió a sacar el tema casi a punto de terminar de cenar. Sebastián se dedicó a contar todo lo que había hablado con el director del colegio de arte moderno. Mirabella, que como siempre se sentaba a su lado, le soltó un beso en la mejilla de alegría y, sin pensarlo, los padres en ese mismo instante se miraron sin saber qué hacer al respecto. Philippe se dedicó a reír como una hiena hambrienta, puede que de envidia de lo que acababa de contar

Sebastián, e incluso algo celoso, ya que su hermana del alma solo tenía ojos para Sebastián, y dijo:

—Pero qué tonterías son esas de que te van a dejar dirigir un proyecto al parecer millonario. Seguramente te lo has inventado todo, ¡ja, ja, ja!

—Basta ya, yo acabo de escuchar lo que ha dicho y os lo iba a contar todo. El otro día acompañé a Sebastián a la oficina de patentes y marcas, por lo que doy fe. De lo que no estaba informado era de que el director ya tuviera el plan de actuación, pero veo que se lo han tomado en serio. Yo soy el primero que te ha dado el consentimiento, aunque también tendrás que hablar con tus abuelos. Y en lo que te concierne a ti, Philippe, en vez de salir con tus amiguitos y amiguitas a todas horas, te dedicarás más a estudiar; de esa manera no me hubieses traído la mitad de las asignaturas suspensas, cerrando las puertas de las mejores universidades, así que menos reírse de los logros de los demás.

Filippe retiró su silla de un manotazo y salió corriendo de su casa sin decir nada como un toro miura, dando un fuerte portazo.

La madre hizo el amago de levantarse, pero Ricard le puso la mano en el hombro.

—Siéntate, por favor. Tiene veinte años y tiene que saber respetar los logros de los demás y saber dónde están los límites. En cuanto se le pase, regresará a casa.

—Pero...

—Ni peros ni hostias, Jeanette. Si no quiere estudiar, que sea sincero y lo diga, que busque algún trabajo que le guste hacer y así no convertirse en un nini a su edad.

—Basta ya, papá, creo que estás siendo demasiado duro con él.

—Está bien, iré a buscarlo.

Sebastián se encontraba cada vez más hundido en su silla, se sentía culpable de lo ocurrido. En ese preciso momento, Jeanette se levantó y abrazó a los dos enamorados para tranquilizarlos.

—No os preocupéis, en poco rato entrarán los dos por la puerta y nos abrazaremos todos a la misma vez y asunto resuelto. Tenemos que decidir también el dejarte aquí estudiando el año que te queda para terminar el instituto y así más tarde continuar en Francia con lo que quieras hacer.

—¿En serio, mamá? Estaba deseando que me dejarais aquí al menos un año más, y ahora puede que se quede también Sebastián; mejor aún si cabe.

En ese instante, los dos entraban por la puerta serios, pero en son de paz, y efectivamente se agruparon y se abrazaron sin miseria para que los malos espíritus se alejaran de sus vidas.

Mientras tanto, Sebastián se podía convertir en una de las personas más jóvenes de los últimos tiempos en inventar y desarrollar un proyecto de tal envergadura, ya que en esta sala especial se podrían exhibir obras de arte de apenas cien gramos hasta media tonelada.

Al final le fue concedido que se pudiera quedar Sebastián en la misma casa de la empresa. El señor Ricard habló con sus jefes y estos estaban dispuestos a dejarle la pequeña villa siempre y cuando corrieran con todos los gastos derivados de la misma. Sebastián le pidió al director que esperara un poco más su respuesta, que sería afirmativa, pero quería pedirles permiso a sus abuelos en persona y tan solo faltaba un mes para las vacaciones de verano; el director no le puso ninguna pega.

Cuando ya todos volvieron a España juntos para descansar unos días en la Casa Alegre, Sebastián en los primeros días comunicaría a todos sus intenciones de volver a Miami para seguir estudiando y con su proyecto, que iba a comenzar cuando apenas contaba con dieciséis años de edad, empezando por sus abuelos, los mismos que no se negaron y dejaron claro la confianza depositada en él.

Sebastián dejó la mayoría de sus cosas en el colegio de Miami, sabía con certeza que sus abuelos no se opondrían a realizar sus sueños. Ahora la incógnita sería si al final los padres de Mirabella la dejarían quedarse un año más en Miami para seguir con los estudios; a decir verdad, estaban algo indecisos por la corta edad de ambos y la distancia, ya que la situación era muy distinta a la del año anterior. Cuando todos estaban juntos, la decisión la tomarían la última semana de vacaciones que pasarían en la villa de Vallauris.

Sebastián quería partir desde París directamente hacia Miami, estaba convencido de que le acompañaría su querida Mirabella.

De no ser así, quedaría totalmente destrozado; aun así, él tenía claro su regreso hacía ya tiempo. Cuando Sebastián se dirigió directamente a la villa de Vallauris para conocer la que en su día fue la casa de vacaciones de su más querido maestro, don Luis Gasquet, haciendo el recorrido en autobús desde España, la villa estaba llena de recuerdos de don Luis y más personajes, amigos, incluso amantes... Al final, entre todos decidieron que lo mejor sería que compartieran un apartamento cerca de El Colegio de Arte Moderno y también del instituto donde estudiaba Mirabella. El mismo colegio le proporcionaría a parte de un pequeño sueldo para los gastos más imprescindibles durante el curso y hasta finalizar los trabajos del Lowe Art Museum.

En la villa, los padres aprovecharon cada día para dar instrucciones a los dos y aconsejarles firmemente que no eran una pareja, sino dos compañeros y amigos compartiendo piso.

# Capítulo 17
# EL SALTO A LA ADOLESCENCIA

Al cabo de dos semanas ya se encontraban compartiendo apartamento y los quehaceres rutinarios y estrictamente necesarios, ya que durante la semana apenas disponían de tiempo para intercambiar palabra alguna. Solían encontrarse en el apartamento a eso de las 21:00 horas; la mayoría de las noches pedían una *pizza* para compartir o alguna otra comida para llevar a casa.

Al mismo ritmo que pasaban los días, las semanas, incluso los meses, la atracción entre ellos iba creciendo sin cesar, cada vez más y más fuerte, hasta tal punto que, para cuando llegó de nuevo la Navidad, decidieron que iban a hacer el amor por primera vez. Cada día se besaban más, se tocaban más, se deseaban con locura, y así sucesivamente. Se acariciaban con tanta dulzura e intensidad que era algo imposible de evitar; eso sí, decidieron que debían hacerlo con cabeza y responsabilidad, para lo que tomarían todas las precauciones necesarias. Ambos querían seguir con los estudios y proyectos que tenían en mente.

El brillo que desprendía la pareja de jóvenes y vírgenes era tan fuerte que iluminaban con su esplendor el pequeño apartamento; por ello pensaron que debía ser algo muy especial. Era la primera vez que lo iban a intentar y las precauciones estaban presentes no solo por su corta edad, sino también porque ninguno de los dos podía defraudar a su familia. Era mucha la confianza que habían depositado en ellos a pesar de que sabían todos que se gustaban y, más aún, que se querían, y eso para los jóvenes era muy importante, lo más importante.

La Navidad no se hizo esperar en el coqueto apartamento minimalista. De la pared que había donde descansaba un sofá de color gris delfín, colgaba un reloj de pared que Sebastián trajo de recuerdo de su abuelo. Empezó a sonar con tanta fuerza que ya eran las once de la Nochevieja, que barruntaba tormenta. Habían encargado una cena muy especial y una botella de champán con pocos grados de alcohol.

Él le compró un grandísimo ramo de flores, nenúfares, orquídeas y unas maravillosas rudbeckias; por otra parte, ella le compró una pluma estilográfica de una marca francesa de gran calidad y prestigio que le había recomendado su padre por teléfono; además, pocos días antes le había dicho que tenía pensado comenzar a escribir un libro de filosofía infantil, algo en lo que apenas nadie había pensado hasta la fecha. Él quería empezar en cuanto pasara la Navidad, pero la idea ya le rondaba por las neuronas.

Los dos estaban muy nerviosos. Sonó el timbre y Sebastián dijo:

—Mirabella, ¿puedes abrir, por favor? Seguro que es la cena.

En cuanto abrió la puerta y vio ese enorme ramo de flores, sus ojos brillaban como dos diamantes de cincuenta quilates. Un afroamericano, también enorme y muy joven, le preguntó:

—¿Es usted la señorita Mirabella?

Ella estaba tan contenta y alucinada que se quedó sin palabras, y el musculoso y jovencísimo afroamericano dijo:

—Feliz año nuevo, señorita. ¡Seguro que es usted!

Y le dejó caer en sus delicadas manos ese montón de flores recién cortadas. Sebastián se imaginó que serían las flores y por eso se dirigió a la cocina a llenar un recipiente que haría de jarrón para las flores. Ella iba flotando de alegría y sorpresa. Metió las flores en agua y se abalanzó sobre él acercando su boca hacia el joven, asustado.

De repente, tocan al timbre de nuevo, esta vez sí se trataba de la cena. El repartidor miró a Sebastián con cara de cómplice; este le pagó la cuenta y le deseó feliz año nuevo acompañado de 20 dólares de propina.

Después de cenar, recogieron la mesa. Mirabella colocó doce velas de color rojo, como el vestido de encaje que se había puesto para la ocasión, incluyendo su ropa interior, las velas estaban puestas en doble fila; en la mesa, la botella de champán de baja graduación y las doce uvas para cada uno en una copa de cristal tallado, una tradición muy española, sentados uno enfrente del otro con la radio puesta para escuchar las campanadas, cogidos de las manos.

En la mesa había más tensión que dentro de una bomba nuclear. En cuanto acabaron de comerse las uvas, se levantaron al unísono ayudándose de la mesa para mantener el equilibrio al mismo tiempo que se daban un fuerte beso lleno de juventud y amor puro, hasta que el calor de las velas pudo más que el de su pasión.

Ambos decidieron rodear la mesa sembrada de velas para seguir con su primer gran beso pasional y adulto. Cada minuto que pasaba, subía más la temperatura de sus recién fabricados cuerpos, tan tiernos y sensuales. Poco a poco se iban desnudando en cuerpo y alma, dirigiendo sus finas siluetas hacia el dormitorio. Estas se adelantaban por la magia de la tenue luz que desprendían las velas rojas y una brisa que se introducía por las ventanas. Seguidamente se tumbaron en la cama bocarriba mirando hacia el techo y cogidos de la mano. Los nervios e inseguridades se apoderaron de ellos. Después de transcurrir tres o cuatro minutos sin reaccionar y con algo de frío, Sebastián dio un salto de la cama, alegando con voz entrecortada:

—Mejor lo dejamos para otro día.

Mirabella reaccionó cubriéndose con la sábana coralina por encima hasta taparse por completo. La timidez se había adueñado de su fina figura. En voz baja, casi asustadiza, le dijo:

—Vale, amor mío, hasta mañana, pero por lo menos dame un beso de buenas noches.

Él se dio la vuelta acercándose a ella, le bajó un poco la sábana, la besó fuertemente. El beso se alargó, y de repente ella le dijo:

—Te quiero muchísimo, amor mío, pero esto es más serio de lo que imaginaba. Creo que tenemos que ir más despacio, no estoy preparada todavía, tenemos que darnos más tiempo.

Él terminó por hacer que se echara hacia un lado y en un movimiento atlético se introdujo de nuevo en la cama para abrazarla y acariciar su suave rostro aterciopelado, su pequeña nariz como una de las muñecas de porcelana, para tranquilizarla y apoyarla en un momento así, a la vez que le decía al oído:

—Tranquila, yo pienso igual que tú. Relajémonos y en un rato nos vestimos y acabamos con la botella de champán y la caja de bombones Hershey.

—¡Buena idea, amor!

Se vistieron y retomaron la fiesta romántica que habían organizado para la ocasión. Los teléfonos relucían en la oscuridad, serían los padres de Mirabella para felicitarlos. Ella cogió rápido el celular, ya vestidos lo puso en modo vídeo.

—¡Feliz año nuevo, queridos! ¿Cómo lo estáis pasando? Supongo que en casa los dos solos.

—Gracias, mamá, papá. Os echo mucho de menos, sobre todo en estos días.

—Feliz año nuevo, señora Jeanette, señor Ricard —dijo con una pizca de timidez y culpa Sebastián, y así sucesivamente.

La joven no pudo sostener más tiempo las lágrimas; Sebastián le echó la mano por encima de sus hombros y, dirigiendo su mirada al celular, dijo:

—No os preocupéis, cuidamos el uno del otro.

Ella lo miró y sonrió un poco, se encontraba protegida por un niño de su misma edad.

—Estamos bien, mamá, no tenéis de qué preocuparos. En caso de tener algún problema, sabes que al momento te estoy llamando. Un beso, os queremos.

Colgó para no estar toda la noche de fin de año enganchados al teléfono y prosiguieron con su anecdótica velada.

A la mañana siguiente, cuando se encontraban en la barra que había entre la cocina y el salón para desayunar, ambos estaban un poco avergonzados y algo desanimados. Ninguno de los dos parecía tener la suficiente capacidad de romper el hielo, el apartamento se había convertido en un auténtico iglú.

Por fin acabaron el desayuno. Sebastián se levantó para acercarse al cuello de ella y le dijo al oído:

—¿Por qué no salimos a dar un paseo y comemos en algún restaurante con vistas al mar?

Ella volvió su rostro hacia él con cara de recién levantada.

—¿Y eso?

—Es el primer día del año y hay que comenzar con alegría y optimismo. Olvidemos lo de anoche.

—Pienso lo mismo que tú, amor mío, lo de anoche es de olvido. —Ambos se echaron a reír—. Tendremos millones de oportunidades si seguimos juntos y enamorados.

—Pues claro, ¡qué leches! ¡Con lo jóvenes que somos, a pesar de nuestra prematura madurez!

—Deberíamos de llamar a tus abuelos y a mis padres, ¿no crees? Y nos ponemos guapos para salir.

—Pues estaba pensando lo mismo. Mejor por Skype para poder verlos.

—¿Y a qué esperamos? Mejor vamos a un ciber-locutorio para mantener una conversación a tres bandas en 3D en una de esas salas futurísticas. ¿Qué me dices?

—Estoy de acuerdo.

—Yo estuve hablando con una amiga de París en su cumple y en una ocasión fui con mi padre. Él solía utilizar este sistema para hablar con varias personas de Francia a la vez por asuntos de trabajo virtualmente. Fue alucinante, nada que ver con la videoconferencia desde un *smartphone*.

—Está bien, por mí fantástico, seguro que nos reímos todos queriendo hablar a la misma vez. Espero que mi abuelo conecte bien la cámara y no la enfoque al techo, o peor aún, a las rodillas de mi abuela.

Después de hablar con la familia y comer en el Bolognese On Ocean, dieron un largo paseo por el Ocean Drive, un paseo marítimo repleto de cafeterías, tiendas y cuerpos esculturales patinando y otros caminando como si fueran perseguidos por algún fantasma.

# Capítulo 18
# SAN VALENTÍN

El tiempo pasó tan deprisa como pudo. De pronto, amaneció el día catorce de febrero, San Valentín, también conocido como el Día de los Enamorados. Durante este mes y medio los dos estuvieron muy ocupados, Mirabella especialmente con los estudios, y Sebastián, además de sus clases, con el proyecto del Museum, que parecía ir sobre ruedas, salvo un pequeño retraso con la financiación del mismo.

Pero al final merecería la pena la espera por la novedad y espectacularidad que eso iba a suponer para cualquier museo que decidiera instalarlo: poder ver sarcófagos de más de media tonelada elevándose y dando vueltas con suma lentitud sobre su propio eje central, dentro de una vitrina gigante acorazada e ingrávida hasta casi poder tocarla. Sebastián ya en su cabeza se la imaginaba terminada, pero para ello debería esperar varios meses más.

Ese día tan especial como es el catorce de febrero, cada uno tenía preparado un regalo para hacerse mutuamente durante la cena. Parecían pistoleros a sueldo del viejo Oeste, concentrados y en alerta para desenfundar en un duelo a muerte, pero antes Sebastián le pidió un favor al metre con bastante discreción al oído.

—Dígame usted, señorito.

—¿Nos puede traer una botella de champán o un buen cava? A pesar de nuestra juventud, estamos locamente enamorados.

—Está bien, haré una excepción, bajaré a la bodega y cambiaré el champán por una botella de vino sin alcohol, pero solo por esta vez.

—Gracias, es usted muy amable.

—De nada, señorito, será un placer atenderlos. Que tengan ustedes una grata velada, hacen muy buena pareja.

Mirabella sonreía al ver como los dos cuchichearon y le preguntó:

—¿Qué os traéis entre manos?

—Luego te lo cuento, amor.

Ella estaba sorprendida al ver lo bien que su querido novio se desenvolvía y le encantó escuchar a lo lejos que estaba locamente enamorado de ella, en un lugar tan romántico como era el Mia Bella Roma, uno de los mejores restaurantes que había en Miami.

En cuestión de segundos, los dos a la misma vez dejaron caer los regalos sobre la mesa y rieron sin armar ningún escándalo. Mirándose a sus ojos brillantes, desembalaban despacio ambos regalos.

Mirabella fue más rápida.

—¡Una pulsera de plata! ¡Qué original! ¡Nunca había visto una igual! Creo que tiene una inscripción, ¿la puedo leer?

—Pues claro, amor.

—«El amor no tiene edad». Qué bonito y qué verdad que es. ¡Termina de abrir el tuyo!

—¡Guau! Una libreta de piel auténtica. Ya entiendo, quieres que trabaje más en ese libro de filosofía para niños, ¿verdad?

Los dos tortolitos se cogieron de las manos y sonrieron orgullosos de haber acertado con los regalos, hasta que llegó el camarero con la botella de vino sin alcohol, diciendo a su vez:

—Nada es lo que parece.

Cuando terminaron de cenar, llamaron a un taxi para dirigirse directamente al apartamento colmados de una alegría eufórica, casi infantil.

Esa noche era una de esas de volver a intentarlo, pero fueron muy cautelosos, y ni siquiera volvieron a hablar de ello. Cuando llegaron al pequeño sofá del apartamento, se comieron a besos e incluso algunos tocamientos, pero sabían hasta dónde estaban dispuestos a llegar. La hoguera de sus inocentes cuerpos echaba chispas de tanta adrenalina acumulada y sensualidad a borbotones; además, esta situación duraría hasta que uno de los dos le echara una jarra de agua fría al otro con cualquier tipo de excusa por absurda que esta fuera y entonces cada uno respectivamente se retiraba a su escondrijo.

# Capítulo 19
# DE CUMPLEAÑOS

Los fines de semana, Sebastián se dedicaba a pintar varios de los lienzos que tenía ya comenzados, y entremedias, y solo cuando estaba lo bastante inspirado, escribía con su pluma estilográfica sobre la libreta de piel que le había regalado su tierna amada, aunque era en estos momentos de paz y tranquilidad cuando echaba más de menos a sus maestros de la Casa del Artista, que tantísima sabiduría le habían aportado en su crecimiento cultural y emocional, y anhelaba a sus queridos abuelos, a los abuelos que hacían de padres, primeramente por obligación y después por total devoción.

Todo ello a pesar de compartir piso con su primer gran amor.

Apenas paso dos semanas y recordó que era el cumpleaños de Mirabella. Era miércoles y ella no le dijo nada de querer hacer fiesta alguna. Él le dejó la llave del apartamento a un compañero llamado Stuard de su misma clase para que le dejara un centro de flores y un oso de peluche con una nota, para que, cuando ella llegara, se lo encontrara; por norma general llegaba antes. Sebastián ya estaba con el proyecto en marcha, lo que hacía que se retrasara un poco casi todos los días. También le dijo a su amigo Stuard, que venía de Danville, una pequeña ciudad del estado de Virginia, que le tirase unos pétalos de rosas esparcidos por el suelo.

Cuando ella llegó del instituto con una pequeña tarta que había comprado para celebrarlo con él y su familia a través de videoconferencia, abrió la puerta, quedando anonadada.

«Y yo pensaba que se había olvidado de mi cumple, ni un SMS ni nada por estilo —pensó Mirabella para sus adentros—. Ahora tendré que darle yo la sorpresa que se merece», se dijo a sí misma. Se fue a la ducha llevando con ella un conjunto bastante exótico que había comprado para una ocasión especial, y esta parecía ser idónea; mientras tanto, llegó Sebastián. Al dejar caer las llaves en el recibidor, ella lo escuchó y le dijo:

—Espérame un segundo. Ahora salgo, cariño.

Él se sentó en el pequeño sofá, estaba supercansado del largo día, observando qué tal había realizado su amigo Stuard aquel encargo. Sus ojos luchaban con los párpados para que no cayeran rendidos. Entonces, ella salió lenta y sigilosa, y apagó la luz del salón; apenas entraban algunos rayos de luz desde el exterior. Él le preguntó:

—¿Qué haces?

—Tranquilo, amor, ahora la vuelvo a encender. ¡Tachán!

Se hizo la luz de nuevo y con unos movimientos acrobáticos se encontraba justo enfrente de su pasmado rostro. Llevaba puesto un conjunto muy picante y elegante a la vez; él se quedó sin aliento al ver tanta belleza.

En cuanto ella pudo, lo cogió de una mano antes de taparle los ojos, dándole la vuelta para ponerse detrás de él, rozando sus puntiagudos y frescos pezones de una forma tan sutil que apenas se podían apreciar físicamente; pero el fuego ardiente que desprendían, el aura era tan fuerte que el joven sufrió una erección en cuestión de unas décimas de segundo. Para entonces, ambos se encontraban frente a frente. En ese momento, ella se quedó anclada, como si de un velero que había llegado a su destino se tratara, una playa paradisíaca de alguna isla perdida. Sebastián, sin saber cómo, llevaba puesto un pijama de estreno, ella tan solo llevaba puesto ropa interior, de un material parecido a la seda. Se abrazaron con tal fuerza que ella notaba el pene erguido en su entrepierna, semidesnuda; a él se le nubló la vista, el corazón le latía a un millón por hora. Ninguno de los dos se inmutaba, ni hacia delante ni hacia atrás; parecían petrificados por algún tipo de brujería, o más bien por los dioses del amor.

Por fin Mirabella despertó de su letargo y comenzó a besar los labios estresados de él. Fue un beso tan intenso hasta que ella dijo:

—Por un momento pensé que te habías olvidado de qué día era hoy hasta que abrí la puerta y vi todo lo que me habías preparado. Muchas gracias, amor, ¡te quiero tanto!

De momento seguían con aquel abrazo placentero y tierno. Se dirigieron al dormitorio de él, encendió la luz. La cama tenía la manta bajada hasta el suelo de forma triangular, había cientos de pétalos de rosas rojas y blancas esparcidos por toda la habitación, el techo estaba cubierto de globos con forma de corazón todos ellos rojos, en la mesita una botella de champán dentro de una cubitera y dos copas de cristal de Swarovski, una caja de bombones y, justo al lado, una pequeña caja de preservativos con sabor a fresa. Por último, encima del cabecero, una banda de «Feliz cumpleaños». Sebastián alucinaba con el trabajo de decoración que le había preparado y sobre todo con lo que puso su amigo de más, que él ni siquiera había mencionado.

—Te quiero, Mirabella.

—Yo también, Sebastián.

Los dos se abrazaron de nuevo al contemplar tanta belleza, tan fuerte como dos átomos hasta derretirse como la mantequilla dentro de un microondas. Poco a poco, muy lentamente, se fueron desnudando, hasta caer sobre la cama, cubierta de millones de pétalos, o por lo menos eso les parecería. En ese momento, ella estaba debajo de él, lo cogió de ambos lados de su cabeza y le preguntó:

—¿Todo esto ha sido idea tuya o has tenido ayuda?, porque me parece todo muy bello, pero muy de adultos.

Él le contestó:

—A medias, la verdad es que estoy tan sorprendido como tú.

Ellos siguieron besándose, acariciando sus cuerpos ardientes, húmedos y sedosos. Ambos parecían flotar como si la habitación se fuera transformado en un habitáculo ingrávido. En un descuido, ella alargó su mano como pudo y apagó la luz. Tres horas necesitaron para hacer el amor por primera vez, entre lágrimas y risas gozaron todo lo que podían gozar dos jóvenes y vírgenes inexpertos. Se quedaron dormidos, tan pegados que parecía que allí yacía un solo cuerpo.

De repente, un estruendo horroroso rugía como el mismísimo diablo, hasta que la mano derecha de Sebastián se dejó caer encima de él y este, después de unos agonizantes aullidos, murió.

Se levantaron muy muy tarde, era la primera vez que ambos a la vez faltaban a clase en todo este tiempo. Pero un día es un día, y una paliza, un rato.

Juntos prepararon unos espaguetis con tomate y carne de ternera picada, además de una ensalada con aceite de oliva virgen extra de la variedad Picual al más estilo mediterráneo. Ya sentados frente a frente, la alegría y el gozo junto con el gran amor salían a borbotones e inundaban la mesa, incluso el apartamento entero, y sus ojos, que parecían dos diamantes recién pulidos, llenos de energía a la vez que cansados. Él avisó al Museum de que hoy no podía pasar por el trabajo por motivos personales.

Por la tarde se dirigieron a un café, donde solían poner música latina, alegre y romántica, incluso algo picantona. A partir de ese día, sus vidas dieron un giro de ciento ochenta grados.

A pesar de todo, no se hizo oficial de momento, pero ya era un hecho y ellos lo sabían. Eran una pareja recién nacida, los dos tenían una agenda muy apretada con los estudios y no se podían descuidar demasiado, además de estar muy lejos de sus respectivas familias. Se tenían el uno al otro.

Los padres de ella sabían el gran afecto que se tenían e incluso la atracción que existía entre ambos; aun así, los jóvenes no sabían cómo se tomarían la noticia en cuanto se enteraran de lo ocurrido y, por tanto, de que habían pasado de ser muy buenos amigos y compañeros de piso a ser una pareja en toda regla de enamorados que creían en lo que iba a venir hace años, o por lo menos eso era lo que pensaban ellos.

# Capítulo 20
## LA PAREJA RECIÉN NACIDA

El cóctel de sensualidad, amor y sexo en los meses siguientes no tenía parangón, no les sobraba ni una pizca de tiempo, con los estudios, la limpieza del apartamento y todas las cosas que el amor acarreaba, no fue nada fácil, pero se hicieron fuertes, se solidificaron ante todo el esfuerzo que debían hacer para superar esta bonita y grandiosa etapa de sus vidas.

Ellos decidieron que la noticia se la deberían dar en persona, con cierta calidez, cuando regresaran a Europa y no por teléfono. Estaban casi seguros de que tanto los padres de ella como los abuelos de Sebastián lo verían con buenos ojos, a pesar de la corta de edad con la que ambos contaban.

Con el paso de los meses se acercaba la inauguración de *La escultura viva*, la cual estaba prevista que se celebraría en 15 de julio. Sebastián quería que viniesen sus abuelos con los padres de Mirabella, que vendrían para recoger a su hija junto con todas sus pertenencias para regresar a París y seguir con los estudios allí, y así aprovecharan para hacer algo de turismo por las cercanías de Miami, y de allí viajar todos juntos a la casa de campo de Vallauris, al sur de Francia.

Esta gran villa estaba rodeada de un viñedo y una piscina enorme, de manera que podrían aprovechar para bañarse con el sofocante calor que estaba haciendo ese verano. Los padres de Mirabella, antes de partir a Miami, se pasarían por allí para hacer las compras y arreglos necesarios para que estuviera habitable cuando llegaran todos y disfrutarla dos o tres semanas de agosto. También aprovecharían la villa para hacer las típicas barbacoas veraniegas en el jardín; sería en unas de esas fiestas donde intentarían contar la verdad de su secreta relación. Los abuelos de Sebastián, que volaban fuera de España por primera vez, y los padres de Mirabella se coordinaron para coger el mismo vuelo en Madrid que los llevaría directos a Miami.

Los dos tortolitos cogidos de la mano esperaban con cierto nerviosismo en la puerta de salida del aeropuerto a que se abrieran las puertas y aparecieran todos juntos.

Efectivamente, en ese mismo instante se anunció que el avión procedente de Madrid acababa de aterrizar, y en unos quince o veinte minutos los pasajeros estarían saliendo por la puerta principal. En cuanto las puertas se abrieron como por arte de magia, los primeros en salir fueron los abuelos de Sebastián. Este salió rápido y fugaz a su encuentro, fundiéndose en un largo abrazo los tres, mientras que Mirabella salió corriendo en busca de sus padres, que venían justo a unos metros detrás.

En Miami pasarían una semana para luego viajar todos juntos a la villa que en el pasado había pertenecido a don Luis Gasquet al sur de Francia, en Vallauris. La inauguración fue acogida con mucho entusiasmo por todos los asistentes, en especial por los familiares. A los abuelos se les escapaban las lágrimas cada vez que escuchaban el nombre de su nieto en el estrado; pero cuando de verdad se enorgullecieron fue cuando Sebastián subió por las escaleras para hacer la presentación técnica y oficial del proyecto recién terminado. Después se dirigirían a destapar las cortinas que cubrían toda la fachada blindada de la sala de exposición.

También fueron muchos de los alumnos, pero el que más creía en él era precisamente su amigo Stuard, que aplaudía sin parar para darle ánimos y confianza. Todo salió como era de esperar. Al final de la inauguración hubo un pequeño cóctel en el Lowe Art Museum de Miami.

Al día siguiente se dedicaron a ir de compras todos juntos. Al cabo de unos días tenían que coger el vuelo que los llevaría a París y de ahí en coche se disponían a pasar unos días en la villa de Vallauris.

Fue la segunda noche, casi terminando la velada, sentados y algo temblorosos, cogidos de la mano. Los nervios retumbaban en el silencio abrumador por las posibles reacciones de toda la familia, en especial el señor Ricard. Su rostro parecía un poema, y no de amor precisamente, a pesar de lo bien que aparentaba estar. Al parecer, era el único que se daba realmente cuenta de la tensión que existía entre los dos jóvenes. Por unos instantes se instaló un gélido silencio, como cuando está a punto de venir un gran desastre. El ambiente pasó de ser cálido y fluvial a frío e inusual. Apenas fueron unos segundos, pero a la pareja de enamorados se les hizo bastante largo y cuesta arriba.

Fue el abuelo de Sebastián el que, con la ayuda de sus canas y largo recorrido en la vida, más por edad y sabiduría que por cualquier otra razón, sacó el punzón de sus adentros para romper el hielo dirigiendo la mirada a su nieto.

—Parece que nos quieres contar algún secretito o es mi vista, que últimamente me falla más de la cuenta.

Sebastián, sin pensarlo demasiado, se tiró al barro.

—Pues tienes razón, abuelo, Mirabella y yo estamos muy enamorados y no sabíamos de qué manera plantearlo.

A pesar de que todos o casi todos parecían saber que entre ellos dos había mucha atracción y cariño, al parecer no tanto como para que la cosa fuera tan en serio. Jeanette, sin decir palabra, despegó la silla de su cuerpo como pudo y se dirigió donde, estaba sentada su hija, su retoño, lo que más quería en su vida para así poder rodearla con sus brazos, arropándola y dándole su consentimiento, a la vez que le dijo al oído algún consejo de madre en un tono de voz angelical. Al padre se le debió caer una pequeña sonrisa sin querer al mismo tiempo que movía levemente su cabeza de arriba abajo. Tardó un poco en reaccionar, pero también se levantó para abrazar a su mujer y su hija, al mismo tiempo que dijo:

—Os deseo la mayor felicidad del mundo a los dos juntos o por distintos caminos, pero no me gustaría que se perdiera esta maravillosa amistad, o sea, que cuidadín, cuidadín. ¡Os quiero!

Y abrazó también al asustado Sebastián, que por unos instantes le hubiera gustado desaparecer de la faz de la tierra al menos unos minutos.

Los abuelos se acurrucaron para dar fe de que también existe el amor longevo y eterno, en contra de lo que muchos derrotistas piensan; incluso hasta algunos psicoterapeutas se atreven a ponerle al amor de una pareja fecha de caducidad como si fuera un yogur.

El hermano de Mirabella sonreía y no paraba de mirarlos como si ahora fueran dos personas distintas, como si fuera la primera vez que observaba a una pareja de jóvenes enamorados. Guillermo, el abuelo, llenó las copas que aún permanecían limpias y bocabajo sobre la gran mesa de madera para hacer un brindis con un licor que trajo de su tierra natal, Motril, un licor de chirimoya, e hizo un brindis por los nuevos novios.

La noche poco a poco fue perdiendo espesura e intensidad al mismo tiempo que las velas con forma de caracolas grandes se derramaban en la vasta mesa de alguna madera tropical.

Una vez contado todo, o casi todo, lo que había de contar y dejado las cosas claras, Sebastián y Mirabella se instalaron en una habitación con dos camas con unas vistas preciosas al mar en la lejanía.

Durante esos días hablaron y hablaron hasta llegar a la conclusión de que podían vivir juntos en el espacioso estudio que don Luis les había dejado en París, en el n.º 79 de la *rue* Saint Vincent, siempre con el consentimiento de la familia. Era algo imprescindible no solo por la intimidad, sino porque dispondrían de más espacio para sus estudios y trabajos de escultura y grandes retablos, aunque algunos días se quedarían a dormir en casa de los padres, dependiendo de la situación.

Todos regresaron juntos a París. Los abuelos de Sebastián se quedaron varios días para hacer un poco de turismo en la Ciudad de la Luz, visitando los museos más importantes y la Torre Eiffel, y, cómo no, Sebastián hizo mucho hincapié en visitar todos juntos el Palacio de Versalles. Al cabo de unos días, sus abuelos viajaron en avión hasta Málaga, allí les esperaría un taxi de la zona para llevarlos directamente a la aldea granadina, algo tristes, pero muy orgullosos de su nieto y enormemente agradecidos por todo lo que habían disfrutado en el viaje a Francia.

Las dos primeras semanas de septiembre la pareja, ya formalizada, se patalearon algunos de los museos más conocidos de París a la misma vez que se preparaban para comenzar los estudios en esa bella ciudad del arte, de la luz y del amor.

El grandísimo estudio que don Luis, poco antes de abandonar París para siempre, había reformado concienzudamente y lo convirtió en un lujoso apartamento estudio disponía de un gran salón amplio y muy alto, un cuarto de baño completo con una bañera tipo islote, diseño oval de blanco marfil con una lámpara retro de color negro justo encima. En la esquina del salón se situaba una cama modelo Bali, las dos paredes que hacían la L cerca de la cama estaban en el ladrillo de barro descubierto de su original construcción, cubiertas de dos inmensos cristales. El resto de pared era de un blanco impoluto. También había un caballete gigante que había utilizado su difunto maestro. En la cocina tenía una pared de pequeños azulejos de todos los colores de la historia colocados sin un patrón en concreto. En el techo, unas vigas de madera en crudo cruzaban en forma diagonal, pero eran las grandísimas ventanas que daban a un parque lleno de vida en pleno corazón parisino las responsables de llenar de luz y tonalidades diversas al grandioso apartamento estudio.

Sebastián quería pasar al menos tres o cuatro años estudiando en los mejores colegios de arte que existían en esa época en París. Por las tardes estudiaba literatura francesa e internacional en la biblioteca Mazarino a orillas del Sena, una de las más antiguas de la ciudad, ya que para entonces se manejaba muy bien con el idioma galo, y para ampliar su conocimiento quería aprender las técnicas de acuarelas y pastel en un colegio llamado La Esencia del Pintor.

Algunos fines de semana, sobre todo los puentes, se marchaban a la villa de campo todos juntos, a excepción de Philippe, que prefería quedarse en la ciudad para salir con sus amistades de París, aprovechando este para quedarse solo y montarse sus fiestas con los amigos de toda la vida. A él no le interesaba para nada el campo, y menos aún el arte.

Su único *hobby* eran los coches y salir de fiesta. Era allí donde Sebastián más tiempo utilizaba para la escritura, sobre todo por la inspiración y creatividad que surgieran de la belleza paisajística, tranquilidad y armonía del entorno que adornaba la coqueta villa.

# Capítulo 21
# El SOCIO

A mediados de octubre, el joven Sebastián estaba ya bastante introducido en la cultura gala no solo por los estudios, sino también por su difunto maestro don Luis, que le enseñó lo más básico del idioma y sus costumbres. La señora Esther, su maestra de piano, algo menos, aunque también le enseñó sobre todo cómo tratar a las damas; y, cómo no, todo lo inculcado por su amada Mirabella. Mientras tanto, seguía en contacto con su compañero de estudios en El Colegio de Arte Moderno de Miami, el mismo que le tenía informado de la aceptación y de cómo iba lo del proyecto que habían instalado en el Lowe Art Museum de Miami. Stuard se había quedado prendado de la genialidad de Sebastián.

El joven americano venía de una familia de las más adineradas del estado de Virginia del sector automovilístico y, a decir verdad, manejaba mucho dinero para ser un estudiante. Estando allí, a Sebastián le comentó que, en cuanto cumpliera los dieciocho, podría disponer de grandes sumas de dinero y que le gustaría convertirse en su socio para ampliar y extender la instalación de nuevas esculturas vivas por todo el planeta, ya que estaba siendo testigo directo de la gran aceptación e impacto sobre la juventud estudiantil y un gran aliciente para aumentar las visitas al Museum de Miami.

Y, efectivamente, durante ese año se estaban poniendo en contacto con Sebastián museos tan importantes como el MoMA de

Nueva York y otros menos conocidos de la costa este de EE. UU. En la última conversación telefónica que los dos amigos mantuvieron, hablaron de muchos temas.

—Muy buenas, mi querido amigo. ¿Cómo os va a ti y a tu princesa?

—Muy bien, de ensueño, a decir verdad. Tengo que apretar con los estudios y empezar fuerte con las instalaciones.

—De eso te quería hablar. Llevo mucho tiempo detrás de mi padre para que nos apoye económicamente y así poder asociarnos. ¿Cómo lo ves, amigo mío? Yo creo en ti, ya lo sabes de sobra.

—Por supuesto que lo sé, y he pensado mucho en el tema, tanto Mirabella como yo estaríamos de acuerdo. Yo no dispongo de dinero suficiente para emprender un proyecto de tal envergadura.

—¿De cuánto estaríamos hablando? Para comentarle a mi padre, que se quedó maravillado cuando lo llevé a visitar el Lowe Art Museum, y eso que él no es de ir de museos, le gusta más navegar con su Marlow-Hunter 49 cuando tiene tiempo libre junto con mi madre; según él, le relaja del estrés de la oficina y de la fábrica.

—¿Te acuerdas de aquella vez que celebrasteis tu cumple en el velero de tu padre cuando se enfureció el mar de tal manera que pensábamos que se nos acabarían todos nuestros sueños esa misma tarde?

—No me lo recuerdes, joder. Desde entonces, no he subido más a ese maldito barco, y no será por el empeño que pone mi padre; siempre me está dando la paliza con lo de irme con él a navegar. Ya no me quedan excusas.

—Al final tendrás que acabar complaciendo a tu padre, amigo mío.

—Yo lo tengo muy claro, la próxima vez que navegue de nuevo será si tú vas, porque me di cuenta de que no te da el más mínimo miedo el mar, por muy enfurecido que esté.

—Cuenta conmigo. Cuando pueda ir, te avisaré para que prepares una escapada. Te aseguro que, si mi padre tuviera uno de esos barcos, me haría a la mar cada vez que el buen tiempo me lo permitiera.

—Sabes que eso está hecho. Tú avísame, que ya me encargo de todo. Si puedes, vente para el mes de julio, que es mi tan esperado dieciocho cumpleaños, y dejamos atado lo de la sociedad. Yo en un principio he pensado que podíamos ir al 50/50, pero es solo un decir.

—Espero poder ir a tu cumpleaños; respecto a lo de la sociedad, ya iremos hablando sobre la marcha.

—De esperar nada, mándame cuando tengas tiempo la documentación y me encargaré de comprar los billetes para Danville.

—Bueno, y hablando de todo, ¿cómo está tu padre, el señor Jon Fagerson, con su nueva empresa de construcción?

—Hasta donde yo sé, bien. Ah, había estado pensando, cuando ya tuviéramos montados varios proyectos por museos de todo el mundo, repartirnos los dos por diferentes continentes, y la zona de los países como India, China y Japón entre los dos, por la dificultad de esos países para hacer negocios.

—La verdad, no suena mal, ya veo que en cuestión de negocios estás muy por encima de mí.

—Pues claro. Aparte de las clases particulares de economía que mi padre me impone, lo tengo a él, que es un genio en ese campo. Me dijo que está dispuesto a llevar las finanzas de nuestra futura empresa, por lo menos al principio, hasta que nos vayamos soltando y podamos meter a trabajar a un contable o una contable experta en la materia.

—Te voy a tener que dejar, mi querido amigo, he de terminar unos trabajos para mañana. Estoy contento de todo lo que hemos hablado. Dales recuerdos a tus padres.

—Okey, se los daré, y tú dale un fuerte abrazo a tu amada y ve pensando en el nombre de la empresa, aunque yo tengo ya uno. Te lo digo el próximo día, no te quiero robar más tiempo.

—Como siempre, me sorprendes y me dejas con la miel en los labios. Chao, amigo.

Las semanas siguientes, Sebastián seguía recibiendo llamadas de algunos museos para conocer el proyecto más de cerca y algunos querían que les pasara un presupuesto, hasta el punto de que se veía muy agobiado. El señor Ricard, mientras cenaban en un restaurante las dos parejas y Filippe, le estuvo observando durante toda la cena y se percató de que el joven estaba algo ausente.

—¿Qué te ocurre, Sebastián? Te veo un poco fuera de ti.

—Déjalo, papá. Estará pensando en su proyecto, últimamente apenas si me hace caso, es lo que hay.

—Pues sí, estoy algo aturdido, no paran de llamarme y ni siquiera le he puesto nombre a la empresa, por no hablar de que me haría falta una fortuna para llevar varios proyectos a la vez y estoy verde en muchos aspectos.

—Yo dispongo de algo de dinero ahorrado, porque lo que nos dejó don Luis está para una urgencia —le dejó caer el señor Ricard sin maldad alguna.

—Lo sé, les pido perdón por mi insolencia e infantil comportamiento. El otro día recibí una grata llamada de mi amigo Stuard.

—Es verdad, papá. Ese chico, al parecer, está forrado, y no parece mal chico. Un día nos invitó a navegar en el velero de su padre, por no hablar de lo bien que se lo montó el día de mi cumpleaños.

Jeanette puso cara de no haberse enterado de ese paseo en un velero, acostumbrada a que su hija le contara casi todo.

—Y eso, ¿cuándo pensabas contárselo a tu madre, querida hijita?

—Otro día te lo contaré con más detalles, mamá.

Sebastián saltó con audacia diciendo:

—Nos estamos desviando de la conversación. El tema es que mi amigo Stuard quiere convertirse en mi socio, incluso contando con la financiación y aprobación directa de su padre. Ambos confían mucho en el proyecto. De momento, le dije que para este verano le daría mi respuesta, y por mi parte, creo que no es mala propuesta.

Ricard le dijo como un experimentado hombre de negocios:

—Yo lo veo bien, pero lo más importante es que tú te hagas con el cincuenta y un por ciento de la empresa. Tú tienes lo más valioso, que es la patente, además de lo más importante que es el pleno conocimiento del proyecto.

—Stuard me dijo que ellos disponen de suficiente dinero para embarcarse en esta aventura a nivel internacional.

—Pues yo creo que es una muy buena opción. ¿Tú qué piensas, hija?

—Ese tema es más de él que mío; aun así, pienso que si Stuard puede financiar el proyecto, incluso varios a la vez, y mi amorcito dispone de la patente, ¿qué pensar más?

—¡Vaya! Y yo llevo varios días sin dormir. Pues asunto zanjado, mañana mismo lo llamo para que se venga a pasar unos días a Francia con su padre y dejamos todo el papeleo de la sociedad listo para al menos poder comenzar a dar presupuestos, ¿qué me decís?

—Yo lo veo bien, podíamos quedar en la villa de campo el fin de semana, y el lunes, cuando regresemos a París, lo dejamos todo firmado ante notario. Yo os acompañaré los días que sean necesarios. Aprovecharé para pedir unos días de asuntos propios que me debe la empresa para descansar al mismo tiempo.

—Gracias, Ricard, por tu apoyo incondicional.

—Eso de incondicional nada. Cuando te hagas de dinero, quizás para cuando termines la próxima instalación, nos tienes que invitar a hacer un buen viaje; a Praga, por ejemplo, donde estuvimos de viaje de novios.

—Verdad, amor mío —le dijo a Jeanette sonriendo.

—Qué recuerdos tan maravillosos y lejanos en el tiempo, casi lo había olvidado.

—Eso está hecho; además, iremos los cuatro.

Seguidamente, hicieron un brindis por la futura empresa. Al día siguiente, no sin antes hacer una última consulta a la almohada, Sebastián llamó a Stuard para darle la respuesta e invitarlo a que viniera con su padre y, por qué no, también con su madre, y así pasar unos días en la villa de Vallauris y en París para aprovechar el viaje de negocios y cambiar de aires. El joven amigo Stuard se mostró a su vez asombrado de que le diera la respuesta de sopetón, era tal la ilusión por el proyecto que traspasaba el océano que los separaba, como una supernova.

—No me lo puedo creer, amigo mío. Me alegra tanto que me dan igual las condiciones que me exijas; pero para eso ya están los mayores, supongo que mi padre, o sea, el señor Jon Fagerson, y el señor Ricard se pondrán manos a la obra. Ellos aportarán la experiencia en negocios que ambos tienen y nosotros tanto necesitamos.

—Pues así es, creo que todo va a salir como la seda, y después de todo pasaremos unos días disfrutando juntos. ¿No tenías una amiga que se llamaba…?

—Nicole, pero apenas tenemos tiempo de conocernos por culpa de nuestras apretadas agendas con los estudios. Me gusta mucho, aunque he de decir que vamos despacio. Si al final decidís venir a mi cumpleaños, podréis conocerla como Dios manda.

—Entonces, ¿cuento contigo en un par de semanas? —dijo Sebastián.

—Dalo por hecho. La última conversación sobre el tema en concreto que mantuve con mi padre fue el pasado domingo, y me dijo que adelante. Es cuestión de buscar un hueco y volar a París.

—Pues no se hable más, te espero pronto. Adiós, amigo mío, y en breve también socio.

—Adiós, socio.

# Capítulo 22
## NACE UNA EMPRESA

Al cabo de un par de semanas, Stuard y su padre volaron a París para encontrarse con Sebastián.

La empresa fue bautizada durante la visita de Stuard y su padre, que quedaron prendados tanto de la villa de Vallauris como de París.

Entre todos decidieron el nombre de Sebastián Proyet Theater S. L. Además, cada proyecto tendría su único sobrenombre, primero *La escultura viva*, seguido del número 2, 3, 4, así correlativamente, además seguido de la primera sílaba del nombre del museo más la primera sílaba del nombre de la ciudad.

Por fin, la empresa ya podía comenzar su futura y prometedora trayectoria. Los cinco días que estuvieron reunidos dieron para mucho. Cada uno se quedaría a cargo de los futuros proyectos de un continente: Stuard comenzaría por los EE. UU. y, conforme fuera creciendo la empresa, ya por toda América; Sebastián se encargaría de la zona de Europa; para todos los demás continentes —África, Asia y Oceanía —, intentarían viajar juntos por la complejidad del lenguaje y la lejanía.

La fama de la Sebastián Proyet Theater S. L., que surgió casi de la nada, corría como la pólvora por todos los museos y rincones del planeta, al igual que en los más importantes periódicos y revistas especializadas.

La primera sala en inaugurarse a cargo de la recién creada empresa, después de la primera que se instaló en el Lowe Art Museum de Miami, claro está, fue la del MoMA de Nueva York seis meses después de la creación de la empresa. Resultó ser un complicado proyecto, pero al final se pudo realizar con un éxito rotundo. Sebastián se vio obligado a viajar varias veces para ver comenzar los trabajos y ayudar a Stuard en su primera vez. Y al término del mismo y su inauguración, sin apenas darse cuenta, se habían convertido en unos de los empresarios más prometedores y jóvenes de la historia, contaban con 17 primaveras cada uno, sobre todo por su creación innovadora y su juventud.

No todos los museos se podían permitir el alto coste de *La escultura viva* no solo por la instalación, sino también por el elevado coste de mantenimiento.

Después de la apertura de la nueva sala en el MoMA de Nueva York, viajaron todos de nuevo a Francia para pasar un par de semanas en la villa de Vallauris y así aportar nuevas ideas, puesto que ya le habían confirmado tres presupuestos nuevos y deberían planificar toda la logística e ingeniería que todo ello conllevara.

Dos años más tarde, la empresa se hacía más y más grande, a una velocidad de vértigo. Tanto era así que muchos medios se hacían eco de la repercusión que estaba teniendo *La escultura viva* en el aumento de visitas a los museos, que contaba con la nueva sala. Respecto al funcionamiento de la empresa, la persona que podía hacer más aportaciones a ese respecto era el señor Ricard, por lo cual decidió pedir una excedencia a sus jefes de varios meses, en la que trabajaba hacía ya más de veinte años; era muy querido y respetado, de tal manera que no le pusieron impedimento alguno.

Mirabella, junto con su hermano y su madre, se reuniría con ellos durante el fin de semana, en la villa, para encargarse de la comida que degustaban con un vino de cosecha propia, un *chardonnay* bastante suave de las viñas que rodeaban la villa, de las que se hacía cargo un señor jubilado llamado Jean François, y de mantener la villa limpia y en condiciones de ser habitada, su esposa Brigitte, diez años más joven que su marido.

Ellos no cobraban nada por el trabajo que hacían; eso sí, a cambio tenían derecho al pleno uso y disfrute de la finca y vivían en la casa de invitados, todo ello por la vieja amistad que habían mantenido con el difunto don Luis Gasquet. No tenían hijos; por lo tanto, con las pagas de jubilación que ambos cobraban tenían más que de sobra para vivir bien desahogados. Todos los gastos que ocasionaban tanto la villa como la finca eran sufragados con una cuenta que había dejado don Luis para este fin. Al joven Sebastián le caían muy bien, para él era como sus abuelos de Francia; aun así, Sebastián observaba que su trabajo no era poco tanto en la finca como en la villa, y las visitas se hacían con más regularidad últimamente. Además de que a él le iba muy bien con la empresa, les propuso pagarles algún tipo de sueldo, aunque este no fuera gran cosa. El matrimonio se enfadó con moderación. Al cabo de unos minutos dijo Jean François:

—Está bien, aceptaremos algún pequeño sueldo. A nosotros no nos hace mucha falta, apenas gastamos aquí. Lo donaremos a alguna asociación de los niños pobres de la región, aunque hay algo que nos gustaría que hicieras por nosotros llegado el momento: desde hace tiempo tenemos entendido que tú tienes mucha influencia en la residencia de ancianos la Casa del Artista. El señor don Luis nos hablaba maravillas de ese lugar, al igual que de ti, y por lo visto nada que ver con lo que se escucha de otras residencias. Por el dinero no tienes que preocuparte, tenemos unos ahorros bastante suculentos.

Brigitte asentía con su perfecta cabeza a la vez que dejaba caer una bella y madura sonrisa, y dijo:

—De momento, aquí estamos muy bien y somos muy felices. Nunca olvidaremos lo que nuestro querido amigo don Luis hizo por nosotros al dejar que nos quedáramos a vivir en la finca en unos momentos tan delicados de nuestras vidas, cuando tuvimos que abandonar nuestra casa y entregarla a un maldito banco buitre, el mismo que dos meses más tarde fuera absorbido por otro banco más grande y poderoso, pero eso ya son tiempos lejanos de la maldita crisis del ladrillo.

—No os preocupéis, en el próximo viaje a España se lo haré saber al director del centro para ponerme al día de lo que se necesitaría para poder optar a un par de plazas, ya que los requisitos principales por encima del dinero es que hayan sido artistas de cualquier ámbito de prestigio principalmente, y la lista de espera es bastante alargada en el tiempo; según me dijeron hace poco, es de varios años.

—No te preocupes, joven amigo, tampoco es nuestra intención que te compliques demasiado la vida por unos ancianos como nosotros. Ya me dijo el difunto don Luis que era muy complicado acceder a la Casa del Artista; si no se puede, lo entenderemos. Solo quería que tuvieras constancia de ello por si surgiera alguna novedad a ese respecto —dijo Joan Françoise asintiendo con una ligera mueca.

—De eso ni hablar, haré todo lo que esté en mis manos. Otra muy buena opción es el hotel que está justo en la finca de al lado, podríais utilizar los sitios comunes de la residencia con un permiso especial, y utilizar el hotel para dormir y comer, y eso sí está en mis manos.

—Muchas gracias, con el tiempo lo vamos viendo —le dijo Brigitte algo más alegre.

—No os preocupéis, el lugar os va a encantar, el clima es casi perfecto y sus vecinos, aunque pocos, son muy acogedores.

Las dos duras semanas que mantuvieron en esta última reunión habían sido la estancia más larga hasta el momento; eso sí, siempre muy bien atendidos por la señora Brigitte, que estuvo muy atenta a las necesidades de todos los invitados. Ese tiempo sirvió y mucho para la planificación y coordinación, sobre todo para adelantar el trabajo de ejecución en dos lugares a la vez. Ricard había estado acompañando a Sebastián en sus primeros trabajos por Europa hasta que cumplió los dieciocho, al igual que Stuard era acompañado por su padre.

El joven Sebastián comenzó a viajar por toda Europa, visitando museos de muchos países, para lograr que los proyectos se hicieran realidad después de que aceptaran los presupuestos que se iban entregando. Apenas contaba con tiempo suficiente para hacer lo que más le gustaba, que era escribir, pintar y estar con su querida Mirabella.

El tiempo, si es que existía para él, pasaba demasiado rápido, más aún si eres alguien hiperactivo y un genio, como en el caso de Sebastián, que estaba de aquí para allá y con un control exhaustivo del tiempo, hasta que él mismo se dio cuenta de que no era esa la vida que quería llevar.

Contaba con su amigo y socio Stuard entregado al máximo, como no podía ser de otra manera.

Algunos proyectos se complicaban más de la cuenta, a eso se le sumaba una lista de espera que en algunos casos alcanzaba más de un año con contratos ya firmados. En efecto, fueron tres años de auténtica locura y mucho cansancio. Los jóvenes enamorados apenas se veían. Mirabella se encontraba muy ocupada terminando sus estudios, de vez en cuando ella le decía a él que las cosas se estaban descontrolando por culpa del crecimiento de la empresa, que le absorbía demasiado tiempo del que podían disponer para ellos, y que no era eso lo que ella pensaba del amor de una pareja, por lo que había de hacer algo al respecto y cambiar el ritmo de vida que llevaba si quería seguir con ella, ya que en los dos últimos meses apenas habían pasado juntos un fin de semana.

Mirabella estaba muy entregada en sus estudios, se había convertido en una criatura más responsable, inteligente, simpática, risueña y muy muy guapa. Todo en ella era desbordamiento, llena de luz y energía, con una mirada que traspasaba los muros de cualquier castillo. Con sus ojos azul eléctrico y sus cabellos de un negro intenso natural, lacio, con un corte inclinado rozando sus delicados hombros, no pasaba desapercibida a dondequiera que fuera; de ella se podía pensar que tenía medio campus a sus pies.

Raro el día que no se le acercara algún joven de la universidad para proponerle ir al cine, al teatro, a pasear por algún cercano parque o a cualquiera de las terrazas y cafés que había por toda la ciudad con el propósito de conocerse más y mejor.

Sebastián debía reaccionar a tiempo si quería seguir al lado de su gran amor. Para ello, debería quitarle algo de peso a su apretada agenda, intentar buscar a más gente de confianza, responsables y con mucho talento para delegar gran parte de su trabajo que ejercía en la empresa, para prepararlos de manera que pudieran llevar a cabo los proyectos de igual manera o lo más parecido a como lo ejecutaban él o su socio Stuard. Lo más difícil era el estudio de montaje. A pesar de que contaban con un ingeniero industrial en nómina y un encargado de obras cada uno, la logística que en algunos casos se hacía muy costosa y laboriosa, y sobre todo el complejo funcionamiento de la sala una vez terminada.

Al cabo de unos días, aprovechó una cena en un pequeño y acogedor restaurante, con muy poca iluminación, donde apenas había clientes. Debían hablar en voz baja para no ser escuchados. Él aprovechó un resquicio de ausencia del pesado camarero que apenas los dejaba respirar, el típico pesado que se pone a hacer chistes baratos para caer bien a una chica joven y guapa como Mirabella. Él la cogió de sus manos finas y recién sacadas del horno, parecían hechas de seda, y le dijo:

—Escúchame, amor mío, con atención. Precisamente hoy mismo tuve una conversación muy seria con Stuard y hemos acordado que en un plazo de tres o cuatro meses hemos de tener un encargado general cada uno. Somos demasiado jóvenes para la carga y responsabilidad de trabajo a los que estamos sometidos y llevamos a cabo, así tendríamos más tiempo libre para nosotros. ¿Qué te parece, cariño?

Justo en ese mismo instante en el que ella le iba a contestar, todavía sus labios no se habían despegado cuando de nuevo hizo su aparición el camarero cuentachistes, que tenía menos vista que un búho de día.

—Aquí tienen el filete de pato con crema de espárragos silvestres y miel de flor de aguacate, ¡ja, ja, ja!

—¡Ya me gustaría comerme una cosa de estas! —dijo mirando de reojo a la joven, como si pensara que estaba sentada junto a un jovenzuelo en la edad del pavo o un pagafantas.

—Perdone, caballero, ¿me podría usted decir en qué colegio de hostelería estudió? Es para mañana a primera hora llamar al director y decirle que vaya cambiando de profesores, porque el resultado es deprimente. Se lo agradecería lo más grande, ¡gracias!

—Perdón, ¿qué quiere decir con eso, jovencito?

Mirabella se tapaba la boca de la risa con su servilleta, no daba crédito a lo que sus oídos acababan de escuchar.

El metre, que aparentaba tener una gran experiencia y contaba con conocer al dichoso individuo — al parecer, era su segundo día de trabajo en el restaurante—, se acercó todo lo rápido que su enorme cuerpo agotado le permitió para evitar lo que podría haber sido una discusión en un lugar de riguroso silencio y dijo con voz de jefe:

—Pierre, en la cocina necesitan de tu presencia urgente. Ya sigo yo atendiendo a la mesa.

Hubo un momento de tensión, todos se miraban entre sí, incluso llamando la atención de una mesa en la que había cuatro ancianos con una glamurosa vestimenta, que no les prohibió mirar y chismorrear, llegando al descaro.

—Perdonen, ¿por casualidad el camarero les ha molestado? — preguntó el metre con una voz que para nada iba en consonancia con su enorme físico.

—No, tan solo ha sido un amago de supremacía chulesca, aunque no ha llegado a ser insultante —dijo Sebastián.

—Entonces a partir de ahora yo los atenderé personalmente, no tienen nada de que preocuparse, disfruten de la velada.

—Muchas gracias, caballero.

—De nada, es mi deber.

—¿Se puede saber qué mosca te ha picado? No creo que fuera necesario este numerito, aunque, pensándolo bien, no me ha gustado nada su mirada obscena, pero tampoco quiero que nos estropee la noche —habló Mirabella, a la misma vez que miró fijamente a la mesa de las dos parejas de mayores para que desistieran de chismorrear y mirar tan descaradamente.

—Claro que no ha sido para tanto, pero no quería que pensara que éramos dos niños mimados y asustados. Y bien, ¿recuerdas todo lo que te he dicho?

—Sí, pero no lo hagas solo por mí, sino también por tu juventud, que en realidad es de lo que estamos hablando. Se esfumaría tan rápido como el aroma del perfume que llevas puesto y, siendo un genio, como lo estabas demostrando hasta ahora, tienes que aprovechar esa genialidad para llevar una vida más aireada y no tan agobiada, a pesar de que reconozco que no puedes remediarlo, a no ser que pongas un gran empeño en ello.

El pato se enfrió y tuvieron que llamar al metre para que lo recalentara un poco, no antes sin unas sonrisas mutuas.

Sebastián le prometió que haría todo lo que estuviera en sus manos para poner algo de orden en su vida y no le ocurriese lo mismo que a otros grandes genios e iluminados de alguna otra época. Él mismo le reconoció que hay que aprender del pasado para vivir mejor en el presente y el futuro, sobre todo el ahora; de hecho, los más importantes filósofos de la historia coinciden en que el ahora es el mejor de los tres estados temporales, suponiendo que existan, claro.

Cuando terminaron la cena, Sebastián pidió la cuenta. El anciano y cansado metre les trajo una bandejita de plata con dos chupitos de licor del amor de color rosa y un trozo rectangular de papel bien recortado en el que se podía leer:

Están ustedes invitados, esperamos que la cena haya sido de su agrado. Perdonen los errores que hayamos podido cometer con el servicio, gracias.

P. D.: Esperamos de nuevo y con agrado que nos elogien con su visita.

Cuando leyeron aquel trozo de papel, ambos se quedaron alucinados.

—Perdone, caballero, ¿a qué se debe esto? No era ni para nada mi intención…

—Acepten la invitación del jefe, que a su vez es el chef. Él les estaría muy agradecido si la aceptan, lo digo por experiencia.

—¿Qué hacemos, cariño? —le preguntó a Mirabella.

—Pues aceptemos, parece una invitación sincera, y el próximo día que vengamos a cenar, le traemos un detalle al dueño. ¿Qué me dices?

—Pues la verdad es que tienes razón.

Los dos brindaron con el chupito y degustaron los bombones que les trajo después el metre, y él le dejó cincuenta euros de propina. El voluminoso metre los esperaba en la puerta para despedirlos como solían hacer con todos sus clientes, según habían observado durante la velada. Ellos eran los últimos en efectuar la salida de aquella penumbra. El camarero chulesco se había perdido como por arte de magia, pero no quisieron preguntar para no echar más leña al fuego; quizás el próximo día que regresaran; después de todo, se fueron muy contentos, cogidos de la mano, con mucha fe de lo que el joven Sebastián le había prometido a Mirabella sobre remediar y menguar lo de su ritmo de trabajo.

Los tres meses que Sebastián se había asignado de plazo para poner orden en sus proyectos y su vida ya habían transcurrido casi en su totalidad y lo tenía casi todo bajo control. El verano se acercaba cauteloso, por lo que ya pensaba en preparar la maleta para partir junto con Mirabella hacia España y visitar a sus abuelos y a los ancianos de la residencia, que le echaban también de menos con locura, por no hablar de la señora Sarah Lover, que quiso que se alojaran en el hotel en cuanto se enteró de que les iba a hacer una visita, al igual que sus abuelos, pero ellos tenían la intención de hospedarse durante todo el mes en la Casita de la Alegría para estar completamente solos y desconectar de todo lo inimaginable, salvo cuando fueran a casa de los abuelos para comerse unas migas con pescado seco y pimientos italianos fritos, tomates verdes secos y con tacos de jamón.

Otro día comerían cocina gitana con habichuelas verdes, cocido o fritillo de conejo; otras veces visitarían el hotel de Sarah y Paul para cenar y aprovechar la velada con el matrimonio sin prisas por irse a la cama. Decidieron hacer este viaje aprovechando que los padres de Mirabella, acompañados de su hijo Philippe, se irían a hacer una ruta por toda Italia.

Estando ya en España, Sebastián visitaba algunas tardes a los ancianos que conocía y a los nuevos que le despertasen algún tipo de interés para charlar un poco con ellos, sobre todo con uno de los pocos maestros vivos que quedaban, y sacar nuevas ideas para comenzar a escribir alguna nueva historia que tratara de la jubilación, la vejez, y, por qué no, relatar los últimos suspiros de algunos maestros. Por lo general, los ancianos estaban al tanto del éxito de su pupilo, tanto de las exposiciones que estaba haciendo en París y Nueva York como de la empresa que había creado para hacer realidad *La escultura viva*. Todo esto salía ya en programas de cultura e innovación, en algunas noticias, sobre todo las inauguraciones de nuevas salas.

Era muy posible que Sebastián no estaba siendo consciente del todo de lo conocido que era a nivel mundial, por la aportación a la humanidad de haber creado una nueva forma de disfrutar visitando un museo a cualquier edad.

Al mismo tiempo, todos los museos que disponían de la capacidad necesaria para poder costearse realizar la instalación eran testigos directos de como el número de visitantes crecía exponencialmente.

Mirabella no dejaba escapar esos momentos para buscar un paisaje para pintar con pastel, que se le daba de maravilla. Sebastián quiso aprovechar que estaban solos para pintar a Mirabella sentada en la piedra del riachuelo donde se enamoraron.

Su pose, sentada con las rodillas levantadas, apoyando sus brazos desnudos y cruzados entre sí, a la vez que dejaba caer su pelo negro brillante por los rayos de sol que atravesaban los frondosos alcornocales como espadas y lacio como la seda que traía de la antigua China Marco Polo. Él colocó una margarita recién cortada sobre la oreja izquierda de ella, que realzaba su inocente belleza en un paisaje de frescura sin igual. Parecía un diamante recién tallado y pulido en sus cincuenta y siete facetas resplandecientes, con una sonrisa de amor por el artista que la estaba plasmando en aquel lienzo. Cuando por fin ella terminó de acomodarse en su postura perfecta, era tal su belleza por dentro como por fuera que Sebastián quedó ensimismado, helado como una estatua de Harbin, quieto como un modelo junto a ella, como si estuviera esperando a un tercero para que retratara a los dos enamorados. En esa fracción del tiempo atemporal era tan fuerte la energía de amor y pasión que la densidad del aire se hizo sumamente pesado, de tal manera que les costaba respirar.

La belleza que ambos desprendían era abismal, a cuatro o cinco metros de distancia que los separaban. Si en ese momento hubiera pasado una manada de bisontes del Cáucaso cerca de ellos, ni se hubiesen inmutado. Requirieron treinta o cuarenta segundos hasta que Sebastián despertara del letargo.

—¡Manos a la obra, querida! Porque, de lo contrario, te voy a tener ahí sentada en esa misma pose varios meses, en la orilla de río.

Ella también reaccionó.

—¡Claro! ¿Acaso quieres que me quede petrificada?

Sebastián se acercó a ella, postrándose de rodillas y abrazando su cintura todo lo que daban sus brazos con todas sus fuerzas durante un largo tiempo no cronometrado. En ese mismo instante paseaban por allí sus abuelos.

—Vas a tener que amarrarte junto al caballete y unas piedras si quieres terminar el retrato de tu hermosa Mirabella —dijo su abuela María.

Todos reaccionaron con una leve sonrisa acompañada de pequeñas risas.

—Tienes razón, abuela. Además, deberían de pesar bastante para que no pudiera arrastrar mis piernas.

—A mí también me cuesta permanecer como una estatua teniendo enfrente a un joven tan apuesto y artista, ¿o acaso pensáis que soy de piedra? Además, habéis conseguido que me sonroje.
—Todo esto, acompañado de una orquesta de carcajadas.

—En fin, vamos a concentrarnos un poco —dijo Sebastián a la vez que cogió su Faber-Castell y, si más, se puso manos a la obra.

Era tal la maestría que apenas una hora más tarde había perfilado a Mirabella por completo y el entorno que la envolvía. Ya tenía el lienzo listo para empezar con las pinceladas, aunque antes darían un paseo para estirar los pies.

Él tapó el lienzo sin más, no quería que su amada lo mirase antes de que estuviera totalmente acabado, puesto que se lo quería regalar el próximo Día de los Enamorados. Por eso, cada vez que terminaba una sesión, colocaba el lienzo con sumo cuidado dentro de una especie de maleta que su abuelo le había fabricado, para que no se pudiera ver ni estropear.

Transcurrieron casi dos meses en los que estuvieron más juntos y compenetrados que nunca antes. Cuando hubo terminado el retrato, se lo dio a su abuelo dentro de aquel artilugio para que se lo guardara en el mueble de armas bajo llave, hasta que llegara el día de enseñar la obra. Ella se quedó con la miel en los labios por no poder contemplar su propio retrato.

Durante todo este tiempo, algunas veces quedaban para cenar o almorzar con Paul y Sarah, los dueños del aquel maravilloso hotel rural, y otras veces con algunos de sus amigos ancianos. La estancia se había alargado hasta los casi dos meses, cuando en un principio iba a ser un tan solo un mes lo que iba a durar la visita, aunque no fueron pocas las videoconferencias por problemas técnicos de *La escultura viva*, pero fue capaz de solventar con éxito todos los asuntos. Sebastián y Mirabella prepararon una pequeña fiesta en el jardín de la Casa Alegre e invitaron al matrimonio británico, a los abuelos y a cinco de sus maestros de la residencia como a la señora Esther —la pianista—, el filósofo Ram Osho, Frank Palmer —el dramaturgo y escultor—, Toni Sánchez —el guitarrista— y a James Simon —escritor y filólogo inglés—. Gracias a ellos y a los que ya no estaban en este mundo, Sebastián aprendió bastante de casi todas las artes existentes aunque ahora estuviera en París para perfeccionar e intensificar lo ya aprendido y mucho más.

Ya estaba controlado lo de sus proyectos de *La escultura viva* junto con su socio Stuard y dos nuevos técnicos. Además de que ambos ya contaban con la empresa a su entera disposición, ellos gozaban de más tiempo para estar con sus respectivas parejas y seguir con los estudios, sobre todo Sebastián, que necesitaba muchísimo tiempo para pintar y escribir, por lo que de momento iba todo a la perfección, de manera que su vida dio un giro muy positivo gracias a las palabras y consejos de su querida Mirabella.

# Capítulo 23
## UNA CAJA CON SORPRESA

Una mañana fresca de principios de invierno, cuando Sebastián se disponía a ir a la Universidad de Bellas Artes de París, en ese preciso instante justo antes de llegar a la puerta de salida de su portal, en un gran pasillo observó una caja de cartón entreabierta encima del suelo de mármol verde oscuro con betas y manchas blanquecinas y frío como el hielo. La caja parecía moverse, como si allí habitara alguna criatura o alguna especie de ser vivo. Él se acercó con sumo sigilo, rozando el miedo; podía ser cualquier cosa, alguna alimaña o serpiente, algún lagarto o cualquier otro animal exótico que tan de moda estaban, sobre todo por hijos de papá y mamá, niños mimados que pronto se cansaban de sus mascotas. Su prudencia llegó a extremos inimaginables. A pesar de hacer frío, se puso a sudar. La caja se movía cada vez con más ahínco si cabe, quizás la criatura había olido el miedo que Sebastián desprendía por todos sus centímetros cuadrados de inteligencia y genialidad. Cuando por fin decidió abrir varias solapas, se quedó exhausto y aturdido al descubrir lo que había dentro de la miserable caja de cartón con una manta blanca algo sucia. Por pura intuición se le vino a la cabeza que podía ser un niño abandonado a su suerte. Desenredó la pequeña manta con sumo cuidado y enseguida se escuchó un pequeño llanto ahogado, cuando el recién venido a este mundo abrió sus grandes ojos y soltó una gran sonrisa.

—¡Dios mío, si es un bebé! Apenas tendrá un año de vida —se dijo desesperadamente Sebastián sin alzar en demasía la voz para no alarmar a la pequeña criatura.

El bebé ni siquiera había desarrollado aún el sentido del asombro. Él lo tapó de nuevo y volvió a meterlo en la cajita de cartón. Desde su reloj digital de pulsera llamó a la policía para saber dónde tenía que entregarlo y les dijeron que les diera la dirección donde se encontraban en ese instante y que no se movieran del lugar y que mandarían un coche de policía y una ambulancia a recogerlos. Sebastián lo volvió a coger con sumo cuidado para que no llorase ni se pusiera regomelloso, preguntando aun sabiendo que no iba a obtener contestación alguna.

—¿Quién te ha dejado aquí, pequeñín?

El bebé ni se inmutaba. A los pocos minutos llegó el coche policial con un agente regordete y calvo, tan nervioso como si fuera un padre que va a ver a su hijo recién nacido, presentándose oficialmente.

—Buenas, soy el agente Gustave, a ver qué tenemos aquí.

Una agente más joven e inexperta, incluso algo tímida, se acercó a Sebastián.

—Buenos días, joven. Soy la agente Julie, déjeme ver al bebé. —La agente parecía una Virgen caída del cielo, bella y radiante de felicidad.

—Aquí lo tienen, ¿a quién se lo doy?

—A mí, por favor —manifestó la agente Julie—. Lo tendré en brazos hasta que venga la asistencia sanitaria, que está de camino.

—Cójale con cuidado, ya lo tiene, es todo suyo. Y bien, ¿ahora qué?

—Déjeme su DNI para anotarlo. Si es tan amable, debe acompañarnos a la comisaría para que le tomemos la declaración. No le llevará más tiempo del justo y necesario.

—Está bien, voy con ustedes. Si quieren, lo puedo llevar en mis brazos.

—No es necesario. En cuanto los médicos le hagan un reconocimiento, si todo está bien, lo llevarán a un centro de menores hasta que se aclare todo el asunto —dijo la agente Julie.

Primeramente, se dirigieron a la comisaría más cercana y, después de más de una hora y media, le dijeron que también tenía que acompañarlos al centro de menores y allí rellenar algunos papeles. Sebastián, ya en el centro de menores con el niño en brazos rellenó un sinfín de folios. No quería soltar al niño, que parecía cómodo, no lloraba, tan solo soltaba de vez en cuando algún sollozo.

El joven Sebastián dejó constancia de que, si no aparecía ningún familiar reclamando al pequeño, que contasen con su ayuda para lo que hiciera falta, dejando anotado su número de teléfono y su dirección. Se fue pensativo y hambriento de aquel lugar y se dirigió a una cafetería a picar algo y luego a dar un largo paseo por los jardines de las Tullerías, pensando en todo lo ocurrido. No quería molestar a Mirabella de momento, ya tendría tiempo de contar todo lo ocurrido.

El tiempo transcurrió deprisa. Cuando quiso darse cuenta, era tardísimo. Ese día apenas tuvo un par de llamadas de su encargado, aunque de todas formas lo mantuvo en modo silencio.

No quiso llamar a nadie, ni siquiera a Mirabella, o quizás incluso se había olvidado de llamar a nadie. Llegó a casa más tarde de lo normal y cansado. Mirabella estaba nerviosa, ya que no estaba acostumbrada a que llegara tarde sin avisar antes y, cuando ambos se fundieron en un abrazo, ella le dijo al oído:

—¿Qué te ha ocurrido hoy?, ¿por qué estás tan serio? Tienes que decirme qué te ocurre, cariño.

Se dejaron caer en el sofá de rayas *beige* y azul marengo del salón y él comenzó a desembuchar todo lo que le había ocurrido, lo guapo y dulce que le había parecido el bebé.

—¡En serio! ¿Todo eso que me acabas de contar es verdad?

—Pues claro que sí; además, dejé por escrito mis intenciones, en caso de que no lo reclamara nadie en un tiempo prudente, siempre contando con el debido estudio de las autoridades competentes, la posibilidad de poder adoptarlo; de todos modos, lo veo complicado, habría que esperar varios meses; incluso me dijeron que se podía demorar hasta un año, en el peor de los casos.

—¿De veras? Parece buena idea, aunque me temo que nuestra corta edad pueda ser un obstáculo. Por ese motivo creo que lo mejor sería hablar con mis padres para que nos acompañaran a la comisaría y así poner en conocimiento nuestras intenciones, juntos, con el apoyo de mis padres, de los que no dudo lo más mínimo. ¿Qué te parece la idea?

—Creo que tienes toda la razón, amor mío. Mañana a primera hora los llamamos, o, mejor aún, los invitamos a cenar en el restaurante Vía Emilia, que a ellos les encanta ir a comer allí.

—De acuerdo, has tenido una buena idea, verás como se lo toman con entusiasmo.

Al día siguiente, a eso de las nueve de la noche, iban cogidos de la mano algo nerviosos. El sudor les caía por ambos lados de sus frentes dentro del maloliente taxi en medio de un atasco, por lo que además llegaron un poco justos de tiempo, más bien tarde.

En la puerta del restaurante había un joven de color, apuesto y forzudo con aspecto de gladiador, envuelto en un traje de Armani o similar, el cual hizo una reverencia a los dos tortolitos. Al cruzar el arco de piedra de la entrada al *hall* del Vía Emilia, a unos veinte metros, sentados uno enfrente del otro con una postura muy cariñosa en una pequeña pero coqueta barra, esperaban hablando en una forma para que nadie los escuchara, probablemente especulando cuál sería la noticia, dada la emergencia de la cita para cenar juntos en un restaurante de lujo a la vez que discreto.

En el instante del encuentro, el señor Ricard se disponía a dar un sorbo a la copa de Martini blanco con hielo y unas finas rodajas de pomelo. Después de los saludos, llegó el momento de sentarse a la mesa que habían reservado. Durante la cena, ambos jóvenes, ilusionados y con sus impulsos sensoriales algo alterados, se miraban y reían entre sí. Hasta que el señor Ricard les preguntó:

—¿Qué os pasa? Os veo algo nerviosos, ya podéis desembuchar lo que tengáis que contarnos.

—Tú mejor, cariño.

—Está bien —dijo Sebastián—. Pues voy a empezar por el principio. Ayer por la mañana, cuando me disponía a salir del portal, vi en una esquina una pequeña caja de cartón, ¿y a que no os imagináis qué había dentro? —Se hizo el silencio.

—Pues ni idea, ilumínanos, por favor —dijo Jeanette.

—Pues ni más ni menos que un bebé.

—¡Un bebé! Por Dios santo, ¿y qué estáis pensando hacer? Espero que no sea lo que me estoy imaginando.

—¿Y por qué no? Mamá, nosotros habíamos pensado que os gustaría la idea; bueno, más bien yo, que lo daba por hecho.

—Tener un hijo es una responsabilidad muy grande, más aún adoptar a un bebé —respondió fría y estupefacta la señora Jeanette.

—Pues, a decir verdad —saltó enérgicamente y casi con un tono de enfado—, eso es exactamente lo que queremos. —Mirabella parecía haber consumido todas sus energías de su fino cuerpo al expresarse con tanta rotundidad, y prosiguió con sus intenciones firmes y claras—: Pero la asistencia social le ha dicho a Sebastián que con nuestra edad es casi imposible que nos lo aceptaran; por eso hemos pensado en que a lo mejor nos podíais ayudar con el papeleo y demás temas burocráticos.

—Pues a mí no me parece mala idea; además, tú podrías ayudarlos, Jeanette, siempre me estás diciendo que te aburres cuando estás sola, y ahora prácticamente estás sola de lunes a viernes.

—La verdad que esto es hablar por hablar, no es seguro que nos lo dieran, deben estudiarlo todo muy detalladamente. Yo dejé mis datos por si acaso no aparece ningún familiar o interesado. Si queréis, podíamos pasar a verlo mañana mismo.

—Está bien, está bien, si Ricard está de acuerdo, y cuando él pueda, mejor vamos todos juntos. Te avisamos para que concierten una cita, me imagino que eso funcionará así. Al final creo que no sería mala idea después de todo, siempre y cuando todos pusiéramos un granito de arena para el cuidado y la educación del pequeño; de todos modos, habrá que esperar a ver qué sucede —dijo algo resentida al final Jeanette.

—Me alegro muchísimo de que nos queráis acompañar, papá, mamá. Sabía que no me fallaríais.

—Pues dicho esto, prosigamos con la cena, que se va a enfriar, y hagamos un brindis por el bebé y que pronto encuentre una vida mejor y de felicidad, ya sea con nosotros o con algún familiar, aunque he de reconocer que la idea me gusta muchísimo —dijo terminando con una pequeña carcajada el señor Ricard.

Aquel restaurante tenía una magia especial, lo que comenzó como una idea algo disparatada se fue convirtiendo poco a poco en algo verdaderamente extraordinario.

—Entonces, en cuanto me digáis algo, llamo para la visita al centro de menores —sentenció Sebastián.

Al final decidieron ir el lunes próximo. Sebastián llamó al centro y le concedieron la cita. Fueron todos juntos; eran las once de la mañana cuando llegaron a la puerta principal de la entidad, que estaba en el barrio parisino de Montmartre.

Sebastián tenía un permiso especial que le había redactado el comisario de asuntos de menores para poder visitar al pequeño mientras se aclarase el caso. El centro de acogida en realidad era una gran casa antigua, que disponía de un parque infantil en el jardín para que los niños jugaran entre sí, de manera que se fueran conociendo mejor. Allí había ocho niñas y tres niños de hasta diez años; a partir de esa edad, en caso de seguir acogidos, eran trasladados a otro centro de más envergadura, con instalaciones deportivas y varias aulas para impartir clases superiores. En cuanto sonó una especie de alarma, todos los peques se pusieron a relinchar y comenzaron a ponerse en fila para subir las escalinatas. Enseguida se abrió la puerta despacio y silenciosa, supuestamente habría algún bebé dormido. De pronto, una señora poco arreglada, más bien algo desaliñada, con aspecto serio, pero algo dulce a la vez, preguntó:

—¿En qué puedo ayudarles? Mi nombre es Amélie, soy una de las cuidadoras del centro.

Sebastián, justo después de decir «muy buenas», le puso el papel oficial enfrente para que lo leyese. Ella audazmente alzó su larga mano junto con su mirada algo fría y desconfiada; en fin, con una mirada de observación, a la vez que decía:

—¿Puedo?

—¡Sí, claro! Tómese el tiempo que le sea necesario, nosotros esperaremos aquí en el jardín mientras tanto.

—Enseguida salgo, gracias.

La cuidadora cerró la puerta con energía, pero sin dar portazo alguno. Estaban todos muy ilusionados. Al cabo de unos minutos, el tiempo que necesitó para leer el documento, salió Amélie algo sonriente diciendo:

—¡Ah!, han venido a ver al recién llegado; pues ahora mismo os lo traigo.

Seguidamente, la cuidadora entró en una habitación mientras ellos esperaban en el rellano del portal. La puerta estaba entreabierta, de manera que se percataron de unos pequeños que estaban sentados en los primeros peldaños de una escalera que había en el interior de la casa. Allí se encontraban dos niñas y un niño mirándolos con una sonrisa entristecida, parecía como si estuvieran esperando a sus padres o a algún pariente que fuesen a recogerlos o al menos a visitarlos, aunque, en el caso de que fuera así, ellos no los reconocerían, ya que casi todos eran abandonados justo al nacer por sus progenitores. La mayoría de las veces eran madres solteras con pocos recursos, prostitutas inmigrantes, algunas alcohólicas o enganchadas a algún tipo de estupefacientes, aunque se podía dar el caso de que algunas de esas madres fueran de clase media, que, por su corta edad o por problemas religiosos, no podían con la responsabilidad de ser madres; aun así, los niños parecían ángeles caídos del cielo.

Al cabo de unos segundos, empezaron a revolotear con cara de asombro al ver tanto movimiento en el portal. ¿Quiénes serían esas dos parejas?, se estarían preguntando en sus adentros más profundos, y no tardaron en iniciar un bombardeo de preguntas.

—¿Sois los papás de alguno de nosotros?

Otro preguntó:

—¿O los titos?

Sebastián respondió:

—No, lo sentimos mucho, venimos a ver a un bebé que ingresó hace unos pocos días para ver cómo se encuentra, y de camino a echar un vistazo para ver cómo funciona la casa de acogida. ¿Estáis bien aquí? —preguntó con mucho cariño Sebastián.

Un niño contestó:

—Bueno, sí, pero no creo que venga ningún familiar o amigo ni siquiera a visitarme, aunque el nuevo ha tenido más suerte que yo, sus primeros días aquí y ya tiene una doble visita.

Todos se quedaron congelados al escuchar esas duras e inocentes palabras, pero Sebastián le contestó rápido:

—Ha sido una casualidad, me disponía a salir del edificio donde residimos mi novia y yo para dirigirme a la universidad y allí estaba en la esquina del portal dentro de una caja de cartón. Lo cogí en brazos y miré a ambos lados de la calle, no logré ver a nadie sospechoso; por ese motivo nos interesamos por el bebé; si no fuese por él, puede que no estuviéramos aquí.

—¿Cuál es tu nombre, jovencito? —le preguntó Ricard.

—Marcelo, aunque, cuando sea mayor, me gustaría cambiarlo por otro más bonito.

—Pues a mí me gusta mucho y suena muy bien. ¿Quién te lo puso? —le dijo Mirabella en tono dulce y juvenil.

En ese momento, todos estaban pensando en por qué tardaba tanto en llegar la cuidadora Amélie.

—Las hermanas del centro son las que nos bautizan y a la vez las que nos ponen nombre al poco tiempo de estar aquí en el caso de que nadie nos reclame antes, claro. La verdad es que aquí somos como una familia grande, compartiendo las mamás, el colegio, el comedor, la sala de cine y también el salón de juegos. A veces vemos algunas noticias de niños abandonados en otros países más pobres que aquí y algunos son explotados con trabajos duros de mayores. Por eso pensamos, sobre todo los más grandes, en lo dichosos que somos de estar aquí con las hermanas de esta acogedora y maravillosa casa de acogida.

Todos estaban alucinando con el discurso que acababa de dar Marcelo, tanto fue así que incluso algunos niños lo escucharon con suma atención.

Mirabella le preguntó:

—Pero si alguna pareja quisiera adoptarte para salir de aquí, ¿aceptarías o, de lo contrario, te costaría tomar esa decisión?

—Creo que me costaría, señorita, pero siempre prefiero tener una entrevista con los interesados para poder intuir las intenciones, ya que hasta el día de hoy he vivido dos terribles fracasos de adopción. Espero que la tercera sea la buena y definitiva. Por ejemplo, a pesar de vuestra juventud, os veo honestos e inteligentes, lo suficiente para poder cuidar de un bebé, ya que al parecer contáis con la ayuda de vuestros padres, y ellos cuentan con la experiencia necesaria. Sebastián está muy liado con los estudios y el trabajo, además de las exposiciones.

—¿Cómo sabes que tengo mucho trabajo y responsabilidades, como para no tener tiempo de cuidar de un bebé?

—Le he visto por la televisión varias veces presentando proyectos para museos de muchos países. Aunque parezca mentira, a pesar de mi corta edad, prefiero ver programas de cultura, ciencia o naturaleza a dibujos animados o series tontas y repetitivas, de moda en casi todos los canales.

—Pues me parece muy bien por tu parte tener esos gustos televisivos, pero ya tendrás tiempo de empaparte de las cosas que la vida nos depara —le comentó Mirabella.

—¡Vaya con Marcelo! Al parecer, estamos ante un niño prodigio e inteligente, quién me lo iba a decir. Si algún día pudiéramos llevarte a visitar algún museo, ¿serías capaz de venir? —le preguntó Sebastián.

—Pues claro que sí, siempre que las hermanas den su consentimiento, aunque tratándose del mismísimo Sebastián, creador y fundador de *La escultura viva,* que ya lo he visto por televisión; pero verlo de cerca tiene que ser una experiencia fantástica.

A los padres de Mirabella se les caía la baba escuchando las conversaciones que estaban teniendo lugar allí y veían el gran potencial que atesoraba Marcelo, el cual podría desarrollar si contara con una familia estable y así poder estudiar más tarde en una buena universidad.

Cuando Mirabella cruzó el umbral de la puerta justo a la izquierda del *hall* y vio que venía el pequeño en brazos de la cuidadora por fin, quedó encandilada de la alegría que desprendía un ser tan diminuto, a pesar de la situación en la cual se encontraba, siempre contando que con los pocos días de vida a sus espaldas no era consciente de lo que le había ocurrido. Mirabella lo tomó en brazos y se cruzaron sus miradas de una forma mágica. Todos a su alrededor mirando sin decir nada, parecía envolverlos un halo de felicidad; después se fueron juntos a una especie de oficina blanquecina, no antes de decirles a los demás pequeños que ahora se despidieran de ellos.

Allí había sentada una mujer con una edad avanzada. Era la directora del centro, con el pelo plateado y la vestimenta de color blanco, como la mesa, la silla, la estantería. Todo allí era blanco;

incluso en el rostro de *madame* Babette pareciese que no corriera sangre alguna y no saliera ni al patio para que le diera el sol. Se podía llegar a pensar que tenía cara de malvada.

—Buenas tardes, ¿en qué puedo ayudarles, aparte de enseñarles a esta criatura de Dios? —dijo en un tono sobrio, frío y poco alentador.

Al principio, nadie se lanzaba a contestar. Los ojos de *madame* Babette se hacían cada vez más pequeños y desconfiados, y sus cejas casi llegaron a juntarse por unos instantes. Por fin una voz firme y aguda dijo:

—*Madame* Babette, como ya tendrá usted constancia, aquí la pareja de mi hija, Sebastián, rellenó unos papeles el otro día y hoy vinimos a conocer al bebé y a dar nuestro apoyo y consentimiento para que, en el caso de poder, ellos adoptaran al bebé —dijo el señor Ricard.

—Está bien, menos mal que alguien serio y valiente ha tomado la palabra; pero en primer lugar no me gustaría que se hicieran falsas ilusiones. El tema que nos concierne a todos es más complicado de lo que en un principio pudiera parecer. Para empezar, existe una larga lista de espera, lo único que tienen ustedes a su favor para que esta entidad les otorgara la guarda y custodia en caso de no ser reclamado por algún posible familiar en el tiempo prudencial que marca la ley. Algo que suele ocurrir en caso de encontrar a sus despreciables padres que por algún motivo desconocido lo abandonaron, además de trámites legales y complejos como se pueden imaginar, es haber encontrado al bebé y haberlo entregado sano y salvo con rapidez y responsabilidad.

—Muchas gracias por su extensa explicación, *madame* Babette —le dijo Jeanette.

—¿Y a ti qué te ha parecido el bebé? Veo que le has caído bien —dijo *madame* Babette ya con algo más de color en sus mejillas dirigiendo su mirada a Mirabella.

—La verdad es que, si me lo pudiera llevar hoy mismo, sería una gran alegría, pero tenemos que esperar a ver qué ocurre —contestó con firmeza Mirabella.

—Muy bien, señorita, veo que lo ha entendido todo perfectamente. Es mejor así, dejemos que el tiempo decida, y Dios también, qué hacer con esta criatura tan pequeña que nos trajo su querido Sebastián.

Dejaron al niño con la cuidadora, se despidieron y todos quedaron encantados con el bebé y algo esperanzados con las explicaciones de la fría y anciana directora del centro.

Hicieron un alto en el *hall*, donde aún esperaban unos cuantos niños para despedirse de ellos.

Ricard, tan educado como siempre, dijo:

—Creo que ha llegado la hora de marcharse. Al parecer, el bebé se queda en buenas manos. Intentaremos venir a visitaros, aunque solo sea un par de veces al mes, ha sido una buena experiencia.

—Me gustaría que esas palabras fueran de verdad para que pudiésemos charlar de nuevo, sobre todo contigo, Mirabella, que eres fabulosa, lo que daría por tener una hermana como tú, tan guapa, culta, comprensiva y alegre.

—Tú sí que eres fantástico y muy muy sabio. Te prometo que vendremos a visitarte lo más pronto posible.

—En cuanto tengamos disponibles las entradas de alguna exposición de *La escultura viva*, pediremos permiso a la directora del centro para poder venir a buscarte —le dijo muy convencido Sebastián al pequeño Marcelo.

Se despidieron del pequeño bebé y de Marcelo con abrazos, besos y alguna que otra lágrima, sobre todo de entusiasmo y alegría en sí; un encuentro tan intenso como inesperado. Los demás pequeños se habían ido para entonces algo cabizbajos.

Los padres dijeron:

—Parece que todo va a salir bien, tan solo hay que esperar y tener paciencia.

Durante el regreso a casa, todos coincidían en la madurez e inteligencia que había demostrado poseer el pequeño Marcelo. Tanto fue así que el señor Ricard y la señora Jeanette pensaban abiertamente esa misma noche que no sería mala idea intentar adoptarlo, ya que disponían de tiempo y dinero suficiente para darle lo necesario para estar acomodado. Cerca de casa contaban con buenos colegios y una universidad, aunque querían tomarse unos días para recapacitar una decisión tan seria como era esa responsabilidad de la adopción. Todo había ocurrido en muy poco espacio de tiempo; además, querían hablar con su hijo Philippe y explicarle todo lo sucedido para tenerlo en cuenta a él también y ver cómo reaccionaba, aunque por el carácter de Philippe, todos pensaban que no se opondría a los acontecimientos y decisiones de sus padres y hermana.

Ricard comentó:

—De momento, creo que nos merecemos ir a descansar, ha sido un día muy agotador. ¿Quedamos mañana para almorzar?

A lo que contestó con alegría Sebastián:

—De acuerdo. Si les parece bien, podemos quedar en el Restaurante Brasserie Louis Marie, que sirven unas carnes a la brasa espectaculares de su propia granja ecológica, que tienen en un pueblo a las afueras de París, ¿verdad, Mirabella?

—¡Sí!, la última vez que estuvimos fue con unos compañeros de la universidad y estuvo fantástico.

Se despidieron con unos fuertes abrazos llenos de alegría y orgullo a caudales.

La Navidad estaba cada día más y más próxima, deseaban ansiosos que todos los trámites de adopción estuviesen terminados y aprobados para esa fecha tan especialmente familiar y reconciliadora.

Mientras tanto, Mirabella, Sebastián y también los padres recibieron varias visitas a sus respectivos domicilios de psicólogos e inspectores de la asistencia del menor para ver en qué condiciones vivían ambas familias y si estos disponían de las comodidades y recursos necesarios para llevar a cabo ambas adopciones. A los pocos días recibirían los resultados de las inspecciones.

La vivienda de los padres reunía las condiciones, pero el estudio de Sebastián no, por lo que deberían trasladarse al grandísimo apartamento que le dejó el señor don Luis a Mirabella y darse la suficiente prisa para acometer una buena reforma. Sebastián disponía ya a su corta edad de dinero más que suficiente para acometer las obras de reforma y adecuación. Se pusieron manos a la obra, puesto que él ya contaba con el contacto de varias empresas para acometer la reforma de la mejor manera y más rápida posible. El apartamento se encontraba en el centro de París, en la *rue* Montorgueil, en el barrio de Sentier, cerca de Notre Dame.

El día quince de diciembre, el señor Ricard y su esposa Jeanette recibieron el visto bueno a través de una carta escrita por la directora de la casa de acogida, la señora Babette, en el que tan solo tenían que adaptarle la habitación al pequeño Marcelo, y así podían acogerlo antes de que acabara el año.

La misma carta les llegó a Sebastián y a Mirabella, pero esta con la condición de hacer un dormitorio con todas las instalaciones necesarias para el bebé, la misma que debían visitar de nuevo cuando estuviera lista junto con la completa reforma del apartamento para comprobar cómo había quedado la vivienda tras la reforma. En fin, lo normal en estos casos, ya que en los test psicológicos habían obtenido más que de sobra buenos resultados en los informes. Ricard y Sebastián ya se habían puesto manos a la obra para que hicieran una habitación lo más rápido posible a una empresa de multiservicios.

Una especie de locura y nerviosismo se apoderó de todos ellos desde la buena noticia.

Por la tarde se reunieron a través de videoconferencia a la hora del té para hablar con la directora de la casa de acogida, la señora Babette, proponiendo hacer una pequeña fiesta de despedida a todos los pequeños y empleados, que correría por cuenta de ellos en agradecimiento de los resultados de los informes y por la buena cooperación de todos los implicados.

El señor Ricard propuso:

—Conozco una empresa que organiza eventos de todo tipo de celebraciones. Ellos se encargarán de todo: el *catering*, la animación, las colchonetas, la mesa de chuches, etc., y si os viene bien, podía ser el 22 o el 23 de diciembre.

—Está bien, se lo comunicaré al personal para que no les pille por sorpresa —respondió Babette—. Y también para que aporten algo con sus manos e imaginación, y así sea un día inolvidable para todos ellos. Estoy segura de que será una fiesta fantástica.

El tono de la directora parecía cada vez más sereno y simpático, tal vez ese bloque de hielo se estaba derritiendo poco a poco, como le estaba pasando a la Antártida.

—Muchas gracias por su colaboración, señora Babette, tiene usted un gran corazón por afrontar su trabajo de forma seria y con tanta implicación en el bienestar de los pequeños y no dejarlo todo en manos de la burocracia y a la suerte de Dios. Creo de veras que, sin su ayuda, las adopciones hubieran sido más complicadas y tardías. Gracias de todo corazón, nos vemos mañana.

—Me va a sacar los colores, señor Ricard. Está bien, quedamos mañana para ultimar la salida de los niños y comunicarles todo lo acontecido. Seguro que se ponen locos de contentos, sobre todo Marcelo, que ya es más consciente de la vida y la situación en la que se encuentra, y al que todavía llamamos *pequeñín*. Seguro que se alegrará aunque tan solo sea inconscientemente.

—Mañana entre todos intentaremos buscarle algún nombre bonito y que le venga bien en un futuro. No le robo más de su valioso tiempo. Que tenga usted una buena noche, señora Babette, hasta mañana.

—No se preocupe usted, lo hago con mucho gusto. Son todos ustedes unas personas extraordinarias y con un corazón enorme. Buenas noches.

Y así sucesivamente se fueron despidiendo todos.

Al día siguiente, se reunieron en el salón de actos a eso de las once y media para tratar todos los pormenores y firmar toda la documentación necesaria para la adopción de ambos niños. El nerviosismo era palpable en la atmósfera que los rodeaba, mas todo sucedió como era de esperar, sin contratiempos. Aún deberían esperar unos cuantos días para que esos documentos pasaran por la notaría del Ministerio de Asuntos Sociales, como testigo también asistió el secretario de Asuntos Sociales y del Menor para poder ser testigo directo de las firmas y acciones con total transparencia. Por fin llegó el día de ir a por los peques. Durante ese tiempo habían estado preparando las habitaciones en sus nuevos y acogedores hogares, a la vez que ayudaron junto con Amélie, la cuidadora del centro, a preparar algunos detalles para la fiesta de despedida en la casa de acogida. Hasta la fecha, esta doble adopción de una misma familia no tenía precedentes. El grupo de animación y musical que contrataron junto con el *catering* fue de película para todos los niños, niñas y cuidadoras, sobre todo para Sebastián y toda la familia. Invitaron al comisario de policía y al concejal de Bienestar, y, cómo no, al secretario de Asuntos Sociales y del Menor en agradecimiento por su buen trabajo de colaboración y coordinación realizado por todos sin escatimar tiempo y esfuerzo alguno.

La fiesta se celebró sin contratiempos, todo estuvo a la altura de todos los invitados, aunque, a decir verdad, quienes disfrutaron en demasía no fueron otros que todos los chicos y chicas que residían en el centro de acogida, contando con la alegría creciente de Mirabella y sus padres, y, cómo no, el rostro lleno de alegría y virtud que desprendía Sebastián lo decía todo; aun así, seguirían faltando palabras para describir toda el aura que se suspendía en el aire del jardín. Cuando se despidieron, algunas lágrimas alegres y tristes al mismo tiempo se esparcieron de todos los niños y mayores.

# Capítulo 24
## UNAS MERECIDAS VACACIONES

Transcurrieron seis largos meses de mucho ajetreo en todos los aspectos: el cuidado de los niños, los estudios, el trabajo de Sebastián a pesar de contar con más encargados. De momento, seguían requiriendo su presencia sin más remedio en los proyectos más complicados, de manera que a principios de julio Sebastián debía partir a Berlín para el montaje de un nuevo proyecto en el museo Pérgamo, el más importante de la ciudad. Se ausentaría apenas dos semanas.

En cuanto regresara a París, sería para volver a hacer las maletas, esta vez para ir todos juntos de vacaciones a España. Harían un recorrido con unas atractivas paradas durante el trayecto hacia la aldea de sus abuelos, aunque se hospedarían en la Casa Alegre, que contaba con más amplitud.

Los abuelos de Sebastián esperaban con ansia y curiosidad relativa la llegada de la ampliada familia, pero sobre todo el reencuentro con su único descendiente y nieto; desde la Navidad anterior no se veían en carne y hueso, solo por videoconferencia. Había transcurrido mucho tiempo sin verse, por lo cual la ansiedad y el nerviosismo se iban adueñando de los pobres abuelos.

Tardaron varios días en preparar tantísimo equipaje. En vez de viajar en avión, decidieron alquilar un monovolumen de grandes dimensiones para viajar todos juntos y detenerse algunos días para hacer algo de turismo de camino hasta llegar a su destino, al sur de Granada. Desde de París fueron directamente a la provincia de Gerona, pasando por Perpiñán, y recorrieron todos los pueblos de la Costa Brava hasta llegar a Barcelona. Visitaron la Sagrada Familia, el parque Güell, La Pedrera, el Puerto Olímpico, pero lo que más les gustó a todos fue el Barrio Gótico y el antiguo barrio de pescadores andaluces, la Barceloneta, que se había convertido en un barrio remodelado de moda, después de haber sido un barrio marginado y dejado de la mano de Dios, y en el cual a finales del siglo xx la droga hizo estragos llevándose consigo al cementerio a muchos jóvenes que cayeron en sus garras.

Pese a todo esto, el barrio de pescadores no perdió su esencia y magnetismo. Los apartamentos diminutos se iban reformando de lujo por dentro por algunas empresas turísticas y seguían manteniendo sus fachadas austeras, con sus pequeñísimos balcones y barandillas de hierro medio oxidado por la cercanía del mar y el paso de tiempo. Su situación era envidiable, cerca del puerto, a un paso del mismo centro de la ciudad, del zoo y de uno de los primeros centros comerciales de la ciudad, el segundo Corte Inglés de la península ibérica, así como su pequeña y acogedora playa multicultural en todos sus aspectos más pintorescos. Los antiguos merenderos ahora estaban convertidos en verdaderos y acogedores restaurantes de lujo.

Alquilaron uno de esos apartamentos para pasar un par de días y poder conocer más a fondo la ciudad y sus alrededores. Esa misma noche cenaron en un restaurante, en el centro del Barrio Gótico, donde todos los asistentes se sentían como si estuvieran en la Edad Media gracias a la buena decoración y a la entrega de los camareros y camareras que iban vestidos de época. Se sentaron en una vasta mesa de castaño rectangular adornada con unos centros, colmados de frutas, hortalizas y flores. Mirabella no cesaba de grabar y fotografiar tal espectáculo.

Alucinaban de lo más lindo. Las camareras lucían elegantes vestidos de colores muy vivos, los corsés resaltaban sus voluminosos pechos, hasta tal punto que rozaba la picaresca y el exotismo; tanto fue así que cualquier hombre debía de hacer un sobresfuerzo para que sus ojos no se lanzaran a los pezones puntiagudos de las mismas, aunque no estaban solos (por suerte o por carecer de ella). Mirabella enseguida y hábilmente saltó a la defensiva diciendo:

—Hola, estamos aquí, señor Ricard y señorito Sebastián.

En ese mismo y preciso instante, todos comenzaron a reírse, incluyendo Marcelo, que se dio cuenta del episodio ocurrido, excepto la señora Jeanette. El rostro de Marcelo tornó en un tono rojizo, no podía parar de reír, ya que era lo bastante avispado para darse cuenta de los acontecimientos ocurridos. Al cabo de unos instantes, la señora Jeanette cayó en lo ocurrido y se unió a la jerga; eso sí, con firmeza y disimulo, con pequeños movimientos de cabeza de arriba y abajo, y de un lado hacia otro. Fue una velada de lo más divertida.

A la mañana, siguiente decidieron subir al castillo de Montjuïc en el teleférico, que se cogía en el mismo puerto, y disfrutar de las maravillosas vistas que se podían contemplar desde allí, sobre todo el grandioso puerto y el complejo hotelero Mare Magnum. Al mediodía, regresaron a la playa de la Barceloneta y comieron en uno de esos merenderos transformados en restaurante una gran paella, una fritura de pescado con todo tipo de frutos del mar.

El tercer día se dedicó al descanso e ir al tradicional mercado de abastos de la Barceloneta para comprar pescado y mariscos para que se los prepararan allí mismo, en una pequeña taberna en el interior del propio mercado de abastos. Había un jaleo enorme comparado con los mercados de París; no en vano, no dejaba de ser una experiencia agradable y a los pequeños, parecía que les gustaba el bullicio tan típico de esos lugares con olores y colores tan diversos; incluso se podía oír el hielo que esparcían encima de los peces y mariscos expuestos al público sobre mármol de un blanco celestial e impoluto.

El cuarto día, después de desayunar en una pequeña cafetería el típico pan tumaca, reanudaron el viaje para que no se les hiciera demasiado tarde, sobre todo por los pequeños. Querían llegar a la hora de cenar y así darles una sorpresa a los abuelos de Sebastián. Tuvieron que hacer algunas paradas, sobre todo por el pequeño; aun así, a las nueve y media estaban tocando el viejo pomo de bronce que adornaba la puerta principal de la casa de los abuelos, que para esa hora ya habrían terminado de cenar. Al cabo de unos pocos segundos, la puerta fue abierta por la abuela, abalanzándose sobre Sebastián con un torpe abrazo; casi van los dos al suelo. Llanto y alegría se fundieron entre ambos, por un instante parecía ser la única existencia de vida humana en toda la aldea.

Todos se quedaron boquiabiertos de ver tanto cariño y amor como es el de una abuela y su único nieto y descendiente. En cuanto terminaron, todos se saludaron, y comenzaron las preguntas incesantes por parte de sus abuelos, hasta tal punto que Sebastián tuvo que pedirle la palabra a su abuela María cariñosamente.

—Nos vamos a quedar tres semanas. Venimos muy cansados, mi querida abuela, picamos algo y después nos damos una ducha. Ya mañana te contamos todos los maravillosos acontecimientos y los días que hemos pasado en Barcelona.

El abuelo saltó enérgicamente diciendo:

—Entrad, por favor, cortaré un poco de jamón y queso mientras la abuela hace una sopa de las rápidas. Mañana ya comeremos otra cosa, pero pasen, por favor. Poneos cómodos. —Y dirigiendo la mirada a Marcelo, le preguntó—: Y tú, ¿cómo te llamas, jovenzuelo?

—Marcelo, señor, ¿y usted?

—¡Ja, ja, ja! —Soltó una carcajada—. Me llamo Guillermo. Encantado de conocerte, muchacho.

—Igualmente, señor Guillermo. Me muero por probar ese famoso jamón de España.

—No te preocupes, en diez minutos lo probarás.

—Parece que se han hecho amigos, papá.

—Eso parece, hija. Este Marcelo conecta muy bien con todo el mundo, es muy abierto y resuelto.

La abuela María se tranquilizó, se puso un delantal a cuadros verde y blanco, y después se dirigió a su propia oficina, que era como le gustaba llamar a la cocina, para freír unos chorizos y morcillas que colgaban de unas cañas, que a su vez colgaban de las vigas de madera como era de costumbre por la zona, y los huevos de sus propias gallinas ecológicas y biológicas, y Dios sabe qué más.

Pero antes le dio un apretón al pequeñín a la vez que decía:

—Qué hermosura de niño, parece un ángel caído de las nubes sagradas del cielo.

Todos se reían con disimulo extremo para no romper ese momento mágico.

—Abuela, ¿qué es un ángel caído del cielo?

—Es una larga historia que mañana os contaré con calma. Los chicos son adoptados —dijo en voz de noche.

—Deje que le ayude en la cocina. Somos muchos, señora María. —Y se metió en la amplia cocina la señora Jeanette, que estaba algo cansada del largo viaje.

—Está bien. Si quiere, puede pelar unas patatas; a los jóvenes les encantan unas patatas fritas y es rápido.

El abuelo saludó tímidamente sin apenas hacer preguntas, consciente del cansancio que podía ver en cada uno de sus rostros, aunque enseguida se percató de lo espabilado que estaba Marcelo. De pronto, le posó la mano en el hombro.

—¿Y tú qué te cuentas, Marcelo?

—Pues yo que estoy encantado de haberles conocido, su nieto me ha hablado mucho de ustedes y de sus maestros de la residencia. Entre todos, habéis hecho de él un gran artista y empresario, lo he visto hasta por televisión. Y también una persona excepcional en todos los sentidos.

A lo que saltó enseguida Sebastián:

—Hombre, gracias por tus cumplidos. La verdad es que tienes toda la razón; de no haber sido por ellos, mis grandes maestros, y por mis abuelos, que gracias a Dios tuve la gran suerte de conocer en su día… Me enseñaron muchos valores y conocimientos. Pero tengo que decirte que mi mejor amigo de todos los maestros nos dejó hace unos años, y ese fue el tío abuelo de Mirabella. Siempre lo llevaré en mi mente y en el corazón.

A todos se les puso la piel de gallina al escuchar lo que había dicho Sebastián.

Todos deseaban cenar rápido y darse una buena ducha antes de ir a la cama, sobre todo el señor Ricard, que fue el que estuvo todo el tiempo al volante del monovolumen, mientras los demás echaban cabezaditas.

Cada mañana Sebastián madrugaba. A eso de las ocho de la mañana desayunaba con sus abuelos mientras charlaban un poco de todas las últimas vivencias. Al ser de día, ya estaban levantados preparando alguna cosa para comer. ¿Por qué razón debía levantarse tan temprano estando de vacaciones? Pues porque en ese mes de julio había en curso cuatro proyectos ejecutándose a la misma vez, de manera que su socio Stuard estaba a tope de trabajo, el mismo que esperaba con ansiedad a que regresara Sebastián para tomarse él también unas merecidas vacaciones.

Llegaron al acuerdo que de lunes a viernes de ocho a dos del mediodía y desde el estudio del granero estaría a disposición para cualquier consulta urgente que les pudiera surgir a cualquiera de los proyectos, improvisó una pequeña oficina y en el tiempo libre dibujaba algunos bocetos que más tarde pintaría para su próxima exposición aprovechando que los demás se levantaban muy tarde, sobre todo los pequeños.

La historia del pequeño se asemejaba bastante a la de Sebastián, pero sin contar ni tan siquiera con sus abuelos biológicos, o por lo menos nadie los había reclamado. Al día siguiente, se reunirían para ponerle un nombre entre todos, ya que no lograron ponerse de acuerdo en París, y lo querían bautizar en la pequeña y acogedora ermita del Silencio, con más de cien años de antigüedad, que estaba situada en las afueras de la aldea, en lo más alto de la colina solitaria, y podía ser vista desde cualquier punto de la Contraviesa, nombre que se le daba a una pequeña cordillera situada entre el Parque Natural de Sierra Nevada y la costa del Mediterráneo, al sur de Granada.

Y, como no podía ser de otra forma, el bautizo lo celebrarían en el restaurante del hotel de la señora Sarah Lover y el señor Paul Palmer, los cuales estaban deseando verlos a todos, en especial a Sebastián y a los nuevos miembros de la familia.

El día anterior al bautizo se pasaron por el hotel Sebastián y Mirabella para saludarlos y elegir el menú, y sobre todo para que a Sarah no le pillase de improviso. Preparó una mesa a conciencia, a pesar de que era temporada alta y el hotel estaba al completo; aun así, el ambiente era tranquilo, apacible y familiar, por lo que no suponía problema alguno para que el matrimonio británico se uniera a la celebración y disfrutase en compañía de Sebastián y toda la familia.

Para muchos clientes, el hotel era como su hogar; de hecho, algunos artistas y escritores disponían de una suite alquilada durante todo el año para que sus familiares no tuvieran excusas. Las exigencias eran casi inexistentes, ya que la mayoría de los clientes solían ser familia o amigos de los ancianos de la Casa del Artista, con buenas referencias.

A la mañana siguiente, el sacerdote tenía que venir de muy lejos para celebrar el bautismo. Todos estaban esperando en las cercanías de la ermita del Silencio y en efecto el silencio allí era lo que reinaba, tan solo alterado por los visitantes y el cantar de algunos pequeños pájaros de tarde en tarde. Al sacerdote, al que esperaban darle una buena propina, lo habían invitado a quedarse a comer. Él aceptó de buena gana en la charla que mantuvo por teléfono con el abuelo de Sebastián.

La mañana amaneció con un aura espléndida, la temperatura era idónea para cualquier celebración, en especial para un bautizo.

# Capítulo 25
# EL BAUTIZO

L a abuela María de los Ángeles iba irreconocible, la madre de Mirabella le había hecho un peinado muy chic. La maquilló y le colocó una pamela que le trajo de regalo de una famosa tienda de sombreros del centro de París. Se trataba de una pamela *le gondoliere*, un vestido de encaje color cielo y zapatos azul marino. El abuelo Guillermo vestía con un traje hecho a medida en una antigua sastrería de Granada negro con unas rayas muy finas grises y un sombrero panamá blanco marfil. Los dos iban de lo más elegantes, casi nadie de la aldea los reconoció al verlos pasear junto con todos los demás. Sebastián, con un traje *beige*, camisa blanca, una corbata de color naranja y unos zapatos de Ángel Infantes; Mirabella iba con un vestido rosa con la espalda al descubierto y una minipamela del mismo color, y sus zapatos de charol de color miel cruda.

El señor Ricard se puso el único traje que se llevó de vacaciones y su hijo Philippe, vestía de lo más informal posible, cosa que no era de extrañar: una *chemise* Lacoste y unos vaqueros rotos de una marca bastante difícil de pronunciar, zapatillas blancas Converse; y Marcelo, con un pantalón de vestir verde y un polo blanco. En fin, cada uno a su más propio estilo. El sacerdote llegó media hora tarde; al parecer, tuvo algún contratiempo de última hora, y cuando se presentó, dijo:

—Perdonen ustedes el retraso, tuve un pequeño percance. Muy buenas a todos, mi nombre es Darío, ya les abro la puerta de la ermita para que puedan entrar y acomodarse. A todo esto, ¿quiénes son los padres y padrinos?

—Nosotros —contestó audaz Sebastián—. Mirabella y yo somos pareja de hecho, pero sus padres sí están casados por la Iglesia; ellos serán los padrinos.

—Está bien, joven, algo de eso me dijeron tus abuelos ayer por la tarde, pero que conste que he venido por tratarse de tus abuelos —dijo con cara de pocos amigos, aunque enseguida su rostro cambió para bien—. Es un placer conocerte en persona, Sebastián. Tus abuelos me hablan mucho de lo bien que te va por el extranjero con las exposiciones y *La escultura viva*; además, te he visto varias veces por televisión.

—Muchas gracias, don Darío. Le estamos muy agradecidos por haber aceptado el bautizar a nuestro hijo. Aquí tiene todos los papeles traducidos al español.

—Muy bien, veo que han hecho los deberes. ¿Y los padrinos?

—Somos nosotros: mi esposa, Jeanette y yo, Ricard. Encantados de conocerle.

—Pues no se hable más, vamos a lo que nos acontece el día de hoy. ¡Ah! Y lo más importante de todo: el nombre de la pequeña criatura es…

—Benjamín —dijo muy orgullosa Mirabella.

—Bonito nombre, bonito nombre. ¿Sabes que significa 'bendecido'? Me encanta que lo hayan escogido.

—Gracias, señor.

Seguidamente, se colocaron todos alrededor de un pequeño pilar de mármol de agua bautismal. Después de una corta misa que ofició el sacerdote don Darío, el pequeño se puso algo serio; al parecer, se olía que el tema iba con él. Marcelo lo agarraba de la mano como un verdadero hermano mayor, era consciente de que su suerte había cambiado y que gracias al pequeño Benjamín su destino había dado un giro inesperado y fantástico. Benjamín iba entero de blanco con la típica manta de bordados y calados.

De repente, el sacerdote sacó de una cajita de madera forrada de terciopelo la concha bautismal, a la vez que decía:

—Benjamín García Chastain, yo te bautizo en el nombre del Padre, del Hijo y del Espíritu Santo. Ahora eres también hijo de Dios, a partir de este momento esta también es tu casa, ¡que Dios te bendiga!

La alegría brotaba por todas partes como si fuera un manantial. El bebé apenas lloró cuando el sacerdote le echó el agua bendita; al parecer, estaba un poco fría. En cuanto terminaron de firmar todos los papeles del bautismo, se subieron a los coches para dirigirse al restaurante del hotel; supuestamente allí debería estar todo listo para cuando ellos llegaran.

Una mesa redonda muy grande, con un precioso centro de flores recién cortadas, tanto que parecía que habían crecido dentro de él; pero no era así, venían del grandísimo jardín que poseía el hotel, su más preciada joya. Tan solo por el jardín, todas las estrellas que le pusieran al hotel seguirían siendo pocas. También disponía de un invernadero de cristal para cultivar las verduras y plantas aromáticas como el perejil, la menta, etc., del cual se hacía cargo un agricultor de la aldea llamado Juan, que, por culpa de un accidente de tráfico, cobraba una diminuta pensión por minusvalía del cuarenta y nueve por ciento, de manera que no andaba sobrado de dinero. De ahí sacaba la verdura para el gasto del hotel y su consumo propio, además de un sobre que le era entregado en mano personalmente por la señora Sarah a mediados de cada mes, dependiendo del trabajo realizado.

Durante la comida, hablaron de tantas cosas que llegó la hora de la cena en apenas un abrir y cerrar de ojos, pero decidieron dar un paseo por los jardines para estirar las piernas y hacer ganas de comer en la misma mesa. Algunos, como los abuelos, ya querían irse a casa, pero la dueña del hotel insistió.

—Mientras dais un paseo, los camareros montan de nuevo la mesa. A la cena invita la casa. Pediré que nos pongan algo ligero, en una hora os quiero de vuelta, y no quiero que se me escape nadie, ¿entendido? Nadie en absoluto —recalcó con firmeza.

—Está bien, pero no pongas demasiada comida, por favor.

—No te preocupes, Sebastián, seguro que os va a gustar; además, luego quiero poner un poco de música y yo misma tocaré el piano.

A Marcelo le encantaban las plantas, de ahí que hubiera pasado casi toda la tarde acompañando a Juan, el agricultor, en sus tareas, haciendo toda clase de preguntas, con un chapurreado francés-español, sobre cómo eliminaban las malas hierbas, qué función tenían algunos insectos o la peligrosidad de algunos insecticidas, y aprendió muchos nombres de plantas y flores. Fue como una clase de jardinería exprés.

El pequeño Benjamín, recién bautizado, se mostraba un poco asombrado de ver tanta gente a su alrededor acariciándole o cuchicheando a su oído, pellizcando sus mofletes tan tiernos, cosas de las que había carecido desde el primer día de su existencia. La alegría se apoderaba de su ser, aún sin saber por qué. Parecía un bizcocho recién sacado del horno, tierno, suave y cálido, con una mirada de satisfacción cada vez que alguien le hablaba, acariciaba o simplemente le hiciera alguna mueca.

A la cena acudió la pianista Esther, que también hizo honores de su maestría con el piano, bien arreglada, acorde con su edad y algo esquelética, aunque seguía fumando como una auténtica diabla. A pesar de sus años, no perdía un atisbo de su alegría ni de su saber estar. Su aura era de una gran señora llena de paz y tranquilidad, después de la tempestad vivida plenamente. Justo a su lado se encontraba Ram Osho, con sus consejos filosóficos y sus greñas blanquecinas, con una túnica blanca; era lo más parecido a un semidiós; y por último Frank Palmer, el suegro de la señora Sarah, el famoso escritor que tuvo el placer de deleitar a la mesa con algunas poesías que canturreaba en su fatal español con esfuerzo y ahínco, como cualquier buen británico; sacarlo de su idioma es como sacar a un animal de su cuadra para ser sacrificado. La señora Sarah Lover se presentó con un vestido de verano blanco con muy poca tela invertida en él, tan poca que era difícil no quedarse mirando al menos unos segundos, ya fueras hombre o mujer; en pocas palabras, estaba lo más sexi posible sin llegar a la vulgaridad. Paul, su marido, la acompañaba todo orgulloso, consciente de la clase de mujer que llevaba a su lado y, además, era, o por lo menos se tenía, por un hombre moderno, aunque bastante sofisticado.

Todos reían, hablaban, lloraban de alegría. Pasaron una velada agradable, pero a velocidad de vértigo se despidieron y se fueron todos a dormir, algunos más ebrios que otros. Al fin y al cabo, todos parecían satisfechos con el gran día que habían pasado juntos, recordando anécdotas vividas en el pasado y, cómo no, hablando de proyectos y sueños del futuro.

# Capítulo 26
# LA VIDA SIGUE, LOS PROYECTOS AUMENTAN

A Sebastián le esperaba su todavía apretada agenda por las mañanas, llena de los compromisos que conllevaban sus grandes y complicados proyectos. Tenía un cuadro recién comenzado en el estudio y una escultura de piedra que tenía en mente, y, por si era poco y menos importante, una historia futurista que había comenzado un año atrás, la cual estaba en todo su ecuador, más o menos.

La historia iba de un grupo de amigos que estudiaron juntos durante toda su vida, hasta que comenzaron a diluirse y dispersarse en el tiempo y el espacio, cada uno por una rama diferente. El destino los fue separando poco a poco, todos ellos tenían grandes deseos y fantasías de convertirse en buenos científicos, aunque con diferentes estrategias y puntos de vista. Eran cinco chicos y una chica. Jorge, rubio y pecoso, tirando a pelirrojo, utilizaba gafas porque sus ojos eran tan claros que rechazaban las lentillas; alto y fuerte, muy competitivo en el deporte y muy muy empollón, siempre iba acompañado de un libro y algún bloc para los apuntes. Daba igual adónde fuera, su mejor amigo y compañero inseparable era el mismo y su libro de Ciencias Químicas; eso sí, siempre didáctico, en los intervalos de las clases aprovechaban para jugar un poco al baloncesto o al pimpón. En esos descansos echaban un vistazo a los apuntes del próximo examen que hubiera, compartían sus puntos de vista y se pasaban la sabiduría unos a los otros.

Por ejemplo, al que mejor se le daban las matemáticas era a Javier, un moreno bastante fuerte y corpulento, dócil como un ángel. Las mates era su vida e ilusión, siempre tenía la cabeza llena de números y ecuaciones, por lo que ejercía de profesor particular de apoyo con sus cinco colegas del grupo. Era lo más parecido a un loco de las matemáticas que pudiera existir en cualquier universidad. Los fines de semana, siempre que hiciera bueno, iban de acampada para estudiar e intercambiar toda clase de ideas al aire libre, practicaban senderismo y todos amaban con locura la naturaleza. A veces hablaban de que, cuando llegase el momento, se volverían a unir para hacer un ambicioso proyecto ecológico y medioambiental, más que para salvar a la humanidad, para salvar al propio planeta en sí, que para ellos era lo primero y lo más importante de todo.

Leo era el filósofo, o sea, más bien el futuro filósofo. Él era el que contribuía y el responsable del equilibrio de ese grupo de genios o, dicho de otro modo, el grupo de genios que al cabo de unos años salvarían el planeta Tierra de su inminente autodestrucción, con un macroproyecto, contando con la ayuda de grandes empresas multinacionales y algunos gobiernos, algo muy complicado de conseguir, por no decir extremadamente difícil.

Leo, con el pelo castaño y sus ojos marrones, con perilla al más estilo quijotesco, aunque todavía poco poblada, y una pequeña melena, vestimenta de hindú adinerado, aunque, a decir verdad, la religión estaba apartada de ellos, o viceversa, para que no se mezclara con la gran amistad y compenetración que los unía en su ambicioso proyecto aún sin empezar. Aunque se irían a diferentes universidades para intentar llegar lo más alto posible, siempre contando con la ayuda de becas y algunos recursos propios, ellos estarían conectados a través de internet o con algún otro tipo de ciberrealidad. Como mínimo, cada mes se reunían un día, que solía ser el domingo, en las diferentes ciudades donde cursaban sus estudios.

Había transcurrido un largo lustro desde que se separaron, pero, a pesar de las distancias y sus nuevas amistades, el proyecto seguía adelante, manteniendo la ilusión intacta; incluso se iban añadiendo algunos de sus nuevos compañeros que compartieran su visión de futuro y sus atributos para tal fin, comprometidos, serios, con sus metas metidas entre ceja y ceja, e inteligentes.

Sebastián estaba muy ilusionado con esta historia; pensaba que, en cuanto la tuviera lista y la publicara, haría todo lo posible para introducirla en el mayor número de bibliotecas posibles a un módico precio para que llegase al mayor número de lectores, sobre todo a los futuros entusiastas y defensores del planeta, aunque tan solo podía aprovechar los pocos momentos que le quedaban libres para seguir escribiendo esta impresionante historia, que no eran muchos, por suerte o desgracia. En ese momento tenía tanto trabajo y compromisos que casi le era imposible cumplir con todos.

Su fe y su fuerza de voluntad harían que más pronto que tarde fuese concluyendo casi con todos los retos que se iba proponiendo día a día.

Luigi era de padre español y madre siciliana. Nació de un amor esporádico y despiadado entre dos jóvenes estudiantes de Erasmus, en la ciudad de Segovia, diecinueve años atrás. En la actualidad, sus padres regentaban unas perfumerías en Madrid, y en Palermo tenían varias tiendas *gourmet* de productos españoles: vinos, salazones, jamones ibéricos, embutidos y caviar de Riofrío, un pequeño pueblo de Granada, por lo que viajaban mucho, sobre todo en avión. Los negocios les iban bien, pero los padres de Luigi decidieron no tener más hijos porque adoraban viajar y salir cada vez que les apeteciera, ya fuera por trabajo o placer. Tenían pasión por descubrir nuevos lugares donde poder pasar buenas veladas, se podía decir que eran un par de bohemios.

Luigi pasaba los veranos en Palermo y ayudaba a sus padres con el negocio. Manejaba bien el inglés, el italiano y el español.

Su pasión era el arte antiguo; por este motivo estaba muy concienciado en la conservación de los centros históricos de las ciudades, iglesias antiguas, molinos, estaciones de tren abandonadas; y además tenía en mente varias iniciativas para conservar algunos de los pueblos del interior en peligro de abandono total.

Él quería fusionar el arte con las profesiones artesanales —algunas ya habían caído en las garras del olvido por los habitantes de las grandes metrópolis— y crear pequeños talleres de aprendizaje seguido de la producción y posterior venta, de manera que, cuando estuviese a pleno rendimiento, fuera rentable, evitando de esa forma el total abandono y desaparición de algunos pueblos, costumbres y oficios artesanales en general.

Alejandro, nacido justo enfrente de la Alhambra, en el barrio del Albaicín, para ser más claros, en un Carmen precioso y mágico de los pocos que quedaban habitados, además de bien conservados, cuando abrió por primera vez los ojos, lo primero que visualizó su retina fue a su querida madre, y justo detrás de ella, a través de unos grandes ventanales, estaba allí, toda ella en su máximo esplendor, la Alhambra, tan bella e impresionante como siempre por muchos siglos de existencia; de ahí su inclinación por la arquitectura. Sobre todo, se especializó en la Ecovivienda y edificios sostenibles cien por cien, lo más fusionados posible con la naturaleza que los rodeara. Su padre era militar de alto rango; lo trasladaron a Madrid cuando Álex apenas contaba con apenas siete años de edad, justamente al barrio de Salamanca, en el colegio de Santa Ana, un internado que gozaba de tener fama de rígidos, pero muy efectivos en la educación y desarrollo intelectual de los niños y niñas que estudiaban allí. Su madre se quedó en Granada para cuidar de la abuela en el Carmen.

Poco a poco, Álex se fue percatando de que sus padres en realidad se habían separado. La custodia se la concedieron al padre por motivos económicos y psicológicos; ambos estaban de acuerdo en internarlo a esa edad para recibir una educación íntegra y de calidad.

Su madre la visitaba cada dos meses, quedándose a dormir en la residencia de Santa Ana, en unas habitaciones preparadas para ese fin. La mayoría de los fines de semana, lo recogía el padre y lo llevaba al cine, a comer a algunas de las muchas hamburgueserías que había por los alrededores, y sobre todo le compraba un regalo sorpresa que le hacía mucha ilusión.

El primer día de colegio se sentó junto a Jorge y prácticamente fue así hasta que terminaron secundaria, aunque en realidad al principio eso les pasaba a todos, hasta que poco a poco se iban distanciando, menos Álex y Jorge, que eran inseparables, y también los dos cabecillas y promotores del grupo, los que proponían lo que se iba a hacer durante el largo día. Se reunían para aprobar sus propias reglas de conducta, entre ellos y hacia los demás. Cuando apenas contaban con ocho años de edad, llegó la primera de muchas de las reglas. En aquella época en la que se enfocaba esta historia, había una fea costumbre de apodarse. Todos los días los más avispados bautizaban al primero que pillaban y en ocasiones había fuertes enfrentamientos.

Tanto era así que los profesores se veían en algunas ocasiones obligados a parar la clase, y por esa razón, Jorge y Álex crearon un código de conducta, el cual consistía simple y llanamente en llamar al compañero por su verdadero nombre y no por su apodo, sobre todo entre los miembros del grupo, para que gobernaran el respeto y el orden.

Un par de años más tarde, justo cuando los niños empezaban a tontear con el tabaco, con algún cigarrillo que se encontraban o robaban a un hermano mayor, ellos decidieron no fumar durante toda la vida.

Natalia, la última en entrar en el grupo, era hija de un profesor gallego que a su vez era el director del internado. Este se enamoró de la madre de su hija, Sonia, que era de una pequeña ciudad cerca de Moscú a unos cien kilómetros aproximadamente. Estuvieron hablando por internet más de un año, hasta que llegó el día en el que decidieron conocerse en cuerpo y alma. Él, sin apenas pensarlo, hizo las maletas y compró una sortija de oro blanco con brillantes. Habían hablado de boda, pero en realidad él se lo pediría en cuanto se encontrara con ella en el aeropuerto de Moscú, y así le daría la gran sorpresa...

# Capítulo 27
## VUELTA AL TRABAJO

Alguna tarde Sebastián se dirigía con Marcelo para charlar un rato con los ancianos de la residencia, todos orgullosos de tener la visita de Sebastián y de lo que estaba logrando como artista y empresario de las artes museísticas. Juntos recordaban las anécdotas que les ocurrieron en las tantas visitas que se hacían. Marcelo, además de llevar un gran orador en su interior, también sabía escuchar, y lo hacía de un modo y una postura única. Torcía su cabeza y su cuello a la vez que fruncía el ceño, se le notaba feliz con su nueva familia; mientras, el pequeño Benjamín estaría de visita en la casa de la abuela María con Jeanette y Mirabella, y así todos contentos. Por las noches iban intercambiando el lugar de la cena: unas se celebraban en el hotel de Paul y Sarah; otras, en la Casa Alegre, y las demás, en la casa de los abuelos. También bajaron un par de veces a la playa de la Rijana, una playa paradisiaca con un chiringuito de madera, donde eran especialistas en espetos de sardinas y pulpo a la brasa.

En todos los aspectos, el verano fue especial. Disfrutaron de todos y de todo hasta que de nuevo llegó el día de regresar a Francia y los llantos caían como las primeras gotas de lluvia otoñal. A Sebastián le esperaba encargarse de los problemas que surgieran en los proyectos que llevaba su socio Stuard para que este a su vez se tomara unas merecidas vacaciones.

Al cabo de unos meses, ya en París, por fin terminó los bustos de madera que había estado tallando a los familiares de un reconocido cantante recientemente fallecido a los cuarenta y cinco años de edad. La obra en sí era un secreto, y de momento no sería expuesto en un lugar público, sino que directamente irían a parar directamente a manos de sus seres queridos. Ni siquiera le estaba permitido fotografiarlo, todo ello firmado ante notario, por lo que Sebastián tuvo la precaución de que nadie lo pudiera ver bajo ningún concepto.

En ese tiempo estaba liado con tres cuadros de grandes dimensiones surrealistas, encargados por un museo muy selecto de Tokio, y otro que ya había terminado y lo tenía tapado, un encargo de un magnate austriaco. La primera persona que tendría el placer de verlo sería Mirabella, aunque todo esto era lo normal, excepto en raras ocasiones.

Precisamente para esta ocasión tan especial quiso darle una sorpresa vendándole los ojos, cogiéndola de la mano hasta el rellano de entrada al estudio, la gran sala como ellos la llamaban. Allí era donde él pasaba muchas horas pintando, creando obras y escribiendo, aunque esto último lo solía hacer en la vivienda habitual. Aquí era donde tenía cuadros de gran tamaño, algunos terminados, otros a medias. Había días que se perdía entre pinceles y los caballetes; además, en esos momentos solía tener el teléfono en silencio para concentrarse y así más tarde atender las llamadas más importantes. Mirabella iba algo asustada y con mucho cuidado de no caer sobre el parqué, con la forma típica de chevron, esperando siempre las órdenes de su querido Sebastián, hasta que este se posó detrás de ella casi rozando sus bellos cuerpos con total suavidad y extrema sensualidad, apoyando sus brazos sobre los finos y delicados hombros para dirigirla hasta colocarse justo enfrente de la obra. Él desató con sus finos dedos como espárragos trigueros el fuerte nudo del pañuelo de cachemira con un bonito estampado pintado con pelo de elefante que le trajo de un viaje a Bombay.

Cuando por fin abrió los ojos, contempló la belleza de la pintura que había enfrente de ella, una mujer desnuda columpiándose en un jardín primaveral. El cabello rubio parecía moverse al igual que las hojas de los árboles, que a su vez parecían flotar en el aire hasta descansar en el cuidado césped. Ella se enamoró de ese cuadro tanto que le hubiera gustado ser ella la que allí se paseaba en el columpio, le dijo dejando caer una sonrisa a Sebastián. Al parecer, era la amante de un millonario austriaco. Ninguno de los dos quiso entrar en más detalles en lo que al cuadro se refería, pero ella le preguntó:

—¿De dónde es este maravillo pañuelo? Es tal su suavidad que parece flotar sobre mi piel.

Al pequeño Benjamín, por pura casualidad, lo había dejado con su madre y Marcelo.

—Pues siéntate junto a mí y ponte cómoda, porque es una larga historia. Como sabes, he viajado a la India en muchas ocasiones, sobre todo a Bombay.

# Capítulo 28
# LA FLORISTA

—Fue exactamente cuando fuimos Stuard y yo a iniciar el proyecto al museo Príncipe de Gales. Enfrente de la salida del museo, se encuentra un antiguo kiosco de flores y demás artículos de regalo, refrescos, tabaco y algunas cosas más, típico de Bombay. Del techo colgaba media docena de pañuelos de cachemira. La anciana se percató de que me quedé boquiabierto mirándolos fijamente y me dijo enseguida que eran únicos y que su elaboración le llevaba días, incluso semanas, a la artesana que los pintaba.

» Él pensaba para sus adentros que el precio también sería único; costara lo que costara, él estaba dispuesto a pagarlo. La anciana parecía estar casi ciega porque todo lo que hacía era a tientas y prácticamente sin mirar; a su edad no le quedaban ganas para hacer el paripé. Contó todo el proceso artesanal que concluía en una pequeña obra de arte, requiriendo quince minutos de su tiempo. Al final, por algún motivo en especial, la anciana optó por contarle la historia.

» Lo bueno era que íbamos holgados de tiempo, por lo menos eso creía. Yo escuchaba a la anciana embobado, me recordaba a cuando era pequeño y mi abuela me contaba historias de labores al calor de la chimenea, hasta que de repente llegó Stuard y dejó caer su enorme mano sobre mi hombro. De pronto, me di cuenta de que teníamos que coger un taxi para ir al aeropuerto. Habíamos quedado en la puerta del hotel, que estaba justo al lado del museo. Como bien sabes, Stuard, desde que empezamos a trabajar juntos como socios, dirige los proyectos de Norteamérica, y en este caso en particular me quiso acompañar a la India, ya que era un país que conocía bastante bien gracias a su padre. Le encantan y fascinan su cultura y la personalidad de sus habitantes. De pronto, me dijo:

»—¿Qué haces, socio? Llevo un rato dando vueltas por el hotel, hasta que se me ha ocurrido salir a ver dónde estabas, y gracias a Dios que te he podido ver a lo lejos. No me digas que llevas todo este tiempo regateando el precio de este pañuelo a esta pobre anciana.

»—¿Qué dices, hombre? Ni es tan anciana ni tan pobre; tan solo es una señora metida en años, con mucha experiencia, sabia y culta, aunque por desgracia tiene un problema de vista.

» Y la señora no pudo ocultar sus risas, con tanta dulzura y serenidad que ambos nos quedamos como dos estatuas observándola.

—¡Vaya! Yo sí que me estoy quedando como una estatua. Perdona, cariño, es mi madre. Me ha escrito algo, le contesto y sigues. Seguro que será algo relacionado con Benjamín —dijo Mirabella.

Al cabo de unos minutos:

—Exacto, como te había dicho, el niño tiene un poco de fiebre, le he dejado claro qué tiene que darle. Sigue, por favor, contándome esta historia tan interesante.

Sebastián prosiguió.

—Entonces ella nos miró fijamente y nos dijo:

»—Me perdonáis, jovencitos, quiero dar mi opinión. O ambos tenéis la razón o, de lo contrario, ninguno la tenéis, porque no soy pobre ni rica. Tampoco es que sea sabia y menos aún una ignorante, a pesar de que nunca pude ir a una escuela normal por problemas de vista y de la lejanía de un colegio especializado, aunque mi madre se encargó de enseñarme a leer y a escribir con unos libros especiales, adaptados al problema de mi visión. Aun así, veo lo suficiente para ganarme el sustento de mi hogar y haber podido pagar los estudios de tres de mis siete hijos, ya que eran de lo más aplicados y deseosos de ir a la universidad; con la ayuda de algunas becas también, de manera que con el tiempo me lo han demostrado.

» Stuard y yo escuchamos boquiabiertos a la señora, que prosiguió.

»—Dos de mis hijos se ganan la vida con un taxi y las otras dos hicieron una buena boda, aparentemente, con dos buenos y acomodados hombres. No sé qué más puedo pedir. Y no soy una inculta, porque, gracias a Dios, he tenido la suerte de escuchar y aprender de mucha gente culta como vosotros, por ejemplo, que visita cada día mi humilde kiosco.

» Los dos nos quedamos mudos, mirándonos el uno al otro con cara de ingenuos. No dábamos crédito al discurso que acababa de soltarnos la florista, sobre todo Stuard, ya que yo al menos estuve charlando un rato con ella antes de que él llegara. Luego, el que no tenía problema alguno de dinero le preguntó: cuánto le cobraría si se llevaba los cuatro pañuelos que le quedaban allí colgados, y ella le contestó:

»—Lo que usted quiera pagar, se lo digo de corazón.

» Yo la observé y luego dirigí mi intensa mirada, directamente a los ojos de Stuard, una mirada seria y con fuerza. Por lo visto, él se percató y, con el arte que tiene para sacar la cartera de cocodrilo que le regaló su abuelo materno, que vivió durante muchos años en Melbourne (Australia), y a la que le tenía un cariño especial, aunque a él no le gustase usar pieles, metió sus redondos dedos y sacó cuatro billetes de cien dólares posándolos en forma de abanico, para que se viera de un solo vistazo la cantidad, a la vez que le pidió que se los envolvieran todos por separado. Ella le contestó:

»—Sí, señorito, faltaría más, pero se los dejaré a setenta y cinco dólares cada uno, para que así se vaya usted más contento.

» A lo que Stuard le dijo:

»—Ni hablar, se los pago a cien cada uno y con mucho gusto, así me voy más contento de lo que se imagina. El primero será para mi madre; el segundo, para Nicole, mi prometida; el tercero, para mí; me acompañará en cada viaje como un amuleto de la buena suerte; el último, para cuando tenga una niña; espero que no falte mucho tiempo.

—Vaya con vosotros y vuestras peripecias por esos mundos. Pero sigue, es muy enternecedor —le soltó con risitas Mirabella.

—La señora le dijo:

»—Pues muchas gracias, buen hombre, se lo agradeceré toda la vida, aunque a decir verdad ya me queda más bien poco. Hace escaso tiempo, en una de esas revisiones rutinarias, me diagnosticaron una de las muchas enfermedades raras que existen en la actualidad; eso sí, me voy a ir muy satisfecha con la vida que he llevado y con mis hechos. —Soltó unas pequeñas carcajadas para terminar diciendo—: Pero no os preocupéis, si venís otro día a Bombay, no dudéis en venir a visitarme, os estaré esperando, siempre que no sea dentro de muchos años.

»—Usted tranquila, que no tardaremos mucho en venir por aquí. La próxima vez le traeré un regalo de París —le dijo con energía Sebastián.

»—No me digas que vives en París, siempre fue la ciudad de mis sueños. Desde que era pequeña, soñaba que iba paseando por una de sus grandes avenidas con esos edificios tan bellos.

» Subiendo a la Torre Eiffel o paseando por los jardines del gran Palacio de Versalles y sin darme cuenta de estar enfrente de una de esas inmensas mansiones, escuchaba a alguien tocar el piano. Me acerqué con mucho cuidado de no ser vista para mirar por sus grandes cristaleras, que daban al majestuoso salón, con sus típicas cortinas de flores recogidas a los lados, sus muebles de época. Y allí estaba sentada una mujer joven acariciando con sus finos y alargados dedos un piano Royale de color blanco. Yo estaba subida en una jardinera de barro oscuro agarrada fuerte a los barrotes de forja del grandioso ventanal. De repente, abro los ojos y apenas observó el azulado desgastado del techo de mi habitación, y ahí acababa mi viaje a París.

» Le hice una mueca a Stuard para hablar con él un poco apartados, no antes de pedirle permiso a la señora Aniz Jazmine; ya nos habíamos presentado antes de que llegara Stuard.

»—¿Qué te parece si le programamos un viaje a París y se lo mandamos por mensajería, ya que ahora no disponemos de mucho tiempo?

»—Preguntémosle antes, a ver qué opina ella al respecto. Conmigo puedes contar, claro que sí; además, me parece una idea fantástica.

»—Okey, vamos y se lo proponemos.

» Los dos se posaron en el pequeño mostrador como si de dos ángeles se tratara para hacerle la proposición. Entonces yo le pregunté:

»—¿Quiere usted venir a mi casa y pasar un par de semanas en París y visitar los lugares que vio en su sueño, conocer a mi familia, museos y todo lo que esté usted dispuesta a disfrutar de la estancia?

» No daba crédito a lo que acababa de escuchar. Después de llevar casi cuarenta años metida en su kiosco, según dijo, nadie le había propuesto nada igual. De sus ojos cayeron dos pequeñas lágrimas algo espesas y oxidadas, porque no parecía en absoluto ser una mujer de llanto fácil, y menos aún teatrera. Contestó:

»—No será esto una broma de esas ocultas, porque estoy medio ciega. No sé qué voy a ver allí; además, qué sería de mi kiosco cerrado dos semanas. Desde que estoy aquí, nunca se ha cerrado, ni siquiera en días de festividad.

»—No es una broma, faltaría más, lo decimos muy en serio. Usted no se preocupe de nada.

»—¿Cuándo dicen que vienen otra vez por aquí?

»—En dos semanas creo, ¿no es así, Stuard? —le respondí.

»—Sí, pero dejemos que lo piense y hable con su familia. Esto parece muy precipitado, ¿no crees?

» Y la señora nos dijo:

»—No se hable más, para el próximo día os daré una respuesta. Creo que se oye a un taxista a lo lejos, seguro que es el vuestro.

» En ese mismo instante nos despedimos de ella y salimos corriendo de allí hacia la puerta del hotel.

—Madre mía, qué historia tan bonita. Creo que es mi madre otra vez. Vaya, no suelta el teléfono ni durmiendo. Iré a ver qué pasa con Benjamín. Dame un beso, cariño, me ha gustado mucho la sorpresa. Tú sigue con lo que ibas a hacer, luego nos vemos.

Y se fue a paso ligero.

A la semana siguiente, Stuard lo llamó para encontrarse en el aeropuerto de París y de allí coger juntos un vuelo a Bombay. Durante el viaje le preguntó:

—¿Cómo están la familia, tu querida Mirabella y el pequeño?

—Bien, aunque el niño tuvo un poco de fiebre la semana pasada; pero, por lo general, todos están bien.

—Querido amigo, me gustaría mucho que tú seas el padrino de mi boda, y mi madre, la madrina. La familia de mi prometida no es de nuestra religión y les propuse que me gustaría que fueras tú el padrino. Tanto Nicole como sus padres estuvieron de acuerdo conmigo, sobre todo mi novia, que se puso supercontenta cuando se lo dije.

—De veras, la verdad es que me encuentro alabado. ¿Y para cuándo será?

—Unos ocho meses y medio, acabamos de empezar a reservar el hotel. Estamos esperando que la iglesia nos dé la fecha, y por ahí van los tiros de momento.

—Está bien, tú ya vas avisando para que Mirabella se compre el vestido y demás; yo siempre tengo un traje a mano. Ya pensaremos qué haremos con Benjamín, si lo llevamos o lo dejamos con Jeanette.

—Eso, como mejor veáis. Recuerda que tienes que venir unos días antes para la fiesta de despedida. Mirabella irá con Nicole y sus amigas. Son muy divertidas, seguro que no se va a arrepentir si decide ir con ellas. A la vuelta se lo digo yo mismo, me quedaré una noche y ya los veo a todos.

—Sí, ya ves cómo ha quedado la reforma del piso. Tenemos una habitación de invitados y te puedes quedar a dormir.

—Pues no se hable más, creo que ya estamos llegando; mientras, voy a echar un vistazo a estos planos.

—Está bien, voy a revisar unos pagos pendientes.

Llegaron a primera hora, dejaron las maletas en el hotel para dirigirse al museo Príncipe de Gales para comenzar a trabajar e inspeccionar, y se fijaron en el kiosco, que aún estaba cerrado. Sebastián dijo:

—No pasa nada si hoy no nos da tiempo; mañana, antes de irnos a coger el avión de regreso, nos pasamos a saludar a la señora Aniz Jazmine y nos presentamos como es debido, que la otra vez no tuvimos tiempo. Vaya fallo por mi parte.

—¡Claro, yo también tengo ganas de saludarla! ¿Sigues pensando en invitarla a visitar París?

—Por supuesto, amigo mío, me ha caído muy bien. Creo que tiene mucho que aportarme, sobre todo sabiduría y experiencia de vida; además, tengo que darle un detalle que le traje de París, como le prometí.

Al día siguiente, dieron por resueltos los cabos sueltos del trabajo y dejaron todo preparado para que otra escultura viva se sumara a su haber, de manera que ambos estaban muy orgullosos y contentos. El proyecto iba sobre ruedas, incluso algo adelantado. Bajando las escaleras del Príncipe de Gales, pudieron observar que el kiosco estaba abierto, y con cierta ligereza se presentaron de nuevo ante la anciana, que parecía estar esperándolos aún en la misma postura en que la habían dejado, sin ni tan siquiera haberse presentado, por lo que Sebastián la miró y dijo:

—Hola de nuevo, ¿cómo se encuentra? La veo muy contenta.

—Pues será de veros, porque el día no está siendo muy boyante.

—Sebastián García Vidal, Sebastián sin más para los amigos, y aquí mi amigo y socio Stuard.

—Aniz Jazmine Ganesan, Jazmine para los amigos. —Esbozó una leve sonrisa—. Encantada, es un verdadero placer volver a veros, jovencitos.

—El placer es nuestro, señora Jazmine —le dijo Stuard cogiendo su cálida y arrugada mano fijando la mirada en su rostro lleno de paz—. Y bien, ¿qué ha pensado de nuestra propuesta?

—Pues que es una bonita invitación, pero no me puedo permitir cerrar dos semanas el kiosco. Mi frágil economía no me lo permite, aunque tarde o temprano tendré que traspasarlo. Si os soy sincera, claro que me gustaría aceptar la invitación con mucho gusto.

A lo que Sebastián le respondió rápidamente:

—Durante todo este tiempo, estuve pensando en cómo lo podíamos hacer. Se lo comento y usted ya me dice. Le enviaremos a una persona de nuestra confianza que trabaja para nosotros en el museo. Además de ser guía de la ciudad, seguro que lo conocerá, o al menos le sonará de algo. Este señor se encargará de que todo marche como la seda, de lo de su billete de avión y de buscarle a una chica para que se encargue de abrir el kiosco mientras usted esté ausente. De todos modos, algún día tendrá que dejarlo en manos de los más jóvenes, que vienen empujando desde abajo, tarde o temprano. Stuard y yo nos haremos cargo de todos los gastos que ocasione el viaje, incluido el sueldo de la dependienta.

Stuard repuso:

—Usted déjelo en nuestras manos, solo tiene que soñar con París y, cuando menos se lo espere, estará a los pies de la Torre

Eiffel. ¿Se lo ha comunicado ya a su familia? Seguro que habrán recibido la noticia con agrado y asombro.

—Pues la verdad…

Se quedó algo pensativa, pero con su dulce y sabia sonrisa. Mientras tanto, Sebastián abrió su carpeta de cuero color negro reluciente y la posó en el mostrador multicolor, de tantas vueltas de pintura que tenía y al parecer cambiando de color cada vez que se pintaba, creando así el mapa de un mundo lejano. El resultado era espectacular, parecía haber sido pintado así adrede.

Cuando Sebastián se disponía a desenvainar su pluma estilográfica, precisamente y de pura casualidad, apareció una de las hijas de la anciana, con una sonrisa pícara y algo desconfiada a la vez. Quizás pensaba que podían ser investigadores, haciendo preguntas para algún periódico, o algo por el estilo; pero antes de que pudiese abrir la boca, Stuard le preguntó:

—¿Es usted hija de la señora Aniz Jazmine?

—Sí, señor. ¿A qué debo esta pregunta?

La señora Aniz Jazmine saltó al vuelo y dijo:

—Es mi maravillosa hija Tiara.

—Hola, es todo un placer. Mi nombre es Sebastián.

—Tiara. ¿De dónde son y a qué se dedican ustedes? —preguntó la hija con mucha curiosidad y algo desconcertada.

—Mi nombre es Stuard y soy de Danville del estado de Virginia. Nosotros trabajamos juntos en proyectos museísticos; precisamente eso fue lo que nos trajo hasta aquí, a Bombay, para revisar un trabajo que acabamos de concluir justo enfrente del kiosco de tu madre en el Príncipe de Gales.

—Pues yo nací en España, estuve viviendo con mis abuelos en un pueblo al sur de Granada, hasta que me fui a estudiar a Miami con mi prometida. Allí precisamente fue donde conocí a mi socio, pero en la actualidad resido en París.

Tiara, con rostro de desconfianza, aunque puede que ni ella misma se percatara, preguntó:

—¿Por qué está apuntando el nombre de mi madre en ese cuaderno? Y a saber qué más.

—Tranquila, hija, es buena gente y culta, aunque he de reconocer que son un poco raros y atrevidos, incluso demasiado jóvenes para haberme invitado a visitar París. Además, te dije algo hace un par de semanas, ¿no te acuerdas?

—Creo recordar que me habías dicho que a lo mejor uno de tus sueños se podía hacer realidad o algo por el estilo, querida madre, pero no recuerdo que mencionaras nada de viajar a París.

—Además, ¿qué daño me podían hacer a mis años? Hija mía, no tienes de qué preocuparte.

Seguidamente dejó caer una leve y sincera sonrisa. Su hija, con la cara de espasmo frunciendo el ceño, no podía creer lo que estaba escuchando, más aún viniendo de su madre.

—Son ustedes muy amables, aunque todo esto lo veo muy raro, además de que ahora mismo ni mi hermano ni yo podemos hacernos cargo del kiosco. Ambos estamos casados, con hijos y trabajando, y no creo que mi madre lo cierre. De momento, ha sido su trabajo casi cuarenta años, su hogar de día. Ella no es nada sin su querido kiosco, significa mucho para ella, y más aún para nosotros.

La madre se puso algo triste a la vez que asentía con la cabeza a todo el recital que soltó su querida hija, en un tono algo egoísta por su parte.

No en vano, Sebastián le dijo para tranquilizar el ambiente tenso y algo hostil:

—No se preocupe, Tiara, ya lo hemos tenido todo o casi todo en cuenta. Le pagaremos un sueldo a una chica de vuestra confianza para que se quede a cargo del negocio mientras dure el viaje, que serán unos diez días. Nosotros pagamos todos los gastos del viaje y lo que conlleve todo ello. De ninguna de las maneras queremos que su madre deje de tener ingresos mientras disfruta de París. Solo te pediría que pasaras cada tarde a la hora del cierre para hacer la caja y así tu madre estaría más tranquila, además de ayudarla a preparar la maleta.

La señora Aniz Jazmine miró fijamente a los ojos de Sebastián y se coló en su cerebro como si estuviera buscando algún resquicio de maldad o malas intenciones, pero solo veía a un genio joven y con un buen corazón, que no le cabía en su fina figura casi atlética, y dijo con energía:

—Apunte mi nombre correctamente antes de que me arrepienta, hoy no voy a dejar que nadie me robe el sueño de visitar París: Aniz Jazmine Ganesan. Calle Tata Vasahat Marg, número 456, Bombay (la India).

Stuard, algo nervioso y como siempre atento al reloj, dijo:

—Socio, siento interrumpirte, pero debemos darnos prisa o perderemos el vuelo. Por suerte o desgracia, siempre vamos algo justos con el tiempo.

Sebastián se dirigió a madre e hija con suma serenidad y les dijo:

—Señora Aniz Jazmine y señora Tiara, no se preocupen absolutamente de nada, vendrá un amigo y guía de la ciudad que reside cerca de la zona y se encargará de todo, y también trabaja con nosotros en el museo. Es una persona de nuestra confianza, se lo puedo asegurar.

Tiara, algo nerviosa y asustada, mirando fijamente a los ojos cansados de su progenitora:

—Madre, ¿está segura de subirse a un avión para viajar a París a casa de unos desconocidos? Apenas si los has visto unas cuantas veces por el kiosco y, por lo que puedo observar, van siempre deprisa.

—Ya hace que no son unos desconocidos, son el señor Sebastián y el señor Stuard, y son mis amigos —dijo a la vez que dejaba caer una pequeña sonrisa, pero con carácter fuerte.

Sebastián abrió la puerta del lateral del kiosco, abrazó con suavidad a la señora, seguidamente le cogió las manos frías y arrugadas con las venas hinchadas, mirándola fijamente a los ojos de sabia y extrema pureza, y dijo:

—Aniz Jazmine, espero verla muy pronto en París. Iremos en persona a recogerla al aeropuerto. —Seguidamente colocó la mano encima del hombro de su hija—. Y usted, Tiara, ayude a su madre en todo lo necesario para que haga este viaje y así vea su sueño hecho realidad. Le estaré siempre agradecido.

—Esto ha ocurrido por casualidad y, si el destino lo quiere así, haga un esfuerzo y confíe en nosotros, no tenemos malas intenciones. ¡Hasta pronto!

—Vamos, Sebastián, el taxi espera. Adiós, señora Jazmine; adiós, Tiara. Ha sido un verdadero placer.

Stuard estaba nervioso pensando como casi siempre en que podían perder el vuelo.

Ya en el taxi Stuard le preguntó:

—¿Cómo se te ha ocurrido invitar a una anciana a tu casa sin primero consultar a Mirabella?

—Mi querido amigo y socio, qué poco conoces a Mirabella. Cuando se lo cuente, se pondrá supercontenta. A ella lo que más le gusta en la vida es hacer feliz a los demás, y a la vez es lo que más me gusta y aprecio de ella.

—Espero que no te equivoques, porque de lo contrario te veo durmiendo varias noches en el sofá de tu salón.

Mirabella dijo:

—Sebastián, ¿qué te pasa? ¿Estabas soñando despierto? Has tardado más de un minuto en desatarme el nudo del pañuelo.

—Perdona, cariño, sin querer se me ha venido a la mente el día que te compré este pañuelo de seda en el kiosco de Aniz Jazmine.

Mirabella se volvió a la pared donde flotaban los retablos exclamando:

—Qué maravilla de colores, qué armonía y sencillez a la vez.

—¿A que ha merecido la pena la espera de quitarte el pañuelo?

—La verdad es que sí, es impresionante. Hablando de la señora Aniz Jazmine, tenemos que llamarla la semana que viene, ya es su cumpleaños el día 18 de junio. ¿Por casualidad no tienes que viajar a Bombay en breve para acompañarte y darle una sorpresa juntos? Aunque, a decir verdad, no tenemos ni idea de cuántos cumple.

—Pues, ahora que lo dices, el otro día recibí una llamada del museo Príncipe de Gales. Al parecer, hay un pequeño problema que me gustaría arreglar personalmente. Me has dado una buena idea, llamaré esta misma tarde para reservar el hotel.

—Eso, y procura que caiga en fin de semana, que ya hace que no hacemos una escapada un siglo.

—Tranquila, cariño, déjalo en mis manos. Tú prepara la maleta y llama a tu madre para que se quede con el pequeño Benjamín. Voy a llamar a la agencia por si acaso hubiera dos plazas libres en el avión, que viene la señora Aniz Jazmine. Sería estupendo y bastante tranquilizador para su familia y sobre todo para ella.

Apenas habían pasado diez días de su regreso de Bombay, Mirabella estuvo adecuando la habitación de invitados para que la señora Jazmine estuviera lo más cómoda posible.

Sonó el teléfono móvil de Sebastián: el encargado del museo Príncipe de Gales le dio la noticia de que el problema se había resuelto gracias a un técnico especialista, por lo que de momento no era necesario que se desplazase a Bombay. Justo después de colgar, hubo otra llamada, esta de la agencia de viajes, para comunicarle que no quedaban asientos libres en el vuelo de la señora Aniz Jazmine.

# Capítulo 29
## VIAJE RELÁMPAGO A LA ALDEA

—Cariño, al parecer, el destino quiere que busquemos otro lugar para pasar un fin de semana juntos, y creo que ya sé cuál va a ser, si a ti te parece bien. Esta vez vamos a cambiar el campo por la ciudad; en otro momento viajaremos a Bombay.

—Sí, tienes razón, creo que sería demasiado precipitado. ¿Y en qué lugar estás pensando?

—En Cazorla, Andalucía, y así aprovechamos para hacer una visita rápida a mis abuelos y a la residencia, que últimamente los tenemos un tanto olvidados.

—Creo que he escuchado buenos comentarios de ese lugar. Al parecer, allí nace el río Guadalquivir y se pueden ver con frecuencia familias de jabalíes y algunas cabras montesas y ciervos. La verdad es que a mí también me apetece respirar aire puro aunque sea solo unos días.

—¿Qué prefieres? ¿Hotel o *camping*? El tiempo acompaña para ir de acampada y es una pequeña aventura que me apetece.

—Pues no se hable más, nos vamos este viernes, que la próxima semana viene la señora Aniz Jazmine y queda mucho por hacer aún, y nos vamos de *camping*, que parece una idea muy romántica —dijo Mirabella con una sonrisa que hacía más grande y bella su boca.

Ambos se fundieron en un alargado abrazo lleno de amor, alegría y satisfacción recíproca, casi algo inaudito en los tiempos tan fríos y tecnológicos que corrían, en donde abrazarse, pellizcarse o besarse parecía algo prehistórico, anticuado e, incluso dependiendo del lugar, hasta mal visto y antihigiénico por parte de la sociedad, aunque eso a ellos no parecía importarles demasiado.

Pasaron dos días fantásticos en el *camping* rural Llanos de Arance, rodeado de un verde fresco, animales salvajes, flores multicolores, pequeños arroyos y unas preciosas rutas de senderismo.

El sábado precisamente fueron de senderismo por la orilla del Guadalquivir hasta llegar a su mismo nacimiento, de manera que el domingo por la mañana, después de tomar un buen desayuno, contemplando a una familia de jabalíes, que también parecían querer participar en el banquete. Después recogieron la tienda de campaña y todos sus utensilios, que no eran pocos, y retomaron el viaje en el todocamino de alquiler para dar una sorpresa a sus abuelos, que estaban a unas tres horas y media de distancia, y a los huéspedes de la residencia. Sería una visita de un par de días, pero la alegría que ambos iban a dar a todos no tenía precio.

Sebastián aparcó enfrente de la casa de sus abuelos, tocó varias veces el claxon apenas en segundos su abuela que estaría preparando algo de comer, salió limpiándose las manos en su delantal típico de la zona, cuando vio que se trataba de su nieto. Parecía que era imposible que cupiera tanta felicidad en una cara tan pequeña y arrugada por el paso de los años. Se fundieron en un solo ser. Mirabella, con la yema de sus dedos, secaba unas finas y espesas lágrimas contemplando tan bello y espectacular cuadro, esperando para también acoger en sus brazos a la querida abuela María.

—¿Dónde está el abuelo? —preguntó con ansia Sebastián.

—Seguro que está buscando alguna hierba para la ensalada cerca del riachuelo. Si quieres, ve a buscarlo, ya hace que se fue y estoy un poco preocupada. Su salud ha caído en picado en los últimos meses — dijo la abuela, dejando caer una mirada al suelo.

—No digas eso, abuela, seguro que será algún resfriado pasajero. Iré a ver si ya tiene para una gran ensalada. Venimos con hambre, ya puedes ir echando más de lo que estuvieras preparando.

Sebastián salió en su busca ladera abajo. Al cabo de unos minutos, se le escuchaba a lo lejos gritando:

—¡Abuelo, abuelo, vamos a comer!

Su abuelo Guillermo, que de oído estaba bastante fino pese a su edad, contestó:

—¿Quién anda por ahí?

—Soy yo, Sebastián, tu nieto.

—Hombre, Sebastián, ¿cómo tú por aquí? Pensaba que te habías olvidado de nosotros —le dijo en una mezcla de seriedad ruda y alegría sincera de escuchar la voz de su nieto.

—He estado muy ocupado últimamente —le contestó algo pensativo.

Por supuesto, sabía que en los últimos tiempos los tenía un poco descuidados tanto a los abuelos como a los ancianos de la residencia.

—Bueno, como tú veas, nieto, pero la próxima vez no tardéis tanto en visitarnos, porque habrá venido Mirabella contigo, ¿verdad?

—Sí, vinimos a pasar un par de días a Cazorla y así aprovechar para haceros una pequeña visita.

—¿Y el pequeñín cómo está? Y los demás, claro.

—Bien, están todos muy bien, pero ahora mismo me interesa tu salud, abuelo.

—Ya te ha dicho alguna tontería tu abuela sobre mi estado de salud; pues ya lo puedes ver con tus propios ojos. ¿Qué tal me encuentras tú? Y no te cortes.

—Sinceramente, te encuentro bastante bien, abuelo. Vamos a casa, nos esperan para comer y hablar.

Después de la comida y una charla larga y tendida, decidieron ir todos juntos para visitar la residencia. Seguramente, debía de contar con algunas caras nuevas, pero también unos pocos de los antiguos amigos, o por lo menos conocidos de Sebastián. Cada vez que fallecía alguna amistad de él o de sus abuelos con la que seguía teniendo contacto, su abuelo lo llamaba para comunicárselo.

Sebastián tocó el timbre de la puerta principal a la vez que echaba un vistazo al jardín por si veía a algún conocido, aunque sin suerte. La puerta se abrió y una jovencísima y guapa enfermera preguntó:

—¿Qué desean? Si es para ingresar a un familiar, creo que la lista de espera se alarga bastante en el tiempo, ¿o es solo para una visita?

Todos sonrieron al unísono, hasta la joven enfermera se contagió de la misma. Seguidamente, les hizo pasar hasta la recepción, donde estaba doña Pilar, una encargada que enseguida los reconoció, saliendo del mostrador para abrazarlos llena de alegría y entusiasmo, sobre todo de ver a Sebastián.

—Pero, por Dios santo, ¡si eres tú! Estás hecho todo un caballero. ¿Cómo te va por París y por todos esos lugares? Me comentan que no paras de viajar. También te he visto en televisión y en los periódicos de vez en cuando.

—Intento huir de los medios, puesto que me roban tiempo para todo lo demás, pero hago algunas excepciones, no me queda otra. Y sí, me va muy bien, aunque echo de menos mis raíces.

A la joven enfermera se le notó un poco avergonzada de ver que su compañera trataba a Sebastián como a una evidencia. Mirabella, que es muy atenta a todos esos detalles, se dirigió a la joven y le dijo:

—No te preocupes, es que ya hace que no venimos de visita; incluso la mayoría de los ancianos ya no lo conocen.

Apenas pasó un instante cuando se abrió una puerta de la sala de cine a la vez que una silla de ruedas golpeaba la otra hoja de la puerta. En ella estaba sentada y con una sonrisa de oreja a oreja la antigua profesora de piano, la señora Esther. Sebastián se abalanzó sobre ella con lágrimas en los ojos. Era, junto con el señor don Luis Gasquet, la persona a la que más apreciaba de la residencia y con la cual aprendió a tocar el piano y amar la música. Tras el fuerte abrazo, el abuelo dijo:

—Vamos al salón de té, que, si estoy mucho tiempo de pie, me duelen los pies. Los años no perdonan y creo que el dolor existe para recordarnos quiénes somos en realidad, y siempre estamos en guerra con el trascurrir del tiempo.

La señora Esther le contestó al comentario:

—Pues yo creo que lo mejor es aliarse con ese maldito enemigo, porque nadie puede con él. Las medicinas lo engañan un poco para ganar algo de tiempo, pero solo hay uno capaz de acabar con él definitivamente, y me refiero al puto y odiado dolor, y esa es ella, la requeteodiada, aquella de la que casi nadie quiere hablar, la todopoderosa, a veces silenciosa y lenta, en otras ocasiones escandalosa y tan rápida como un haz de luz. Me imagino que ya sabéis de quién hablo.

Mirabella le contestó:

—Hay que tener fe en que todo esto es un sueño de una vida más grande y benefactora, donde los valores sean muy distintos a los que rigen en nuestro mundo, incluso en que nada tenga que ver con esta, o por lo menos con la historia de la vida a estas alturas en sí.

Sebastián dijo:

—Vaya, al parecer la tarde va de filosofía, salud, dolor y, cómo no, de la muerte.

La señora Esther objetó audazmente:

—Sabía que ibas a ser tú quien la nombraría, no podía ser nadie más que tú, mi querido discípulo.

Sebastián, que quiso explicarse bien, dijo:

—Ya sabéis que yo tengo un concepto más amplio de la muerte que la mayoría de los vivos; de hecho, creo que existe para que aprendamos de ella, para renovar al personal de trabajo, y tiene mucho más de que hablar, aunque muchas veces sea injusta y temprana. Es más, en cuanto tenga tiempo, voy a escribir un libro enteramente de ella, de la que nadie quiere hablar, o al menos intentan evitarlo.

Todos se quedaron mudos y serios de escuchar las opiniones de Sebastián.

Esther dijo:

—Quédate tranquilo, que yo seguro que leeré ese libro, siempre que no te demores en demasía. No me queda mucho en este pequeño sueño que estoy viviendo.

—Me pondré a ello en cuanto llegue a París, para que le dé tiempo de leerlo. Usted no se preocupe, que se lo haré llegar.

Todos empezaron a reír a carcajadas hasta que el abuelo dijo:

—Basta, por favor, cambiemos de tema, no habrá de qué hablar. Cuéntanos algo de tu última visita a Bombay con tu socio Stuard.

—Pues ahora que lo dices, nos ha ocurrido un episodio maravilloso en el penúltimo viaje. Conocimos a una anciana que regenta un kiosco y conectamos enseguida con ella. La he invitado a pasar unos días en nuestra casa, después de una extensa y densa conversación para convencer a una de sus hijas, para que diera su consentimiento.

Mirabella apuntó:

—Tanto es así que hasta a mí me han contagiado la ilusión de que la señora Aniz Jazmine pase unos días con nosotros y poder conocerla.

Todos quedaron boquiabiertos y maravillados de tal noticia. De repente, su abuela dijo que podrían venir todos juntos a pasar unos días en el pueblo y así conocer España un poquito.

—Tienes razón, abuela —comentó Sebastián—. Lo tendremos en cuenta, seguro que a la señora Jazmine le encanta la idea. Se lo diré cuando lleve varios días en París para no agobiarla de más. En lo referente a la señora Aniz Jazmine, de momento tengo un croquis con los lugares a los cuales la llevaremos, algunos emblemáticos y reconocidos como la Torre Eiffel, el maravilloso Palacio de Versalles, Notre Dame y el centro histórico.

—También iremos a ver alguna ópera —dijo enseguida con energía Mirabella.

—Abuela, si queréis venir unos días a París, sería fantástico cuando esté la señora Aniz Jazmine y así la conocéis, no tendríais que preocuparos de nada.

—A mí también me gustaría viajar a París, pero la poca salud que me queda, si es que tengo alguna, ya que no me deja viajar —respondió Esther—. Apenas si puedo llegar sola al jardín.

—No te preocupes, te haré llegar un vídeo para que lo veas con quien quieras, o mejor una videollamada en directo y así podrías hablar con todos nosotros —dijo Sebastián.

—Me haría mucha ilusión, aunque también la idea del libro, o mejor dicho si te atreves a escribir mi biografía, si tú crees que te encuentras capacitado; eso sí, con mi memoria casi olvidada, deberías pasar al menos una semana entrevistándome. Te traes a la familia y asunto resuelto.

De repente, todos a una volvieron a sonreír, llorando y riendo a la vez por la forma en que la señora Esther se expresaba, salvo Sebastián, que parecía haberlo tomado muy en serio.

—Pues que sepáis que va a ser un reto que acepto con cariño y admiración.

Al cabo de una hora volvieron a casa de los abuelos todos juntos, para seguir recordando cosas del pasado y descansar para salir hacia París a la mañana siguiente. Sebastián le hizo la promesa de volver pronto para recabar toda la información posible y así empezar la biografía de la señora Esther.

# Capítulo 30
## LA BIENVENIDA

L legó el día señalado, el avión donde viajaba la señora Jazmine tomaría suelo francés a las once horas y treinta minutos. Mirabella, ilusionada, al igual que Sebastián, por el fantástico encuentro en el quiosco de Bombay, que dio pie a la recién amistad que está a punto de llegar. Se levantó a las siete treinta de la madrugada para prepararse, quería estar lo más guapa posible, incluso un par de días antes se compró un vestido con mucho colorido. Sebastián eligió una vestimenta moderna y llamativa. Querían destacar para que la señora Jazmine, que solo tenía un veinticinco por ciento de visión, pudiera reconocerlos, o al menos imaginarse que eran ellos.

11:25 horas. Ya estaban los dos en la puerta de llegada, donde se imponía una gran sala de espera. Había muchísima gente y debían estar muy atentos. Antes de llegar al aeropuerto, hicieron una parada en una floristería, en la cual también vendían preciosas y exclusivas cajas de bombones.

Se decidieron por media docena de rosas blancas y una caja de praliné, unos bombones deliciosos que, al depositarlos en la lengua, se derretían con tal suavidad que parecía oro líquido con una gota de un licor de champán edición especial.

Según una revista especializada en productos *delicatessen*, estos bombones eran uno de los tres mejores del mundo; las perlas del desierto, así era como se llamaban. Era muy difícil encontrarlos, al menos eso dijo la dueña de la tienda. Únicamente se podían encontrar en los mejores hoteles y tiendas *gourmet* de España, Francia, Suiza y Rusia, ya que supuestamente era donde más apreciaban esta exclusiva delicia. En definitiva, ambos querían que la señora Aniz Jazmine se sintiera como una reina, al menos el tiempo que durase su estancia en París.

Al pequeño Benjamín lo dejaron con los padres de Mirabella; al día siguiente se reunirían para comer todos juntos.

Stuard estaba en Nueva York de trabajo, en unos días cogería un avión junto con su prometida Nicole con destino a París para también reunirse con la señora Aniz Jasmine, dado que esta a su vez estaba bastante ilusionada en conocer a Nicole, por todo lo que Stuard le había hablado de ella.

11:39 horas. Las puertas se abrieron como por arte de magia y una estampida de viajeros como si de una bandada de ñus se tratara salió al encuentro de padres, hijos abuelos, amigos, amantes, etc.

Sebastián y Mirabella miraban de un lado a otro a la muchedumbre, hasta que por fin Sebastián dijo:

—Cariño, seguro que alguna azafata viene con ella acompañándola por su edad y deficiencia en la vista. Ten paciencia, lo más seguro es que tarden un poco más.

Efectivamente, al cabo de unos minutos, todo se despejó, salvo un pequeño grupo donde iba la señora Jazmine acompañada de un apuesto joven con chaqueta verde pistacho cogidos del brazo, con calma y esmero, como si se tratase de un jarrón de cristal de varios siglos de antigüedad; también un mozo empujando del carro de las maletas. Hay que decir que se le compró un billete de primera, cosa que él no hacía salvo en contadas ocasiones para sí mismo.

—Vamos, cariño, date prisa, que quiero darle un abrazo. No sé por qué, pero siento como si la conociera de toda la vida y me fuese a reencontrar con ella al cabo de muchos años.

Tan fuerte era el espíritu de bondad, bienestar y alegría que desprendía la señora Aniz Jazmine por los cuatro costados que toda la gente que había alrededor se encontraba en estado de gracia, tanto que no era indiferente a nadie, ni siquiera a los transeúntes que iban de aquí para allá.

Sebastián estaba prudente y algo retraído, no quería agobiarla, pero Mirabella salió en su búsqueda y le dio un fuerte abrazo de bienvenida, hablándole en inglés, siguiendo las indicaciones de Sebastián, ya que al parecer era con el que ella se manejaba mejor, a pesar de que chapurreaba un poco el español y el francés.

La señora Aniz Jazmine iba vestida como una auténtica señora hindú, muy bien peinada con un toque suave de maquillaje; seguramente su hija Taira se había desplazado con ella a una buena peluquería y hecho el equipaje, era lo mínimo que debía de hacer para ver cumplido el sueño de su madre. A pesar de que al principio se mostrara algo reacia al viaje de su madre, sin duda alguna, esta se entregaría al cien por cien para que todo saliera como la seda, en pro de su madre, que bien merecido se lo tenía, por su larga trayectoria en la vida como mujer, madre y abuela, y una gran luchadora.

Cuando la señora Aniz Jazmine por fin vio a Sebastián, ambos se fundieron en un fuerte y cariñoso abrazo sonriendo y llorando a la vez.

Ella le dijo:

—¡Gracias, muchísimas gracias por hacer que se cumpliera mi sueño y poder conocer a tu familia y la ciudad de las luces y el amor!

—Gracias a ti por haber aceptado mi invitación. Me llenó tanto el conocerte que no pude resistirme a invitarla para que conociera mi forma de vida, a mi familia y a París.

—¿Dónde está su compañero Stuard? También me gustaría verlo, si es posible, claro.

—No se preocupe, en unos días llegará a París con su prometida, y así reunirnos todos juntos en nuestra casa.

—Tendrán ustedes una casa muy grande, porque, si no, ¿dónde va a dormir tanta gente?

Sebastián y Mirabella se echaron a reír.

—Es un apartamento muy amplio y acogedor; además, en el comedor tenemos una gran mesa, que compré en un viaje a Marsella, en un anticuario.

—Ya veo que es usted un hombre muy caprichoso aparte de inteligente y bondadoso. Su mujer parece tan dulce y guapa como me la había imaginado, y, a decir verdad, hacen una espléndida pareja.

—Gracias por el cumplido, pero usted sí que es guapa y con una grandísima aura de paz y armonía. Cuánta sabiduría y vida vivida hay en su rostro, sobre todo en sus bellos ojos. Espero que todo su trabajo y esfuerzo por sus hijos se multiplique por mil —dijo Mirabella entusiasmada.

La señora Aniz Jazmine y Mirabella esperaron sentadas en un banco, junto a la puerta 3 de la terminal 4, mientras que Sebastián iba a buscar el coche, un Jaguar I-Pace S eléctrico de color azul marino. Necesitó unos diez minutos para regresar, hasta que lo aparcó cerca de donde lo aguardaban las dos damas; mientras, ellas aprovecharon el tiempo para ir conociéndose un poco mejor.

El primer destino fue dirigirse al apartamento, para que la señora Jazmine pudiera darse una ducha, descansar y deshacer su equipaje, no sin antes comer un poco de sopa que Mirabella había preparado con mucho esmero la noche de antes, y por la tarde tenían pensado ir a cenar al restaurante.

La Maison du Monde, uno de los restaurantes preferidos de la pareja, sobre todo porque había platos de varios países y de sus paredes colgaban unas espectaculares fotografías de las ciudades más bellas del planeta: Roma, Praga, San Petersburgo, Granada, Barcelona, Estambul, Nueva Deli, El Cairo, Chicago y algunas más.

Igualmente, en servicio del restaurante se podía observar a trabajadores de distintos países, al igual que los clientes. Eso se transformaba en un ambiente cálido y acogedor, distinguido, multicultural y magníficamente decorado.

Al entrar en el *hall*, los esperaba el metre Vincent, uno de los pocos autóctonos que trabajaba en el restaurante, amigo de Sebastián; pero, mientras transcurría su jornada, se transformaba en una persona estricta, seria y muy responsable, nada que ver cuando quedaban fuera, chistoso, dicharachero y gran amigo de sus amigos. Cogió a la señora Aniz Jazmine de su frágil brazo después de saludarse con la pareja y la acompañó a una mesa especial con ambiente hindú.

Había un cuadro grandioso de seda con la pintura de un elefante vestido para una ocasión especial y su cría justo detrás de él, pintado a mano con pelo de su misma especie, para que la señora Jazmine se sintiera como en casa, pero en una casa de lujo.

Ella no paraba de sonreír, aunque no podía ver bien, o sea, con todo detalle, el lujo que allí había. Lo podía sentir y oler con la ayuda de Mirabella explicando cada detalle minuciosamente. Se sentía abrumada y exhausta, casi no podía articular palabra; aun así, todo desembocó en agradecimientos al metre Vincent, a Mirabella y sobre todo a Sebastián.

—Muchas gracias por todo, pero no hacía falta que me trajerais a un lugar tan bonito y lujoso. Seguramente será carísimo, yo no merezco tanto glamur, tan solo soy una vendedora en un maltrecho kiosco. Esto es para empresarios, políticos, famosos, y yo no soy nada de eso.

—No diga usted eso, señora Jazmine. Se merece esto y mucho más que todos a los que usted se ha referido.

Mirabella asintió con la cabeza.

—Claro que sí, no faltaría más.

Seguidamente la cogió de la mano acariciándola con suavidad extrema para que se tranquilizase y pudiera disfrutar de la velada.

Sebastián le dijo al metre que trajera un buen vino, pero que a la vez fuera suave y con pocos grados de alcohol; a continuación, se dispuso a abrir una de las cartas de piel, de color rojo y negro. Lentamente iba leyendo el menú: entrantes, sopas y luego las carnes y pescados tan deliciosos que solían servir, aunque dijo:

—Quizás sea mejor que mi amigo Vincent nos guíe y nos sorprenda con alguna especialidad del día, he de reconocer que de momento ha acertado en cada ocasión que hemos venido a comer.

—Puede que eso sea lo mejor, parece que sabe lo que hace, seguro que no nos defraudará —dijo la señora Aniz Jazmine.

—Veo que le ha caído bien el metre —dijo sin soltarle la mano.

—Para qué engañarnos, está claro que me ha caído bien. ¿A qué dama no le gusta que la sujeten del brazo y la guíen hasta la mesa y retirarle la silla para que una se acomode? Para eso no hace falta ser especial, a cualquier mujer le gustaría.

—Pues claro que sí; incluso a mí, a pesar de ser joven y moderna, también me gustan esos pequeños detalles.

—Oiga, que yo te he acompañado hasta la mesa, aunque he de reconocer que lo hago en contadas ocasiones —señaló Sebastián.

—Pues deberías hacerlo más veces, mi querido y joven amigo Sebastián. Mirabella te lo agradecerá y solo tú sabrás cómo —le espetó la señora Aniz Jazmine sonriendo para romper tanta formalidad.

Todos a una se echaron a reír, y por fin llegó la hora de pedir.

—Pues bien, hoy tenemos ensalada de langostas con aguacate y mango traídos de la costa tropical de Andalucía, acompañada con salsa rosa achampanada de entrante. De primero, sopa de faisán y setas silvestres o sopa de marisco con sabores del mediterráneo. Y de segundo plato, lubina a la sal de Himalaya, zarzuela de pescado y marisco, ternera gallega, ciervo de caza y ancas de rana.

Jazmine dijo:

—Para mí pedís lo que sea, menos esas ancas de rana y ternera.

—Si queréis, elijo yo —dijo Mirabella.

Sebastián y la anciana asintieron con un leve movimiento de cabeza.

—Pues anote: una ensalada de aguacate y ventresca de bonito, tres sopas de marisco y una zarzuela de pescado y marisco para compartir. Eso es todo, señor Vicent.

—Muy bien, señora, creo que ha acertado con la elección del menú. —Cogió las tres cartas y se marchó directo a la cocina para que comenzaran a prepararlo con mucho esmero mientras Sebastián llenaba las copas de vino para brindar.

También le sirvió dos dedos de vino en una copa más pequeña a Vincent, aunque este en raras ocasiones aceptaba, pero con Sebastián no cabía resistencia alguna, al mismo tiempo que decía:

—Espera un momento para que brindemos los cuatro.

Jazmine, con cara de sorprendida, dijo:

—¿Esperan ustedes algún invitado más?

—No, es para brindar con el metre.

—¡Ah!, me habías asustado, con lo bien que estábamos los tres solos esta noche.

—Eso mismo pensaba yo, que esta noche, mi querido, es solo para nosotras dos. Otro día lo compartiremos con mis padres, los niños y Stuard y Nicole, pero esta noche no espero que venga nadie más.

En cuanto llegó Vincent, Sebastián se levantó y seguidamente las señoras se pusieron en pie.

—Por la señora infatigable y toda su familia, que tan lejos de aquí están y no menos preocupados, aunque orgullosos de su madre, que tanto ha trabajado y sigue haciéndolo por todos ellos.

Jazmine, con lágrimas en sus pequeñas pupilas, dijo:

—Por Sebastián, su familia y su hermosa esposa, Mirabella.

Las copas sonaron tan fuerte que al brindis no le faltaron algunas discretas miradas. El murmullo de los demás comensales era de un tono apabullantemente suave, casi que se asustaron del sonido de las copas al chocar entre sí, lo cual provocó una pequeña risa sonrosada de los cuatro a la vez.

Rápida y velozmente se sentaron y el metre prosiguió con su rutina, como si la cosa no fuera con él.

A la señora Jazmine le gustó muchísimo la cena, nunca había cenado tan bien en su vida, ya no solo por el lujo, sino por todo en general. Parecía que estuviera viviendo un cuento de hadas, algo que nunca creía que le podía pasar a ella.

Al día siguiente se quedaron descansando en el apartamento, la edad no le permitía estar todos esos días de aquí para allá; eso sí, la primera excursión sería como no podía ser de otra manera la visita a la Torre Eiffel, donde comerían en el restaurante más alto, con sus impresionantes vistas a toda la ciudad. Por la tarde, una pequeña visita al Louvre; al día siguiente, por el mercado de abastos del distrito tres, el Mercado de los Niños Rojos en la plaza del Templo. También querían llevarla a una *boutique*, pero en eso fue tajante.

—Nada de comprarme cosas de lujo; si no, cojo el primer avión de vuelta a Bombay —dijo con abrupta firmeza la señora Jazmine.

Mirabella reaccionó rápida como una gacela, se posó frente a ella a la vez que le cogía las dos manos.

—Tranquila, señora Jazmine, si por cualquier motivo no le apetece ir a uno de los lugares que le propongamos, no tiene más que decírnoslo. No queremos agasajarla de regalos ni agobiarla con demasiadas excursiones.

—Espero que me comprendáis, no soy mujer de caprichos, y menos aún de lujos innecesarios. Ya con la visita a París, con la que siempre soñé, es más que suficiente. El billete de avión, incluso el salario de la chica que se ha quedado a cargo del kiosco en mi ausencia, y todavía no os he dado el pequeño detalle que os he traído a ti y a Sebastián, y también a vuestro pequeño, que se lo daré en cuanto lo vea; aunque, a decir verdad, tengo miedo de que ni siquiera os guste. Viendo cómo os vestís y la decoración de la casa, no sé si lo podréis colocar en algún lugar de vuestro hermoso apartamento.

—Si es un objeto decorativo, pienso ponerlo en el mejor sitio del salón, o, mejor dicho, donde usted elija.

—¿De verdad? Pues te cojo la palabra.

En ese mismo instante se escuchó el estruendo de una cerradura, el de la puerta blindada abriéndose. Era Sebastián, que notó una cierta espesura sentimental en el ambiente que flotaba en el salón. Golpeó con sus nudillos en el marco de la puerta de entrada para hacerse notar al mismo tiempo que decía:

—¿Qué pasa por aquí? Me ausento un momento y os ponéis melancólicas.

—Cariño, la señora Aniz Jazmine nos ha traído un regalo. ¿Qué tal si vas abriendo una botella de vino tinto, un Ribera del Duero, a ser posible, para que conozca los caldos que tenéis en España y mientras abrimos los regalos?

—Pero, señora Jazmine, no hacía falta que se tomara ninguna molestia; pero, ya puestos, vamos a ver qué me ha tocado a mí, aunque tengo claro que, si lo eligió usted, debe de ser algo único y original.

Jazmine entró en la habitación a sacar los regalos de la maleta.

—Aquí tienes, Mirabella, espero que te guste.

Ella lo cogió con delicadeza abriendo el envoltorio casero, que con tanta maña y esmero había preparado en su casa.

—Qué maravilla de chal, tan suave y con estos colores tan vivos que parecen querer escapar de la seda. Deje que le dé un abrazo.

—Ambas se fundieron en una como si de madre e hija se tratara.

—He acertado contigo por lo visto. Ahora te toca a ti, Sebastián.

—¡La madre del Señor! ¡Qué pluma tan preciosa, forrada de nácar y rubíes! ¿No será robada, señora Jazmine? Porque este modelo debe costar muy caro —soltó junto con una carcajada.

—No olvides que por el kiosco pasan importantes hombres del arte y comerciantes de todo el mundo, aparte de ti, claro. Hace ya que se lo encargué a uno de mis clientes, llamado Ferdinand, que precisamente es un representante de una gran firma, Mont Blanc. Según tengo entendido, tiene un diseño atemporal con una calidad excepcional. Unos días después de que me invitaras a venir, pasó por casualidad para comprar algún detalle como solía hacer de costumbre y aproveché la oportunidad para preguntarle si podía hacerme el favor de venderme una buena pluma de esa marca alemana tan famosa, a la cual representaba, pero a un precio de fábrica para regalársela a un amigo artista. Al principio me dijo que él únicamente iba haciendo pedidos y más tarde la fábrica los mandaba directamente por mensajería y solo podía venderles a los establecimientos acreditados, y yo le contesté:

»—Señor Ferdinand, me surge hacer un regalo muy especial como ya le he dicho. Si usted me pudiera ayudar de alguna manera, le estaría agradecida toda la vida, aunque, por lo que tengo entendido, son muy caros.

»—Está bien, voy a hacer algo que tengo totalmente prohibido: le daré uno del muestrario y le diré a mi jefe que algún avispado me lo robó sin darme cuenta antes de llegar a la delegación de la firma, y como a mí me hace falta comprar un regalo para el cumpleaños de mi esposa, haremos un cambio: mientras usted me prepara algo muy especial, y confío en su buen criterio, yo iré a la habitación del hotel a coger una pluma estilográfica de la última colección de nácar y rubíes.

—Sentémonos en el diván, me parece tan interesante saber cómo consiguió mi regalo.

La pareja se sentó cada uno de ellos a un lado de la señora Aniz Jazmine, la misma que le dijo a Sebastián:

—Leí en tus ojos la pasión por la buena escritura, estaba segura de que acertaría. De lo de tu desafortunado comentario ya hablaremos tú y yo a solas, jovencito —le espetó, pero, como no podía ser de otra manera, su sonrisa fluyó sobre su anciano rostro, y prosiguió con su percance:

»—Pero, señor Ferdinand, no espero ni deseo meterle en un lío. Si ve usted que puede tener problemas, lo dejamos y le busco otro regalo.

»—No, tranquila, en veinte minutos estoy aquí. ¡Ah! Y espero que le guste a mi mujer lo que sea que me envuelva.

La señora Aniz Jazmine recordó que, de los exclusivos perfumes que solía vender de un anciano perfumista, tenía dos frascos que contenían cien por cien perfume y en unos jarrones de cerámica adornados de plata y piedras semipreciosas, eran espectaculares; pero prefirió no decirle nada al señor Ferdinand, quería que fuese una gran sorpresa. En realidad, el perfume tenía una fórmula secreta que ninguna de las grandes marcas pudo imitar, a pesar de sus muchos intentos.

—¿Queréis que os cuente la historia del perfumista? No es muy larga, por desgracia.

—Por supuesto que sí —le contestó Mirabella.

—Está bien, allá voy. La fórmula de este perfume especial y único pasaba de padre a hijo durante muchas generaciones. Era el perfume que utilizaba una reina del siglo xviii, la reina Lakshmibai, del estado indio de Jhansi, que le preparó su perfumista particular, quien por casualidad y buena fortuna tenía un hijo en secreto. Cuando llegó el día en que logró este perfume tan especial, sabía que tarde o temprano le podía ocurrir alguna desgracia, de manera que, en cuanto pudo, visitó a su hijo y en una habitación a solas le dio la receta para que la introdujera en su cerebro y destruir el papiro una vez memorizado, y que solo le diera la fórmula a su descendiente, y, en cuanto pudiera, se marchara a una tierra lejos del reino, igual que pasó con otros muchos artesanos y artistas de esa época.

» Al día siguiente, el perfumista se dirigió al palacio en su raquítico corcel, ya que este ayunaba más aún que el pobre de su amo. El recorrido duraba algo más de una hora, la misma que por culpa de los malos presagios del perfumista se hizo eterna. Cuando llegó a la entrada del castillo, le abrieron la puerta dos soldados que lo recibieron con una reverencia, no sin dejar caer una malvada risita al más propio estilo de las hienas. Ya dentro, un mayordomo lo acompañó hasta el despacho de la joven reina, que le esperaba sentada e impaciente por lo que le traían. Cuando la reina abrió el frasco, se quedó maravillada, por no decir extasiada, y le preguntó de qué cantidad disponía, y el perfumista le contestó que ese era el único que había preparado. La malvada vestida de buena le dijo:

»—Pues prepáreme unos cinco litros repartidos en pequeños frascos de cerámica con bellos adornos, he de hacer unos cuantos regalos, en breve vienen varias reinas de lugares muy lejanos.

» El perfumista dedujo que tenía los días contados. Preparó los cinco litros que le encargó la malvada reina y aparte llenó un frasco para que le sirviera a su hijo de referencia. Efectivamente, a los ocho días ya tenía todo listo para entregárselo a la reina Lakshmibai. Cuando llegó al castillo, la reina le esperaba de nuevo impaciente después de recibir la noticia de un mensajero a caballo.

»—Pase, mi apreciado perfumista. ¿Esto es todo el perfume que ha preparado? —le preguntó.

»—Sí, mi excelencia, con esta fórmula sí.

»—Muy bien, aquí tiene los cien *kaserah* de cobre que le prometí, para que solo haga este perfume cuando yo se lo encargue, a nadie más bajo ningún concepto. Creo que me he explicado con suficiente claridad. Ahora puede marcharse, buen hombre.

» El perfumista temblaba de miedo, las palabras de la bella reina olían a morgue. El pobre perfumista sabía de sobra que su suerte estaba echada y que no se haría muy viejo, pero nunca pensó que lo esperarían a pocos kilómetros del castillo. Le hicieron una emboscada, le rebanaron el cuello con una daga, le quitaron las cien monedas de cobre y después le sustrajeron las llaves de su casa, llevándolo en un carruaje hasta su humilde casa en el campo. Lo bajaron al sótano, donde tenía su pequeño laboratorio, y lo incendiaron con él dentro. Si la mujer del señor Ferdinand entendía de perfume, seguramente se volvió a enamorar de su marido.

Sebastián y Mirabella estaban boquiabiertos y estupefactos por la penosa y a la vez fantástica historia del perfumista.

—Señora Jazmine, es usted una caja de sorpresas y una gran sabia, pero en mi próxima visita a Bombay quisiera traerme un frasco de ese perfume. El precio que usted me diga será inapelable, para regalárselo a mi amada, ¡si es posible, claro!

—En cuanto llegue a Bombay, le haré una visita al perfumista. El último frasco que me quedaba lo vendí precisamente para dejar algo de dinero en el banco para los recibos que me llegarían en estos días. El problema es que su hijo murió y de su único nieto no se fía del todo, de manera que apenas prepara unos cuantos, para gente de muchísima confianza, y yo tengo la suerte de ser una de ellas.

—Pues me dice el precio y se lo dejo pagado, así no se le olvida, y lo tendré para cuando haga mi próximo viaje.

La señora Jazmine, casi con tono de enfado, le dijo:

—Si te atreves a darme el dinero, nunca tendrás ese perfume, caprichoso, que eres demasiado caprichoso, y lo digo muy en serio.

—Tiene usted razón, señora Jazmine —contestó Mirabella—. Eres un caprichoso. Cuando vayas, se lo compras si lo puede conseguir. No tienes que ponerla en tal compromiso, acabas de escuchar lo difícil que es conseguirlo.

—Discúlpeme, lo siento de veras, señora Jazmine. Tomamos un té, un baño relajante, y vamos a dormir, que mañana nos espera una excursión sorpresa, y más tarde comeremos con los padres de Mirabella y los peques.

—Estoy deseando conocerlos a todos —dijo Jazmine—. ¡Ah! Y el señor Stuard, al final, ¿cuándo viene?

—En dos o tres días como muy tarde estará aquí.

Mirabella trajo una bandeja de galletas de mantequilla y té verde. En cuanto terminaron todos sus quehaceres, se fueron a la cama.

A la mañana siguiente Sebastián les dijo:

—Señoras, súbanse al coche, que vamos a la excursión sorpresa.

Ellas se cogieron de las manos entusiasmadas y encogidas de hombros se introdujeron en los asientos traseros del Jaguar. A los pocos minutos ya percibían las afueras de París.

—La verdad es que no tengo ni la menor idea de a dónde nos lleva, señora Jazmine.

—Sé paciente, jovencita, seguro que la belleza del lugar a donde nos quiere llevar será maravillosa, no nos defraudará.

Cuando llegaron a un aparcamiento que había en el lateral derecho del palacio, Sebastián se dirigió a abrirles la puerta haciendo una reverencia a la señora Jazmine, a la que, a pesar de los problemas que tenía con la vista, se le saltaron dos finas y espesas lágrimas, deteniéndose justo en el tercer surco debajo de sus sabios ojos ante la majestuosidad de las vistas. Seguidamente fue a abrirle la puerta a Mirabella, que esperaba inquieta. Aunque ya había venido varias veces de visita al Palacio de Versalles, siempre se quedaba alucinada de tan grande belleza y espectacularidad de la estampa que ofrecían el palacio y los jardines a los ojos de cualquier ser vivo.

Después de la visita, se dirigieron a un restaurante cerca de allí, donde los esperaban todos para conocer a la señora Aniz Jazmine.

Después de todas las presentaciones ya dentro del restaurante, Marcelo se sentó enfrente de ella, y no paraba de mirarla. Le llamaban la atención su vestimenta y su maquillaje, el mismo curioso que no tardó en preguntarle:

—¿Usted ha estudiado en alguna universidad de la India?

—No, tan solo fui algunos días sueltos al año a un colegio de la Fundación Ferrer. Era gratis, me daban de merendar y los utensilios de escritura, pero no podía ir todos los días, estaba muy lejos de mi hogar. Tenía el cargo de cuidar de mis hermanos pequeños para que mi madre pudiera ir a trabajar, y, si por algún motivo ella no iba y se quedaba en casa, yo aprovechaba para ir al colegio.

—Entonces es usted una analfabeta —le soltó sin medir antes sus palabras.

En ese instante, Ricard le dijo a Marcelo:

—La señora Jazmine no es analfabeta, y en caso de que lo fuera, no es el momento. El primer día que conoces a una persona, no está bien preguntarle por su pasado, y menos aún soltarle una majadería como la que le acabas de decir.

Jazmine dijo rápidamente:

—No pasa nada, el chico tiene curiosidad por una anciana extranjera y con una vestimenta extravagante a sus ojos. ¿Qué diablos queréis que me pregunte?

—Le pido perdón, señora Aniz Jazmine, por mi pregunta insolente y fuera de lugar.

—¿Y tú dónde has aprendido a expresarte tan bien? Pareces un viejo.

—En un orfanato a las afueras de París. Teníamos una profesora muy buena, pero a la misma vez exigente y estricta como una militar. Jamás podíamos escaparnos de hacer los deberes. Teníamos todo el tiempo del mundo para estudiar, repasar y volver a repasar, a veces hasta altas horas de la noche, hasta que un buen día hizo su aparición mi nueva y única familia que tengo y me matricularon en un buen colegio, donde te enseñan cómo educarte a ti mismo.

—¡Vaya, siento lo del orfanato! Has debido de pasarlo bastante mal, pero me alegro de que ahora estés aquí con todos nosotros.

En ese preciso instante, la única y sincera sonrisa de toda la mesa era la del pequeño Benjamín, hasta que Sebastián dijo que hicieran un brindis para romper el frío hielo que flotaba en el ambiente.

—Brindo por la señora Aniz Jazmine, una mujer maravillosa y extraordinaria, pero sobre todo sabia, y por Marcelo, un joven e inteligente, y al que le espera un futuro brillante.

—Yo brindo por Sebastián, por su arte, perseverancia y brillantez; por saber hacerme feliz; y porque, gracias a él, hoy nos encontramos en este magnífico restaurante conociendo y disfrutando de una gran mujer —respondió Mirabella.

—Pues yo brindo por mis hijos, mi hermosa esposa y por todos nosotros —añadió Ricard.

Después de la comida, decidieron ir a pasear a un parque a orillas del Sena. Dos días más tarde se dirigieron al Charles de Gaulle para recibir a Stuard y su novia. Antes hicieron una parada en una floristería para recibirlos como Dios y los altos cánones mandan. Acababa de dar las 23:45 horas, en el *hall* de llegadas había un poco de helor.

La novia de Stuard llevaba puesto uno de los pañuelos que vendía la señora Jazmine. Le caía tan bien que parecía una actriz de los esplendorosos años sesenta, con un vestido de raso marrón chocolate con rayas blancas y el pelo rizado y negro como la tinta de calamar.

Stuard, en cuanto vio a la señora Aniz Jazmine, se abalanzó sobre ella proporcionándole un fuerte abrazo; tanto fue así que ella se quedó totalmente helada, el asombro se apoderó de ella tanto que se le escaparon dos lagrimones como puños. Luego abrazó a Mirabella mientras Sebastián saludaba a Nicole, sorprendida por la reacción de Stuard, y le dijo:

—La verdad es que vino encantado la última vez que visitasteis Bombay.

—Es usted una mujer especial por su karma, su aire místico y sus ojos de sabia —dijo Stuard—. Ven, cariño, que te presente a la señora Aniz Jazmine.

—Encantada, señorita Nicole. Su novio me dijo que el pañuelo era para una mujer muy guapa, pero se quedó corto. Es usted tan hermosa que más de una vez habrá estado a punto de provocar algún tipo de accidente a mucha gente que se le habrá quedado mirando sin pausa alguna.

—Gracias por tan bello cumplido, a mí también me habló mucho de usted y me la describió de tal manera que, si me la hubiese encontrado paseando por el centro de París, la hubiese reconocido al instante.

—Vamos para casa, aquí nos estamos quedando helados. Allí tomamos un té y una copa de champán de bienvenida.

Al día siguiente querían visitar la catedral de Notre Dame, uno de los lugares que le pidió Jazmine a Sebastián. Tan solo quedaban seis días, pero el último lo dedicarían a preparar el equipaje y descansar. Cuando llegaron todos a la puerta de entrada de Notre Dame, la señora Jazmine se quedó tan relajada y contemplativa que al cabo de unos segundos dijo:

—He soñado muchas veces con ella y no sabía por qué motivo. Es tan mística, gris y abismal que parece como si quisiera tragarme en su interior por uno de sus ventanales.

Sebastián y Stuard sacaron sus buenas cámaras de fotos como si de dos gendarmes sacando sus armas se tratara, y la señora Jazmine les dijo:

—Parecéis dos paparazis haciendo fotos a mujeres famosas de tres continentes.

Ambos se echaron a reír.

—Tiene usted razón, pidamos a alguien que nos haga una foto a todos juntos y entremos para disfrutar de la catedral, que el tiempo camina demasiado rápido.

Cuando entraron todos, la señora Jazmine se quedó estupefacta no solo por la belleza, sino por el ambiente que se respiraba.

—Le gusta, ¿a que sí? —dijo Mirabella muy entusiasmada.

Sebastián le dijo a su vez:

—Veo que lo que más le gusta son las catedrales o templos, ¿verdad?

—Así es, muchísimo. Me relajan, me llenan de paz y amor, a la vez que de sabiduría y esperanza.

—Pues me gustaría que el próximo año, si se encuentra con fuerzas para volver, visitáramos algunas de las catedrales que más me han gustado en España: la catedral de Burgos, la de Toledo, la de Santiago de Compostela, la Sagrada Familia, y, cómo no, una visita obligada a la Alhambra de Granada; pero lo más importante para mí sería ir a ver a mis abuelos, que realmente son mis padres, y la residencia de ancianos. A todos ellos les debo todo lo que estoy consiguiendo y todo lo que soy en este momento.

—También gracias a tu gran esfuerzo y virtud, cariño —dijo Mirabella.

Stuard susurró:

—Y a mi ayuda, ¡ja, ja, ja!

—Demos gracias a Dios y a ti, Sebastián, por que una anciana y pobre como yo haya conseguido hacer realidad el sueño de venir a disfrutar de París, sobre todo a mi edad. ¿Acaso no sabéis la edad que tengo? Pues sesenta y ocho largos y trabajados años para que lo sepan, un año para mí es mucho para hacer planes a largo plazo.

Sebastián le contestó:

—Eso de la edad puede ser cierto, pero yo diría más bien una señora de cincuenta y pico.

Todos se quedaron boquiabiertos al saber su edad, no se lo podían creer, pero era lo que había, su espíritu era tan fuerte y juvenil que podía pasar por una cincuentona tranquilamente.

—Vamos a dejar lo de mi edad y a seguir con la visita, ¿okey?

—Sí, señora, así me gustan las personas. Más hacer y menos hablar —dijo Mirabella.

Prosiguieron con su visita. Cuando salieron al exterior, había unos bancos de piedra en el jardín y decidieron sentarse para descansar un poco los pies y seguir con la conversación.

—Pues tengo que deciros que mi gran secreto no ha sido otro que el de una buena filosofía de la alimentación. Siempre tanto yo como mis hijos hemos comido, poco, pero de lo más sano dentro de lo posible y me he cuidado del sol todo lo que he podido. Y otra cosa muy importante: la oración sin obligación, solo por amor al Dios al que uno ora y al ser propio. Siempre estoy con mi propia religión. Creo en la libertad religiosa que cada cual quiera practicar o que le apetezca cuando sea y en cualquier templo. También puede ser en un parque, en una habitación a solas, en tiempo libre del trabajo.

—O incluso en el aseo, ¡por qué no! —dijo Sebastián.

—Pues a mí no me gusta la religión impuesta por un gobierno, por tus padres o profesores —dijo Stuard—. Eso ha traído consigo, miseria y muchas guerras a lo largo de nuestra historia.

—Me ha gustado lo de comer poco y de calidad, sobre todo porque, cuando sea una anciana, aparentaré menos edad, al igual que la señora Aniz Jazmine —dijo Mirabella.

—Con tanto hablar de comida, me está entrando apetito. ¿Alguien sabe dónde vamos a comer hoy?

Nicole, a pesar de tener un cuerpo de escándalo, también poseía unos kilos de más, por lo que, cuando hizo la interrupción de la conversación, todos al unísono la miraron y dejaron caer una disimulada sonrisa.

—Espero que no hayáis reservado en uno de esos restaurantes donde la carta está compuesta por cientos de diferentes ensaladas de verduras ecológicas, que lo más pesado y calórico que te suelen poner por encima son algunos frutos secos tostados al horno.

—Tranquila, Nicole —dijo Sebastián—. Has tenido suerte de que me acordara de ti cuando reservé mesa, y es precisamente por eso por lo que lo hice en un asador gallego, pero que también prepara un buen marisco traído a diario desde Galicia en avioneta. Por respeto a la señora Jazmine, no comeremos ternera ni buey.

—De eso ni hablar, cada cual que coma lo que le apetezca, ya sois mayorcitos —dijo Jazmine.

Ya en el asador, mientras las mujeres hablaban de sus gustos y quehaceres cotidianos, Sebastián y Stuard conversaban de una innovadora pintura que había descubierto un equipo de científicos australianos, la cual, aplicada a ciertos tipos de superficies específicas, se convertían en no visibles para el ojo humano, invento que les vendría muy bien para nuevos proyectos museísticos en asunto de flotabilidad aparente de la pieza de arte en sí y su consecuente ahorro energético que este invento conllevaría para los mejores museos de todo el mundo.

El asador lucía en sus paredes rocas al aire perfectamente colocadas, lienzos basados en los paisajes tan espectaculares que tiene Galicia, y también unas cuantas réplicas de barcos de pesca artesanos metidos en vitrinas de cristal, algunas estatuas de mármol blanco de Macael, unos espectaculares maceteros que lucían plantas naturales.

El encargado de pedir fue el señor Ricard, que ya conocía bastante bien la cocina del restaurante, junto con Sebastián. Se decidieron por una caldereta de marisco y rape, pulpo con pisto y unas ensaladas con bonito del norte, aguacate, tomate Raf y mango. Todos degustaron con admiración la presentación de los platos repletos de esos manjares. Ya en la sobremesa, mientras las señoras tomaban un licor de hierbas, típico de Galicia, los hombres disfrutaban de uno de los mejores brandis del mundo, Peinado Solera cien años. Casi todo lo que se servía y degustaba en el asador era de origen español, más concreto de Galicia.

—Parece como si me hubierais traído a un museo en vez de a un restaurante —dijo Jazmine—. De aquí en adelante voy a tener que ir más veces a un restaurante español. Precisamente a espaldas del hotel donde soléis alojaros en Bombay, hay un restaurante español magnífico según me han comentado unos clientes del kiosco, pero nunca he tenido el placer de comer allí. Iré ahorrando para llevar un día a mis hijos y así degustar los buenos productos españoles para este fin de año.

—No es mala idea, seguro que les gusta —añadió Sebastián.

Jazmine preguntó:

—Y tú, ¿cuántos años tienes? Seguro que muy pocos, pero por tu trayectoria artística y empresarial nadie lo adivinaría. Parece como si te quisieras comer el mundo en dos días.

—Pero cómo puede decir usted eso, la gente me dice que parezco más joven cuando les digo la edad que tengo.

Jazmine le contestó sin pelos en la lengua, aunque también algo de culpa tenía el licor.

—Te lo dirán para hacerte la pelota y caerles bien por una u otra razón, pero estás a tiempo de dejar de pisar tan fuerte el acelerador, jovencito. En los días que llevo aquí, te han llamado cientos de veces. Debes empezar a disfrutar más de la vida en sí, de tu familia, del lugar donde naciste.

Todos estaban escuchando atentamente las palabras de la sabia Aniz Jazmine, y prosiguió con su discurso:

—Además, creo que estás un poco cegado por el consumo excesivo de ropas de marca y otros artículos, que suelen meternos por los ojos en las revistas e internet, y en todas sus formas de anuncios, bastante agresivos en su mayoría.

Tomó un sorbo de licor, todos seguían en silencio, algunos asentían con la cabeza, reconociéndose también a sí mismos.

—Puede que esté siendo demasiado dura con mi anfitrión, pero yo hablo lo que veo y pienso; de lo contrario, tendría la boca bien cerradita. No sirvo para hacer la pelota a nadie, y menos aún a una persona a la que aprecio tanto. A pesar del poco tiempo que hace que nos conocemos, tú ya sabes más o menos cuáles son mis pensamientos y trayectoria de mi vida, aunque solo sea por la capa exterior.

—Tranquila, señora Jazmine —le dijo Sebastián—, porque, al igual que somos jóvenes, acomodados y también caprichosos, de vez en cuando no nos viene mal un buen sermón, y más aún viniendo de usted, de una mujer trabajadora, luchadora y sabia. Para mí es como si estuviera regañándome la madre que no tuve, y me hubiese gustado que hubiera sido como usted. A pesar de que nos conocemos de poco tiempo, para mí ha sido muy intenso, sin despreciar a mi abuela, a la que quiero muchísimo; pero usted tiene algo que ella no, una amplia experiencia en la vida, una luchadora solitaria y sabia con una gran trayectoria en la supervivencia de la familia.

Las lágrimas empezaron a correr por sus mejillas. Mirabella la besó y le dio un fuerte y cálido abrazo.

—Brindemos por las buenas personas y por la amistad —dijo Stuard.

—Yo, por los seres humanos con personalidad, y acepto de corazón sus críticas y consejos hacia mí y a mis seres queridos —añadió Nicole.

Mirabella, alzando bien alto la copa, dijo:

—Por haberos conocido a todos, sobre todo a mi querido amor.

—Quiero hacer un brindis especial por mis abuelos, mi madre, los ancianos de la residencia y los que esta noche me acompañáis, por nuestro pequeño Benjamín, Marcelo y mis suegros —dijo Sebastián—. ¡Ah, ya se me olvidaba! Mi cuñado, Filippe. Seguro que se me olvida alguien más.

—Yo le doy gracias a Dios por haberos conocido, especialmente a ti, Sebastián, y poder compartir estos magníficos días en París —añadió Jazmine—. Ha sido un sueño hecho realidad. Gracias, Nicole, por haber comprendido mis palabras. Gracias a todos, os quiero de corazón.

La anciana no pudo contener sus lágrimas almacenadas, que corrían por sus esculpidas arrugas. Con delicadeza cogió la servilleta blanca de rosas rojas estampadas.

Ya iban a dar las siete de la tarde y eran los últimos comensales. Se respiraba tanta calma y bienestar que el dueño del local se acercó a la mesa diciendo:

—Perdonen, el camarero se tiene que marchar, ha terminado su jornada; además, ya era la hora del cierre. Si tienen el gusto de aceptar una copa, sería para mí un grandísimo placer de acompañarlos. Lo siento, pero no he podido evitar escuchar algunos fragmentos de vuestra intensa e interesante conversación, dada la cercanía del mostrador de reservas y la caja central; eso si les apetece de verdad, no faltaría más.

La señora Jazmine fue la primera en contestar.

—Por mi parte, encantada de compartir una copa y algunas palabras de elogios hacia usted, por tener tan buen gusto por la decoración, una carta de calidad y, cómo no, unos vinos espectaculares de España.

—Muchas gracias, señora…

—Señora Aniz Jazmine, para servirle, aunque a mi edad le voy a servir más bien poco. Y su nombre es…

Todos comenzaron a reírse a carcajadas sin cortarse lo más mínimo. Las copas iban haciendo efecto poco a poco. El dueño, que había nacido en Santiago de Compostela, emigró a Francia junto con sus padres a la edad de veintidós años, habiendo estudiado alta cocina en su ciudad natal, y también en la Basque Culinary Center, ubicada en San Sebastián (País Vasco).

—Don Diego Taberneiro Amado, para servirles, y encantado de haberles conocido. Aunque no lo aparente, ya cuento con setenta y dos años de edad; por eso no estoy en la cocina, pero de vez en cuando echo una ojeada para comprobar que todo va bien. En la actualidad, es mi hijo el nuevo chef desde que yo colgué el delantal.

—Se nota que dejó la cocina en buenas manos —dijo la señora Aniz Jazmine bastante animada.

Sebastián no tardó en decirle:

—Pero siéntase usted, por favor. —Cogió una silla con rapidez y audacia para que se pusiera entre él y la señora Aniz Jazmine, la cual no le quitaba el ojo de encima a don Diego

—Un segundo, que traigo una cubitera y las botellas, y os servís vosotros mismos, como si estuvierais en vuestra propia casa.

—Muchas gracias, don Diego, se nota que no es usted de Nueva York o Londres, por citar algunas ciudades. Parece usted muy campechano —dijo Stuard.

—Sebastián, no deberías beber más. Tienes que conducir, cariño —le espetó Mirabella.

Don Diego, que ya asomaba con las botellas en las manos, dijo:

—De eso ni hablar, el restaurante tiene un contrato con una empresa de limusinas para estos casos, el coste corre a cuenta del restaurante, no tienen de qué preocuparse, y mañana recojan el suyo del garaje cuando les venga bien.

—Es todo un caballero, don Diego. Aceptaré su propuesta con mucho gusto siempre y cuando usted me prometa que colgará un cuadro que le voy a pintar en uno de los pocos espacios libres que le quedan. He podido observar que le gusta el arte en general.

—A decir verdad, me considero un amante de la pintura, la literatura y la buena música, como han podido escuchar mientras degustaban el menú; pero la decoración en su mayor medida fue mi difunta esposa, Natacha. La conocí en un viaje de fin de carrera, precisamente en el museo Hermitage de San Petersburgo, que bajo mi honesta opinión es el más auténtico y grandioso de todos los que he podido visitar. —Todos escuchaban atenta y apasionadamente las palabras que salían de lo más profundo de su ser—. La verdad es que es un marco incomparable para conocer a la mujer de mi vida, hasta que hace catorce años la devoró una terrible enfermedad.

—Y usted casi con toda seguridad sigue solo desde entonces, ha renegado de encontrar de nuevo el amor —dijo Mirabella.

—Pues hace tiempo salí varias veces a buscar algo, no sé muy bien el qué, y las dos ocasiones fueron un verdadero fracaso. Las mujeres que conocí se hicieron una idea de un hombre rico y despreocupado, dueño de uno de los mejores restaurantes de París; sin embargo, me considero una persona sencilla, un jubilado, con una buena casa y las cuentas saneadas. El restaurante se lo dejé a mi único hijo; a cambio, él me deja venir por aquí y disponer dentro de unos límites ya pactados, echar una mano de vez en cuando, y me da para algunos gastos extras que me surjan.

—Es usted todo un padrazo —afirmó Jazmine—. Cómo me hubiera gustado haberle conocido en Bombay tiempos atrás, seguro que no se me hubiera escapado.

Todos a una se echaron a reír.

—Gracias por el cumplido, señora Jazmine, pero no creo que usted haya tenido problema para encontrar el amor en cualquier ciudad. Es usted una mujer encantadora. ¿Está viuda por casualidad?

—Sí, ¿cómo lo ha adivinado usted?

—Lo veo en sus ojos, aunque debe de haber pasado hace muchísimo tiempo. ¿Me equivoco?

—No se equivoca en absoluto.

—Ah, y habla usted un francés bastante claro. ¿Cómo lo aprendió?

—En el colegio de pequeña aprendí lo básico y luego lo he practicado con los turistas franceses durante toda mi vida.

Sebastián dijo:

—Venga mañana para almorzar en nuestra casa. Ya que está jubilado, no tendrá excusa alguna.

—A decir verdad, no hay nadie ni nada que me impida aceptar la invitación, salvo algún imprevisto de última hora. Estos negocios a veces se complican más de lo debido, pero haré todo lo que esté en mis manos para asistir.

—Es fantástico, aunque tendré que contratar a un buen chef de servicio a domicilio para intentar no defraudarle con el menú —dijo Mirabella.

—Yo llevaré una sorpresa para el postre, que yo mismo prepararé.

—Debe ser un gran placer poder compartir la vida con un caballero como usted, lo digo desde lo más profundo de mi ser —le dijo Jazmine en un castellano lento y claro.

—Eso mismo estaba pensando yo de usted, señora Jazmine. A todo esto, ¿dónde se hospeda?

—En casa de Mirabella y Sebastián. Estoy aquí gracias a ellos, conozco desde hace varios años a Sebastián y el señor Stuard, pero fue la última vez que los vi cuando comenzó nuestra amistad. Yo soy una humilde viuda que regenta un kiosco enfrente del museo más importante de Bombay, el antiguo Príncipe de Gales, y llevo allí anclada casi tres décadas.

—Pero ¿dónde ha aprendido hablar el castellano tan claro? —preguntó don Diego.

—En el kiosco, al igual que el francés. Disponía de mucho tiempo, permanezco dentro de él entre doce y catorce horas diarias, excepto Nochevieja y el día uno de enero. Retiraba los libros de la biblioteca del Instituto Cervantes.

—La verdad que, cada vez que he ido a Bombay, me fascinaba lo bien que se expresaba en castellano, y me encantaba charlar un rato con ella —dijo Sebastián.

—En realidad, manejo bien tres idiomas: el hindú, como no podía ser de otra forma; el inglés de nuestros antiguos colonos, el más internacional de todos; y el castellano; aparte de los españoles, también pasan por allí muchos turistas latinoamericanos —explicó Jazmine.

Mientras que la señora Aniz Jazmine hablaba, el señor don Diego acercaba la silla con disimulo cada vez más y más cerca de ella. Seguidamente, a la vez que con su mano derecha vertía el champán en las copas, posó la otra sobre la rodilla de Jazmine, la cual le dejó caer una sonrisa casi inapreciable por los demás y puso su mano sobre la de él.

Don Diego le preguntó cuánto tiempo se quedaría en París, a lo que ella le contestó:

—Apenas me quedan cuatro días. En realidad, he de seguir con mi kiosco para ayudar a mis hijos mientras pueda y sobre todo a mis pequeños, mis dos nietos.

—Pues a mí me gustaría seguir conociéndola, por lo que ya pensaremos cómo solucionar lo del kiosco.

—No es que a mi edad me guste estar encerrada todo el día en un kiosco de nueve metros cuadrados, pero me siento con la obligación de ayudar a mi familia.

Don Diego le contestó claro y rotundamente:

—Como ya he dicho, no soy millonario, pero creo que te podía ayudar lo bastante para que no tengas que seguir trabajando en tu kiosco.

—¡Vaya! Al parecer, acabamos de presenciar un flechazo de adultos —dejó caer Sebastián.

Todos a una se echaron a reír.

—Claro, y así podrían vivir una temporada en París y otra en Bombay para estar ambos con sus respectivas familias —dijo Mirabella.

—Vamos a ir más despacio, que yo no estoy para ir tan deprisa, y menos aún para muchos trotes ni para tantos viajes —señaló Jazmine.

—¡Quién sabe! Puede que, cuando visite Bombay, me guste tanto que quiera quedarme a vivir para siempre y solo visitar París de tarde en tarde —afirmó don Diego.

—Tenga cuidado con lo que dice, que a mí me gusta cada vez más esa encantadora ciudad, y eso que solo voy de trabajo —dijo Sebastián.

Se hizo bastante tarde, casi la una de la madrugada, pero el ambiente que allí se respiraba era tan apacible que nadie se percató de lo tarde que era, hasta que una pareja de gendarmes golpeara con suavidad el cristal de una de las ventanas para avisar de lo tarde que era. Don Diego dio un salto de la silla y con suma rapidez y audacia abrió la puerta ofreciéndoles que se unieran a ellos y tomaran una copa de champán. Al parecer, los conocía bastante bien, razón por la que no le costó demasiado convencerles para que aceptaran entrar al restaurante.

En ese preciso instante, don Diego cerró todas las cortinas que aún seguían abiertas para estar con más intimidad, ya que es sabido de sobra que los agentes tienen totalmente prohibida la ingesta de alcohol en horas de servicio. Todos se quedaron anonadados al ver lo que estaba ocurriendo, desconocían hasta ese mismo instante el poder de convicción que poseía el señor don Diego. Parecía que casi nadie se le podía resistir. Todos a una hicieron un brindis por las nuevas amistades.

# Capítulo 31
# El MIEDO

Transcurridos unos treinta minutos de charlas y risas, un ruido raro se hizo escuchar desde la cocina. Los gendarmes se pusieron de pie enseguida preguntando uno de ellos si por casualidad quedaba algún empleado en la cocina, a lo que respondió don Diego rotundamente que no. En cuestión de dos segundos, salieron dos encapuchados armados con escopetas de caza gritando:

—¡Silencio, todos quietecitos! No se muevan o disparamos.

En ese mismo instante, uno de los agentes se apresuró a desenfundar su arma, pero uno de los encapuchados se percató, el cual, sin pensarlo, hizo uso de su escopeta apretando el gatillo como si de un leopardo se tratara.

Seguidamente, el otro agente, que sostenía todavía una copa de champán, la dejó caer al suelo para desenfundar a su vez su arma rápido y ágil como una gacela, haciendo uso de la misma, abatiendo al encapuchado, que disparó a su compañero. Todos se echaron al suelo, excepto don Diego, que se mantuvo quieto y desafiante, como si no quisiera perderse lo que estaba acometiendo en ese instante. Sebastián se abalanzó sobre Mirabella, al igual que Stuard sobre su esposa. Jazmine intentaba bajarse de la silla cuando el otro encapuchado, que ya se veía perdido, y por lo visto su escopeta era una repetidora, ya que hizo varios disparos. El primero apuntó al gendarme, luego a don Diego, y un tercer disparo también a don Diego, pero al parecer no apuntó lo bastante bien y por error el disparo atravesó la seda que cubría el cuerpo de la señora Aniz Jazmine. Mirabella intentó agarrarla para empujarla hacia ellos, pero ya era tarde, el disparo la alcanzó. Malherido, el agente siguió disparando hasta que también acabó con el segundo encapuchado. Apenas dos segundos más tarde, este cayó al suelo prácticamente sin vida. Al caer de espaldas, su cabeza rebotó fuerte en el suelo con un ruido atronador, lo que ayudaría a que no pudiera levantarse más durante un buen rato.

Lo que parecía ser una noche de película y de ensueño se acababa de convertir en una masacre descomunal y un sinsentido, o sea, una noche de terror. Ni en sus peores pesadillas ninguno de los allí presentes se hubiera imaginado algo tan terrible. Tal desgracia les vino como un jarro de agua fría, la felicidad que había reinado apenas unos minutos atrás y era la dueña y señora del local se había esfumado como por arte de magia.

Don Diego acabó derrumbándose casi encima de la señora Jazmine, la cual gritaba y se quejaba con mucha rabia. Mirabella no cesaba de gritar y llorar como una histérica:

—¡Basta, basta ya, por favor!

Sebastián, en cuanto cesó el tiroteo, que apenas duró un minuto, se puso en pie y dijo:

—Tranquilizaos, ya ha pasado todo.

—Pero ¡qué ha ocurrido! —gritó Jazmine—. Dios mío, ¿qué es esta pesadilla?

Sus ojos enloquecieron, no sabían a dónde dirigir su mirada.

Sebastián cogió el móvil para avisar a la policía y estos a su vez mandaran varias ambulancias. Se percató de que uno de los encapuchados se quejaba de dolor y rápido como un rayo se dirigió a quitarle la escopeta que este agarraba con fuerza aún para que no hubiera sorpresas. Cogió todas las armas y se las dio a Stuard para que las guardara. Mirabella tenía la cara con salpicaduras de sangre, posiblemente de la señora Jazmine. Esta cogió la mano de don Diego, medio moribundo, y no paraba de llorar y gemir de dolor e intentaba rezar por ambos. Quién sabe, podría haber sido el amor de su segunda juventud.

Sebastián, exhausto aún, intentaba no perder el control de la difícil y cruenta situación. Se dirigió, primero, a limpiar las manchas de sangre que salpicaron el hermoso y asustadizo rostro de Mirabella, y al mismo tiempo quería asegurarse de que ella no tenía herida alguna. Al parecer, la sangre saltaría de la señora Jazmín o incluso del señor don Diego, dada la cercanía de ambos.

Seguidamente, se acercó a la señora Aniz Jazmine para observarla, evitando tocarla lo más mínimo para no hacerle más daño del que pudiera tener, aunque en ese preciso instante ella se quejaba de su hombro derecho. Él la ayudó a que se posara recta y bocarriba en el suelo; antes cogió un cojín de un diván cercano a la mesa para ponerlo debajo de su cabeza, hasta que llegara el equipo médico.

Mirabella, algo menos nerviosa, se acercó para sujetarle su mano y consolarla y darle un poco de tranquilidad, tan necesaria en ese tipo de altercados. El señor Stuard y su señora estaban abrazados en el suelo y casi que se podría decir en un estado de *shock*. De repente, le preguntó a Sebastián:

—¿Qué puedo hacer para ayudar?

—Abre las puertas de par en par para cuando llegue la ayuda, todas, y enciende todas las luces que encuentres. Así facilitaremos la labor, que no es poca.

Las sirenas, cada segundo que corría, sonaban más. Se acercó a don Diego pensando en que estaría muerto, pero su sorpresa fue mayúscula al tomar su pulso en el cuello y luego en su muñeca. Su fuerte corazón bombeaba sangre gallega por sus gruesas venas. La herida parecía estar en su lado izquierdo del tórax. En pocos minutos aquello pasó de ser un magnífico, acogedor y espectacular restaurante parisino a ser un hervidero de policías, enfermeras, médicos. Al principio, entraron los agentes especiales para asegurar que los atacantes no pudieran hacer más daño del causado, ya que existía la posibilidad de que hubiera algún malhechor más escondido en algún lugar del restaurante, dado su tamaño. Al mismo tiempo, otros aseguraban el perímetro para que no entrara nadie ajeno a la dura situación. El equipo médico hizo una entrada con rapidez y audacia.

El primero en ser atendido fue el señor don Diego, que era el que peor se encontraba. Un segundo médico se dirigió a los agentes para certificar su fallecimiento y, en efecto, dirigió su mirada al que en principio parecía ser el agente al cargo. Este hacía un gesto negativo con los ojos y la cabeza para no escandalizar a los heridos y demás asistentes. En definitiva, actuaban como auténticos profesionales. Otro se dirigió a observar a la señora Jazmine, que en un principio no parecía grave en exceso. Y por último se acercó una médica a uno de los encapuchados, que parecía agarrarse a la vida como un gato en la rama de un pino, aunque no pasaría mucho tiempo antes de dar su último suspiro, en esta su última y malograda noche. A saber qué motivos le condujeron para cometer tan terribles hechos con tan poco éxito. Quién sabe el botín que hubieran conseguido de haberles salido bien: trescientos o tres mil euros, qué más da. Qué poco importó la vida de cinco o diez seres vivos; a lo mejor ni siquiera los encapuchados merecían perderla; pero el simple hecho de ir armados ya es bastante probable para acabar muerto, con o sin causa alguna.

Sebastián, Mirabella, Stuard y su esposa, Nicole, se dirigieron juntos al hospital escoltados con dos agentes de la policía hasta que se aclarara todo. Querían acompañar a la señora Jasmine y a el señor don Diego.

En un principio, esperarían el pronóstico de los médicos antes de avisar a sus respectivas familias, sobre todo a la de la señora Jazmine; pero en pocos minutos llegó Armand, hijo de don Diego, junto con su esposa, que se enteró gracias a la llamada de la central de alarma a su móvil por el ruido de los disparos. Bastante alterado pidió explicaciones a los agentes allí presentes y a Sebastián, al que conocía como un buen cliente. Uno de los agentes dijo que tenían que tomar declaración a todos los testigos antes de hacer conjeturas y lo harían a lo largo de toda la noche. Al cabo de una hora, hizo su aparición el cirujano jefe.

Antes de esa aparición, Armand y su esposa se abrazaron a Sebastián y a Mirabella a la vez que preguntaron quién era la otra pareja. Enseguida hicieron las respectivas presentaciones.

Al parecer, venían informados de casi todos los hechos a través de los agentes.

Las tres parejas se fundieron en un fuerte abrazo lleno de llanto y dolor por lo ocurrido ese gran día, que había acabado en una mala noche. En el momento que apareció el doctor, este no sabía dónde meterse. Dio un golpe forzado de tos para romper el hielo y a continuación dar el parte de los heridos, que era lo más importante en ese instante para todos los allí reunidos.

Volvió a toser y seguidamente comentó:

—La señora Aniz Jazmine, creo que es su nombre, tan solo tiene unos pequeños rasguños en la parte superior de su hombro derecho, y en cuestión de unos días será dada de alta.

La cara de Mirabella dejó de estar tensa y pasó a estar semifeliz. Cogió con fuerza y cautela la mano de Sebastián mirándolo a los ojos para tranquilizarlo. El doctor prosiguió con el pronóstico del señor don Diego:

—De momento, el estado del señor es bastante grave, pero he de destacar su fuerza por agarrarse a la vida. Me lanzo piscina, creo que se escapará de esta, pero todavía es pronto para hablar de las posibles secuelas tanto físicas como psicológicas, por lo que habrá que esperar varios días, según vaya evolucionando el paciente de su estado de coma.

Sebastián se acercó al doctor para darle las gracias por sus duras explicaciones, a la vez llenas de esperanza; por otra parte, el señor Armand se abrazó fuerte a su joven y bella esposa; era un abrazo de tristeza y amargura, aunque con un rayo de esperanza, como ya había dado a entender el doctor.

De momento, Sebastián no quiso llamar a la familia de la señora Jazmine hasta poder primero hablar con ella; si le daba su consentimiento, entonces los llamaría, no antes.

Esa noche se quedó para acompañarla, mientras que él aplazó varias conferencias que debía de dar al día siguiente.

Cuando los primeros rayos del sol hicieron su aparición, él se despertó de un salto dirigiéndose al aseo para lavarse la cara y comenzar el día a solucionar problemas con el móvil, que había dejado cargando. Se le quedó sin batería a las tres de la madrugada y se acercó a inspeccionar el estado de la señora Jasmine. Ella dormía aún y él le acarició las venas de su mano con extrema suavidad para no despertarla, tan solo eran las siete de la mañana, y se dirigió a la cafetería del hospital para más tarde visitar al señor don Diego.

En la cafetería se le adelantó el hijo de don Diego, el señor Armand, sentado solo y algo desaliñado. Sus ojeras superaban el tamaño de la mesa, daba vueltas al café como si allí se fuera a reflejar el futuro de su padre y parecía pensar que el color tan oscuro del café no era esperanzador.

—Buenos días, Armand. ¿No has podido echar ni siquiera una pequeña cabezada? —le preguntó Sebastián con una voz gélida y pausada.

—Pues la verdad es que no, apenas habré dormido algunos minutos sueltos. El ruido del respirador que mantiene a mi padre con vida se me ha clavado en la sien, no acabo de comprender cómo ha podido ocurrir algo así, tan despiadado acontecimiento, aunque, si lo pensamos con detenimiento, con los años de crisis que llevamos por las dichosas pandemias, que cada diez o quince años vienen por sí solas, o sabe Dios quién las esparce por todos los continentes… Tanto es así que la gente llega a tal punto de desesperación y se ve capaz de hacer este tipo de locuras.

—Sí, tienes mucha razón en lo que acabas de decir, aunque he de objetar que para eso ya existen ayudas a personas pobres. También son muchas las ONG que están apoyando a estas personas más desfavorecidas para que sigan adelante.

—Ya, pero has de reconocer que todo el mundo no tiene el éxito del que ambos disfrutamos. La vida nos sonríe económica y socialmente, claro que nuestro esfuerzo y valentía para embarcarnos en nuestros diferentes proyectos nos cuesta.

Sebastián tenía apetito a pesar de tales acontecimientos y pidió media tostada de tomate con aceite de oliva, atún y queso fundido. Le esperaba un largo día, al igual que al señor Armand. Para él pidió lo mismo sin preguntarle para ahorrarse la negativa. Varias horas más tarde, la señora Jazmine hacía pequeños esfuerzos para abrir sus profundos ojos. Mirabella venía de camino para quedarse con ella y así Sebastián pudiera ir a su casa a descansar un rato y pegarse un buen baño. Él esperó hasta las doce, que era la hora más o menos en que solía pasar ronda el especialista, y así saber qué decirle a la familia respecto al estado de Jazmine con más coherencia.

Llegó el doctor por fin.

—Buenos días a todos, acabo de visitar a don Diego y está reaccionando bastante bien al fuerte medicamento. Se puede decir con seguridad que su vida ya no corre ningún peligro. Creo vaticinar que en un par de semanas estará en su casa, aunque con la ayuda de una enfermera hasta su total recuperación; sin embargo, la señora Aniz Jazmine, que acaba de ser sometida a una resonancia magnética, parece estar perfecta. Aunque el susto haya sido terrible, mañana se podrá ir a casa.

—Muchas gracias, doctor, por las buenas noticias —repuso Sebastián.

—Es mi trabajo, no hay de qué —dijo el doctor, acompañado de una sonrisa optimista.

Seguidamente cogió su *smartphone* y comenzó a marcar el número de la hija de la señora Jazmine, no antes de tomar un sorbo de su propia saliva. Los nervios y el cansancio se adueñaron de su memoria. El miedo a la respuesta de la hija a tales acontecimientos hizo que colgara la llamada antes de ser respondido. A pesar de no haber fumado en su vida, se dirigió a una máquina expendedora de tabaco, introdujo un billete, dándole a la primera foto que se iluminaba sin interesarle lo más mínimo la marca de cigarrillos. Tan solo quería encender uno para ver si de esa manera sacaba fuerzas para hacer la dichosa llamada, como el que necesita de una copa de *whisky* para enfrentarse a sus demonios. En el fondo, él se decía que no tenía nada que temer, la señora Jazmine estaba bien, solo tenía que permanecer un día más en el hospital, ni siquiera perdería el vuelo. Al mismo tiempo que le daba una calada sin tragarse el humo y con una botella de agua para, en cuanto terminara el cigarro, quitarse el sabor del tabaco, que le daba náuseas, pensaba en que lo más seguro sería que salieran en las noticias internacionales los hechos y algunas fotos y los nombres de los allí presentes.

—¡Por fin! —se dijo al apagar el cigarro—. No me queda más remedio que hacer esa llamada.

Volvió a marcar el número y se lo explicó de la mejor manera que pudo.

—Entonces, ¿ella se encuentra bien de verdad? Porque, si no es así, cojo el primer avión a París —dijo su interlocutora.

—No tienes nada de que preocuparte, te doy mi palabra. Gracias a Dios, todo ha quedado en un buen susto en lo que a nosotros se refiere, aunque por desgracia el dueño, que es nuestro amigo, está herido grave. Los fallecidos han sido los dos agentes de seguridad, por desgracia, y los dos atracadores.

A ambos lados del teléfono se hizo el silencio total, como si todo estuviera arreglado y siguiera como lo previsto, hasta que ella le dijo:

—Entonces de momento no he de preocuparme por la salud de mi madre.

—Exacto, no tienes que preocuparte de nada. Llegará el día y a la hora prevista, y todo habrá quedado en un susto.

—Espero que así sea, mis condolencias para los fallecidos, y esta noche rezaré para que el señor don Diego salga de esta. Dele un fuerte abrazo a mi madre y dígale que me llame en cuanto se encuentre con las suficientes fuerzas.

—No se preocupe, sus deseos son órdenes para mí. Un fuerte abrazo, ya se encarga usted de comunicárselo al resto de la familia. Muchas gracias por su comprensión.

Al cabo de unas horas, el buzón de voz de Sebastián estaba a rebosar: sus abuelos, amigos de la residencia, directores de museos de medio mundo, todos querían saber la noticia de primera mano, sin interferencias. En cuanto dispuso de un rato, comenzó a devolver las llamadas siempre intentando acortarlas lo máximo posible, el tiempo no le sobraba.

Llegó la despedida de la señora Aniz Jazmine. Apenas le quedaron secuelas físicas, pero a su edad no dejó de ser un trauma, que acabó con el sueño que estaba viviendo en París; pero antes se pasó a despedirse del señor don Diego, que había mejorado a pasos agigantados. Salió del coma y recuperó toda su memoria, prometiendo a la señora Jazmine que, en cuanto estuviera recuperado, haría un viaje a Bombay para visitarla, diciéndole:

—No estoy dispuesto a que unos malhechores impidan que la conozca más a fondo si usted me lo permitiera.

—Por supuesto que no, yo estaré esperando ese día con impaciencia; de todas formas, estaremos en contacto a través de nuestro amigo en común.

Ella se acercó a él y le dio un caluroso beso en la frente al mismo tiempo que le cogió su gruesa mano.

—Debemos partir, señora Jazmine, si no quiere perder el vuelo. Su familia la espera con ansia y una pizca de preocupación por todo lo ocurrido —señaló Sebastián a la vez que sacaba un pañuelo para que la anciana se secara los espesos lagrimones que surcaban sus sonrojadas mejillas.

En cuanto el avión despegó, Sebastián y Mirabella se dirigieron a su casa para darse un buen baño y descansar.

—Si quieres, en cuanto descansemos un poco, vamos juntos a casa de mis padres, cenamos allí y recogemos a Benjamín. No quiero que nos vea con este aspecto.

—Bien pensado, cariño. Siempre se ha dicho que como una madre no hay nada, yo casi que me había olvidado del pequeño por un instante, esta semana apenas si hemos estado con él y, para colmo, esta maldita tragedia.

En cuanto llegaron a su casa, decidieron meterse juntos en la amplia bañera. Se acariciaron, se besaron ansiosa y amargamente, pusieron rumbo a la gran cama e hicieron el amor como un par de desquiciados. Sus bellos cuerpos se fundieron en uno, como si hubiesen inventado un nuevo metal, y así se quedaron durante más de una larga hora, llorando de rabia y placer como nunca antes habían experimentado; luego se dieron una ducha rápida y pusieron rumbo a la casa de los padres para el esperado reencuentro con la familia. Tocaron el timbre y abrió Filippe. Se abrazaron. En el pasillo, el pequeño Benjamín exhausto corrió para lanzarse a los brazos de Mirabella y después de su padre, a los que tanto echaba de menos. Por fin había acabado esa maldita pesadilla.

Mientras se montaba la mesa, Sebastián dijo que quería hacer una llamada urgente. Salió a la terraza y marcó el número de sus abuelos para informarles de todo y para que no estuvieran angustiados, ya que todos los noticiarios de televisión, periódicos e internet estaban llenando su tiempo de lo ocurrido en el restaurante asador La Maison du Galicia. Tal fue su repercusión que la noticia fue tratada sin cesar por medio mundo.

A partir de ese día, Sebastián recapacitó sobre su vida de éxito y ajetreo, y decidió ir cambiando progresivamente para estar más tiempo con sus seres queridos, planificar de la mejor manera posible su apretada agenda e intentar comprometerse lo menos posible con grandes proyectos que le robaran más tiempo de lo justo y necesario, por lo cual decidieron pasar largas temporadas en la Casa Alegre, en el sur de Granada, junto a sus abuelos y los incombustibles maestros de la residencia.

Para él, la vida sin arte no era vida y mandó construir un nuevo estudio con altas paredes en piedra rústica, junto a una antigua era que mantenía intacto los poyetes semicirculares cerca de la Casa de Alegre, lo bastante grande y con el suficiente material para aprovechar el largo tiempo que allí pasaría y unas grandes cristaleras para aprovechar así lo más posible la típica luz de la costa tropical. Solo así permanecería junto a los suyos, aunque tuviera que trabajar en sus nuevos proyectos artísticos. Toda la responsabilidad de la empresa de momento la delegó en su socio Stuard, que seguía amando el mundo de los negocios. Era justo lo que había mamado desde su nacimiento y lo llevaba en la sangre, al igual que su progenitor.

La aldea se iba haciendo cada vez más famosa y no tardó en ir creciendo año tras año hasta convertirse en un pueblo en auge, sobre todo por culpa de la fama de Sebastián, que subía como la espuma, con más fuerza si cabe por la repercusión que tuvo lo sucedido en el restaurante La Maison du Galicia.

Algunos descendientes de la aldea regresaron para abrir algunos negocios, como tiendas de ultramarinos, una tienda de todo tipo de tecnología y consumibles, otra de suvenires, otra de productos ecológicos, una carpintería; incluso una joven se atrevió con una coqueta librería; él ya había hechos sus pinitos con un pequeño libro de cuentos infantiles que tuvo bastante aceptación.

Eso sí, siempre respetando la estética del lugar y la mayoría de las construcciones que se llevaban a cabo en casas en ruinas o en mal estado, de manera que resurgían de sus cenizas como lo hacían los bosques incendiados después de muchos años de letargo.

El turismo que llegaba hasta ese precioso lugar era un turismo ecológico y muy concienciado, a la vez que respetuoso con la madre más grande de todas, la madre naturaleza.

No obstante, Sebastián tuvo la brillante idea de crear una comunidad sin ánimo de lucro, aunque no eran pocos los donativos que recibían, sobre todo de muchos ancianos de la Casa del Artista, para lograr hacer que se cumplieran unas estrictas normas de urbanismo sostenible y leyes para todos los negocios que se iban abriendo y que los nuevos vecinos las cumpliesen al dedillo, haciéndole firmar una documentación a cualquiera que quisiera comprar o alquilar cualquier inmueble o finca en la aldea y en los aledaños. Ya se había convertido en un bello pueblo de ensueño y en las afueras se podían divisar unas cuidadas construcciones tales como cortijos de fin de semana o cuadras de animales; incluso una granja escuela que en breve sería inaugurada por el mismísimo ministro de Medio Ambiente. Todo se regía por el mismo rigor y aplomo para todos, tanto para los españoles como para los extranjeros, sin importar la creencia religiosa ni política de cada cual, y menos aún el sexo.

Al cabo de los años, Sebastián pasaba ya más tiempo en su nuevo estudio de la aldea que en el de París.

Don Diego también se hizo con una vieja casa en la aldea para restaurarla. Apenas tardó en tenerla lista para ser habitada; así se aseguraba que su hijo lo visitara cuando su trabajo se lo permitiera, puesto que el anciano don Diego ya había reservado una plaza en la residencia para cuando ya él no se pudiera valer por sí solo, no sin la colaboración de su querido amigo Sebastián.

Después de su larga recuperación del incidente, se fue a visitar a la señora Aniz Jazmine dos semanas a Bombay, proponiéndole que se fueran a vivir juntos a París. La misma, que rechazó la propuesta, de forma triste y cabizbaja le dijo:

—Muchas gracias, mi querido don Diego, pero mi avanzada edad y mi familia tienen mucho peso en mi decisión de no aceptar tu maravillosa propuesta.

Estaban cenando en el Léopold, un coqueto y lujoso restaurante del hotel donde se alojaba don Diego, el Taj Mahal Palace. Era la última noche que don Diego pasaría en Bombay.

La señora Aniz Jazmine, después de un brindis, miró fijamente a los ojos de don Diego y le dijo con una voz aterciopelada y dulce como el almíbar:

—Don Diego, me gustaría pasar toda la noche junto a usted en el hotel y desayunar juntos en la cama. Perdóneme por mi atrevimiento, pero leo en su mirada que desea lo que le acabo de decir, pero no tenía el valor de pedírmelo, y algo en lo más profundo de mi anciano ser me dice que será la primera y última vez que pasemos una noche juntos los dos solos.

Las lágrimas de la señora surcaban las sabias y bellas arrugas de su rostro envejecido, con una alegría y tristeza a la vez sin igual, difícil de explicar. Don Diego le cogió las manos, acariciándolas con suavidad para no hacerle daño y, a pesar de que hizo el esfuerzo para que no se le escaparan algunas lágrimas después de lo que acababa de oír, al final estas salieron con brusquedad de sus ojos. La verdad de lo que había dicho la señora era implacable.

—Está bien, querida, pasemos esta noche juntos, aunque me gustaría volver a visitarte algún día; pero, si esto es tu deseo, lo respetaré. Si por alguna casualidad cambiaras de opinión, no dudes en comunicármelo, y volveré a tu encuentro. Prométemelo, por favor.

—Te lo prometo; de todas formas, me gustaría que siguiéramos hablando por videoconferencia, siempre que tú también quieras, claro.

—Por supuesto, querida.

Terminaron sus copas, se cogieron de la mano y se dirigieron a la habitación como unos recién casados, pero llenos de una alegría verdadera y llena de experiencia y esperanza de que una velada como esta se volviera a repetir.

Don Diego abrió la puerta de la habitación.

—¿Sabes qué me gustaría hacer en este instante? Siempre que usted me lo permita, por supuesto.

—Adelante, dispare.

—Me gustaría cogerla en brazos y llevarla hasta la cama.

—Pues claro que sí, siempre que tenga cuidado de no tirarme al suelo, mis huesos están ya muy desgastados.

Don Diego la cogió con sumo cuidado dando unos pasos cortos y firmes hasta dejarla caer en la cama con delicadeza y esmero.

Toda la noche transcurrió con risas de torpeza y juegos tántricos escuchando de fondo, la música celestial de Jordan Henderson.

# Capítulo 32
# EL RENACER DE LA ALDEA

Después del quinto aniversario del fatídico día del restaurante La Maison du Galicia, la aldea ya se había convertido en un verdadero pueblo bastante productivo, sobre todo en turismo rural y cultural. Con los fondos que se iban recaudando construyeron un gimnasio, una biblioteca y un gran museo, este último en una antigua almazara de aceite de oliva.

En el museo se exponían mayormente obras de Sebastián, pero de vez en cuando hacían unas magníficas exposiciones de otros artistas de diferentes países y de todo tipo como de fotografía, esculturas ecológicas, también en 3D, y muchas más.

Para este día tan especial, el día de la inauguración del museo, contrataron para el *catering* al hotel de la señora Sarah Lover, que hacía poco tiempo que había quedado viuda. Su relación con Sebastián era tan fuerte que no escapaba a los chismorreos de lugareños sobre ellos, a pesar de que la diferencia de edad era bastante grande como para no pensar que tuvieran algún tipo de romance. Al parecer, la culpa de tal chismorreo la tenía que en muchas ocasiones Sebastián se quedaba solo durante grandes temporadas mientras que Mirabella y Benjamín visitaban a sus padres en París, y también lo bien que todavía se mantenía la señora Sarah Lover. A pesar de haber enviudado hacía apenas un año, su belleza y simpatía quedó intacta, y al parecer alguien en el pueblo los había visto juntos dar largos paseos por las afueras y por la orilla del arroyo a altas horas de la noche.

No en vano, alguien que conocía muy bien a Sebastián y gozaba de su amistad se tomó unas copas de más en una cafetería del pueblo y dijo haber escuchado decir por teléfono a Sebastián que tenía una relación de amistad tan estrecha que rozaba con el amor y la lujuria con una persona mayor que él, y este incidente llegó a oídos de Mirabella, la misma que no tardó en coger el primer vuelo para Granada y darle una sorpresa a Sebastián y así aclararlo todo y cerciorarse de lo que allí acontecía, a pesar de que ambos confiaban mutuamente en su relación; pero a veces los chismes traspasan la coraza de la confianza de la pareja más fuerte y unida como la espada de un samurái cortando un trozo de mantequilla.

Las once de la mañana, Sebastián se encontraba inmerso en un cuadro de grandes dimensiones y no menos lleno complejidad, cuando escuchó por la ventana el ruido de un auto. Asomándose al gran ventanal, pudo observar que se trataba de un vehículo de alquiler. Lo dedujo porque en el capó unas iniciales grandes indicaban el nombre de una de esas empresas de alquiler. A los pocos segundos, alguien golpeaba la puerta de roble con firmeza. Dejó sus pinceles en un tarro de cristal con agua y se dirigió con rapidez a abrir la puerta para descubrir quién había sido el pasajero del auto de alquiler misterioso. Cuando abrió la pesada hoja de la puerta y se topó con Mirabella, su cara de sorpresa lo decía todo y enmudeció.

Ella se le acercó y lo abrazó con todas sus fuerzas, le sujetó las mejillas con sus temblorosas y frías manos de francesa y lo besó con ansia y dominio como nunca había experimentado jamás el pobre Sebastián, que no tenía ni idea de a qué venía todo este número, hasta que por fin ella lo soltó y comenzó a hablar.

—Amor mío, ¿a que te he dado una sorpresa? Seguramente no se te había pasado por tu cabecita que me podría presentar aquí sin previo aviso, espero que te haya gustado.

—Pues en este preciso instante no sé qué contestar, aunque, a decir verdad, el beso me ha gustado como nunca, pero me ha sabido a un poco de rabia mezclado con amor y ansia, ¿o son cosas mías quizás?

—A decir verdad, algo de razón tienes, porque estoy aquí para estar unos días a solas tú y yo sin niños ni invitados de ninguna clase; pero, si te soy sincera, también estoy por las habladurías que han llegado a mis oídos.

—¿Se puede saber de qué demonios me estás hablando?

—¿Me estás diciendo que no te enteras de lo que se habla de ti y la señora Sarah? ¿Cómo puedes ser tan inocente con tu excelente inteligencia?

—Pues por eso mismo que acabas de decirme, cariño, mi enorme inteligencia está ocupada con lo que más me gusta hacer, con mis cuadros, con la escritura y todo lo demás, que de sobra lo sabes muy bien. Si hablan de mí porque en alguna ocasión he dado un paseo con mi mejor amiga, que les zurzan a todos, porque voy a seguir haciéndolo cada vez que a mí y a la señora Sarah Lover nos apetezca y nos venga bien, al igual que si tú quedas para tomar café con cualquiera de tus amigos. Si has venido a informarte de lo que aquí acontece, ya lo tienes.

—No te enfades, amor mío. Yo, hasta la fecha, he confiado cien por cien en ti, y lo sabes, pero las noticias que han llegado a mis oídos requerían de una visita urgente, además de que me apetecía estar a solas contigo. No te enfades conmigo; a fin de cuentas, te he dado una sorpresa, ¿verdad?

—Si has venido para convencerme de que no pasee con la señora Sarah, de antemano te digo que voy a seguir con esos paseos, llenos de paz y armonía. Deberías saber que jamás sería capaz de tener sexo con mi mejor amiga, nuestra relación de amistad es algo más que eso; además, de sobra sabes que de vez en cuando comemos juntos en el restaurante de su hotel.

Mirabella se le acercó de nuevo y lo abrazó con firmeza, y notó la rigidez del cuerpo de Sebastián y pensó que algo no iba bien en su relación. Al parecer, vivir tan distanciados durante algunas temporadas no le hacía ningún bien a la pareja, por lo que deberían plantearse la vida de otra manera menos tóxica para ambos y evitar en todo lo posible el distanciamiento, a no ser que por cualquier motivo fuera estrictamente necesario.

Mirabella comenzó a desnudar a Sebastián y, mientras que él quería seguir hablando, ella le tapó la boca con una mano y con la otra le intentaba como podía desabrochar los sucios pantalones manchados de pintura.

—Para, por favor, cariño. ¿Por qué no nos vamos a la cama?

—¿Y por qué no te callas y disfrutas del momento?

Ambos cayeron en el parqué besándose con locura y haciendo el amor hasta llegar al éxtasis. Cuando todo se acabó, desconectaron sus cuerpos húmedos, y durante unos minutos miraban al alto techo del estudio sin decir nada. Se cogieron de la mano fuerte en demasía y era tal el silencio que tan solo se escuchaba el latido de sus corazones alborotados.

Al cabo de unos días, Mirabella regresó de nuevo a París para estar unos pocos días y regresar con Benjamín. Cuando se despidieron, ella le dijo:

—No te preocupes por mí, me voy muy convencida de que son habladurías. Dile a la señora Sarah que a mi regreso quedaré con ella para comer a solas con ella y hablar de lo ocurrido y pedirle disculpas por llegar a pensar cosas extrañas.

—No te preocupes, amor mío, se lo diré en cuanto la vea. Ella hace oídos sordos a los comentarios estúpidos, está acostumbrada de siempre. Su encanto y su elegante belleza la hacen prisionera de chismes y envidias.

—Qué razón tienes, pero no te olvides de mí en ningún momento del día, ¿vale? ¡Ja, ja, ja!

—Lo tendré en cuenta, incluso cuando pasee con mi amiga.

—Pues dicho está, nos vemos en unos días, amor mío. Me quedan dos horas de viaje hasta el aeropuerto de Málaga. Para venir lo hice por Granada, que quedaba un asiento libre.

—¿Quieres que te lleve? Y otro día le pido el favor a algún vecino para entregar el coche de alquiler.

—Ni hablar, creo que conduzco lo suficiente bien para que me vengas con esas cursiladas.

—Está bien, como quieras, pero conduce con cuidado, sobre todo hasta llegar a la autovía. El cielo se está oscureciendo y no me gusta, conduce con cuidado extremo si caen algunas gotas de lluvia.

—Que sí, pesado. Te estás volviendo un cascarrabias.

Ella se introdujo en el coche de alquiler y salió con rapidez y audacia. Sebastián no le quitó la vista de encima hasta que el vehículo desapareció tras la tercera curva de la serpenteante carretera comarcal y al cabo de unos pocos minutos unos estruendos truenos y relámpagos se adueñaron del cielo gris y comenzó a llover fuerte como hacía años que no se veía; sin embargo, él se dirigió corriendo al estudio huyendo de la fuerte lluvia y así continuar con su obra, que le tenía bastante ocupado.

Apenas había transcurrido una hora cuando de repente sonó el móvil con un fuerte estruendo. Recibió una llamada de un agente de la Guardia Civil de Tráfico para comunicarle que Mirabella había sufrido un grave accidente justo en la rotonda que había antes de coger el carril de acceso a la autovía dirección a Málaga y que hiciera el favor de esperar al taxi que en breve lo recogería para llevarlo al Hospital Santa Ana de Motril y no cogiera su propio coche, y así evitar males mayores.

—¿No puede ser un error, señor agente?

—Por desgracia, no es ningún error, señor Sebastián. Ahora mismo tengo la documentación en la mano. Por favor, tranquilícese y espere al taxi, y no cometa ninguna estupidez.

En ese preciso instante sonó el claxon de un vehículo. Él tan solo cogió el móvil y su cartera, y salió como un desesperado hacia el taxi para no perder el más mínimo de tiempo. En cuanto se abrochó el cinturón de seguridad, le preguntó al taxista desesperado que si había visto algo del accidente y este le contestó que había venido por otra carretera. Sebastián enmudeció para no distraer al taxista a la vez que los nervios y el miedo habían paralizado su cerebro, hasta que a lo lejos se podían leer las letras de neón de color azul donde se podía leer claramente «Hospital». «Por fin, gracias a Dios hemos llegado», se dijo a sí mismo el desubicado Sebastián. En su interior sabía que la cosa no pintaba nada bien, aunque en algún resquicio de su cerebro quería pensar en positivo para sacar fuerzas y enfrentarse a lo que aconteció ese maldito día.

—¿Cuánto le debo, señor? —le preguntó con el lógico nerviosismo que se apodera de cualquier persona a la que le comunican un suceso grave al igual que incierto.

—Nada, caballero, ya se hace cargo el seguro del coche. Espero que le den buenas noticias allí dentro.

—Gracias por todo.

—No hay de qué, tome mi tarjeta por si acaso me necesitara.

—Gracias de nuevo, conduce usted muy bien.

Cerró la puerta del taxi con cuidado y se apresuró para llegar a la recepción del hospital.

—Buenas noches —saludó—. ¿Mirabella dónde se encuentra en este momento?

La joven y guapa recepcionista se levantó para acompañarle a la sala de espera, junto a la sala de operaciones, para intentar tranquilizarlo y darle ánimos. Se percató de que, aunque no lo aparentase en demasía, estaba destrozado y a punto de derrumbarse.

—Es usted el señor Sebastián, ¿verdad? Le estábamos esperando, su aseguradora nos avisó de que se dirigía hacia aquí en taxi. Acompáñeme, por favor.

—Sí, soy yo. ¿Cómo se encuentra?

—En este preciso momento la están interviniendo. En cuanto acaben, saldrá el doctor y le explicará cómo está la situación. Por lo poco que he podido observar, todo pinta a que va a salir bien.

—Está bien, confío en que tenga usted razón.

—No se preocupe, señor Sebastián, su señora está en muy buenas manos, el doctor Balaguer goza de muy buena reputación. Según tengo entendido, es uno de los mejores cirujanos del país y eligió estar en este hospital porque está enamorado de este precioso rincón de Andalucía.

—Ojalá tenga usted razón en todo lo que acaba de decirme.

—Siéntese allí, ahora mismo le sirvo un té o cualquier otra cosa que le apetezca.

—Sí, por favor, un té verde me vendrá bien.

—Ahora mismo se lo traigo.

En cuanto se quedó solo en la sala de espera, se desplomó en un sillón de piel que había enfrente de una mesita. De repente, se sacó el móvil del bolsillo que tenía en silencio y pudo observar que tenía unas diez llamadas perdidas, y se quedó algo petrificado sin saber a quién llamar primero, y menos aún qué decir. Sus lágrimas y pensamientos se entremezclaron, el tiempo pareció detenerse en seco, el silencio era absoluto. De repente, su cuerpo comenzó a sentir escalofríos, los mismos que fueron interrumpidos por el aura de belleza y bondad de la joven recepcionista, que le traía una bandeja con una tetera, una taza y unas pastas de mantequillas fabricadas en Bélgica. Él reaccionó; su cuerpo y sus manos, también. Dejó el móvil en la pequeña mesa para servirse un poco de té, miraba a la joven como si estuviera mirando a su amada. Esta se percató sonrojándose enseguida. Al mismo tiempo que asentía con su cabeza, le echó el brazo en el hombro.

—Tranquilícese, señor Sebastián, usted es un genio, seguro que superan esto juntos. Para que usted lo sepa, soy una gran admiradora suya. He leído sus tres libros, son fascinantes y me encantan sus cuadros, pero de momento mi bolsillo no se puede permitir comprar ni siquiera medio de cualquiera de ellos, aunque en estos duros momentos no creo que le interese la opinión de una fan. Espero que pueda descansar un poco y sepa que estaré a su entera disposición durante toda la noche.

Él tan solo la miraba sin saber qué decir al respecto, pero de repente despertó de su letargo y le dijo:

—Muchas gracias, le agradezco su admiración y atención sobre mi persona, pero mi preocupación es tan grande que todo lo que me rodea parece empequeñecer por segundos. Perdóneme si me he quedado mirándola fijamente, tan solo pensaba en mi querida Mirabella.

La joven se le acercó posando su delicada mano en el hombro de Sebastián y le dijo:

—No se preocupe, señor. A pesar de mi corta edad, siempre intento ponerme en el lugar de las personas que esperan a un familiar o amistad que entra en urgencias, y más aún si está en el quirófano.

—Gracias por tu comprensión.

—Me voy al mostrador a seguir con las fichas. Si necesita alguna cosa, no tiene más que decírmelo. Estoy a su entera disposición, señor Sebastián.

—Gracias, lo tendré en cuenta.

Hicieron falta tres horas de operaciones para intentar salvar la vida de Mirabella, pero en el último segundo en la cama del quirófano sonó un pequeño gruñido, como si de un pequeño animal se tratara. Por desgracia, ese fue el último suspiro de la preciosa Mirabella. Los sanitarios se quedaron sin palabras. Uno de ellos intentó reanimarla, pero fue inútil. Tanto se obstinó en recuperarla que otro de los médicos tuvo que despegarlo del cuerpo de la recién fallecida, el mismo que se encargaría de darle la mala noticia al destrozado y cabizbajo Sebastián. Cuando la joven recepcionista se percató del rostro del doctor que venía con una carpeta entre las manos, salió a su encuentro.

# Capítulo 33
## COMIENZO DEL FIN

La joven se acercó con cautela, posando con lentitud su mano fina y suave como la seda sobre en la cabeza de un abatido Sebastián. Este apenas se percató y ella soltó una especie de tosecilla falsa para que no se sobresaltara. En el mismo instante en que Sebastián levantó la mirada y miró a los cristalinos ojos de la joven recepcionista para luego desviar la mirada al pasillo y vio que se acercaba un doctor con una carpeta en su mano derecha, se levantó de un salto. Por su cabeza solo pasaban imágenes de su querida Mirabella, desde el primer día en que la vio en la residencia, y muy seguidas todas las imágenes de ellos juntos en todos sus viajes, la primera vez que hicieron el amor, cenando juntos en algún restaurante, posando para que él la plasmara en el lienzo, en las fiestas de Navidad, con toda la familia, con el pequeño Benjamín acurrucado en su regazo, cuando se bañaban en el lago, cuando iba cogida de la mano de la señora Aniz Jazmine, tan sonriente, tan sumamente alegre. Tal era su fuerza y belleza que parecía que algo tan bello no podía apagarse por nunca jamás.

Intentó mantener la compostura deseando escuchar alguna buena noticia, pero la fatídica realidad se le echó encima.

—Dígame, doctor, ¿cómo ha salido la operación?

—Siento tener que comunicarle el fallecimiento por derrame cerebral que ha sufrido su querida Mirabella. Al parecer, el airbag lateral no se abrió a tiempo, según he podido leer en el informe pericial de atestados, debido a un fallo de fábrica de esa firma.

Sebastián enmudeció, pálido, con los ojos enrojecidos y llenos de lágrimas, que parecía tenerlas amarradas para no llorar delante del doctor. De pronto, sus piernas no eran capaces de sujetar el peso del dolor, cayendo a desplome sobre el frío suelo del hospital. Ambos al mismo tiempo quisieron agarrarlo para que no cayera y se hiciera daño, pero tanto el doctor como la joven no pudieron evitar que la cabeza de Sebastián se diera contra el suelo al mismo tiempo que se desmayó, como si su inconsciente quisiera morir para irse con ella en su último viaje. La joven se sentó al lado del cuerpo abatido y cogió con mucho cuidado la cabeza de Sebastián para posarla entre sus muslos, hasta que llegara el celador con la camilla y pudieran subirlo entre todos. Mientras, el doctor le tomaba el pulso para comprobar que seguía con vida. La joven recepcionista se olvidó de su puesto; tanto fue así que ni siquiera escuchaba el sonido del teléfono, que no paraba de sonar. Ella tan solo le acariciaba las mejillas húmedas del llanto y con la otra mano le acariciaba el cuero cabelludo. Pareció sumirse en el sueño profundo de Sebastián hasta que llegó por fin el corpulento celador. Parecía como si fueran escogidos adrede ya corpulentos para poder manejar con relativa facilidad los cuerpos abatidos, dormidos o fallecidos. El doctor le dijo a la joven:

—Ya puede ocuparse de su puesto, señorita. Gracias por haber sido de gran utilidad.

Ella asintió con la cabeza sin quitar la vista al desmayado Sebastián y, cuando esta hubo cogido algunas fuerzas, se dirigió al interior del mostrador para coger el teléfono, que resonaba como un dragón enfurecido. Aunque la tristeza de lo que acababa de experimentar no se le iba de su rostro, intentó seguir con su trabajo como una auténtica profesional contestando con amabilidad a la primera llamada que atendió, siendo esta la del señor Ricard.

—Buenas, hola. ¿Quién está al otro lado?

—Hola, señor. Soy la recepcionista del Hospital Santa Ana de Motril, ¿en qué puedo servirle?

—Soy el señor Ricard, el padre de Mirabella, la joven que ha sufrido un accidente de tráfico, y estoy llamando a su pareja, que se llama Sebastián. Lo llamo a su móvil y salta el contestador. ¿Me puede pasar con él si se encuentra por allí cerca?

La joven recepcionista, algo temblorosa, no sabía en ese instante qué podía decirle al padre de la recién fallecida, y sacó todas las fuerzas de su corazón para explicarle la situación de la forma menos dañina posible.

—Verá usted, señor Ricard, ¿en dónde se encuentra usted ahora mismo?

—Pues en este preciso instante en el salón de mi casa en París y aquí tengo a mi esposa deseando saber cómo está su hija.

—Señor Ricard, abrázala, abrázala con todas sus fuerzas para que no caiga al suelo, como le ha sucedido a Sebastián, por eso no atiende a su móvil. Siento tener que comunicarle que su hija acaba de fallecer en el quirófano, ha sufrido un derrame cerebral del fatídico golpe que ha recibido en el accidente.

Durante un instante se hizo un silencio glacial. El señor Ricard enmudeció y la joven recepcionista del hospital no pudo ni tan siquiera reaccionar para romper el hielo. El silencio fue interrumpido por el llanto ahogado de la señora Jeanette. Al otro lado del teléfono, la madre, desesperada y abatida, comenzó a darle golpes en la espalda con los puños apretados a su esposo, que seguía fuera de sí.

La joven recepcionista por fin reaccionó al ver que se le acercaba al mostrador una especie de muerte viviente, pasándole el teléfono sin decir palabra alguna.

—Soy Sebastián, ¿con quién hablo?

—Con el padre de Mirabella. Por el amor de Dios, ¿eres tú, Sebastián? Dime que lo que acaba de decirme esa chica no es verdad, dímelo, por favor. Tengo a su madre pegándome golpes y apenas los siento.

—En este momento siento que me han arrancado las entrañas y comido el corazón a mordiscos. Se nos ha ido, señor Ricard, se nos ha ido para siempre. De aquí en adelante tan solo nos tenemos que conformar con sus recuerdos, qué otra cosa le puedo decir.

—Lo que no acabo de entender es la urgencia de ese esporádico viaje y el empeño de ir sola, solo para dos días; lo más seguro, es que tú seas la única persona que conozca la razón que la motivó. Ya nadie ni nada nos la va a devolver.

Sebastián no sabía cómo explicarle el motivo de tan repentino viaje que acababa de hacer Mirabella, su mente debió archivar la causa para otro día explicarlo todo con claridad. Al otro lado del teléfono se escuchaba sollozar fuerte y entrecortado el llanto de una madre desesperada, abatida, prácticamente aniquilada por el dolor de perder a su única hija, tan joven, tan sumamente bella y tierna.

De repente, la joven recepcionista, que estaba a un palmo de un devastado Sebastián, le volvió a dejar caer la mano encima de su hombro apretando sus dedos para llamar la atención de este, asintiendo la cabeza como para darle fuerza y pudiera seguir adelante con la conversación tan dura en un caso de esta índole. Sebastián la miró profundamente a los ojos comprendiendo lo que quería decirle y, aunque con una enorme pena, también hizo un leve movimiento de cabeza a la vez que aspiró con fuerza para poder seguir manteniendo tan nefasta conversación con el señor Ricard.

Los abuelos de Sebastián, que también estaban muy preocupados, avisaron a la señora Sarah, la dueña del hotel, para ir juntos al hospital y así poder acompañar a su nieto mientras operaban a Mirabella, sin saber lo que se iban a encontrar allí. Tras varios intentos fallidos de hablar con el nieto, decidieron desplazarse hasta el Hospital Santa Ana.

—Entonces, ¿qué hacemos, Sebastián? Cogemos el primer vuelo para Málaga y mañana antes del mediodía estaremos allí —le preguntó el señor Ricard.

—No tienen por qué desplazarse, moveré todos los hilos que haya que mover para que su hija esté en París en dos o tres días como mucho, a no ser que quieran que descanse eternamente junto a su tío don Luis Gasquet. Consúltelo con su esposa esta noche y por la mañana a primera hora ya hablamos de cómo lo vamos a hacer. Intentemos descansar algo para así mañana tener las ideas algo más claras.

—De acuerdo, ya no podemos hacer nada para que regrese a nuestras vidas, pero tenemos que ser fuertes. Los pequeños preguntan por ella, sobre todo Benjamín. Poco a poco se le irá explicando lo ocurrido para que lo puedan asimilar.

—Pues mañana a las ocho hablamos y tomamos la decisión.

—Está bien, intenta descansar, hijo.

—Lo mismo digo, señor Ricard.

Los dos colgaron al mismo tiempo. Por el altavoz se escuchó el nombre de Sebastián para que acudiera a la sala de resonancias para practicarle unas pruebas por la caída que tuvo al desmayarse. No quiso decirle nada del desmayo al señor Ricard para no dar más sufrimiento gratuito, ya estaba la cuota de dolor bastante alta.

Mientras tanto, los abuelos de Sebastián junto con la señora Sarah iban de camino al hospital en un taxi de la zona. Esa noche urgencias estaba muy tranquila, apenas había actividad alguna, era una mala noche para salir de casa y más aún para ir a urgencias para cualquier menudencia que pudiera esperar a primera hora del día. El taxista, que había sido el mismo que había llevado a Sebastián hasta el hospital, pensaba para sí mismo que la joven del accidente estaba muy grave para que los abuelos de Sebastián se dirigieran a esas horas de la noche, pero quiso ser prudente preguntando a la señora Sarah cómo le iba el hotel. Ellos se veían muy a menudo porque llevaba a muchos de sus clientes a los aeropuertos más cercanos; eso sí, hablaban despacio para no molestar a los ancianos, tristes y adormilados; la calefacción ayudaba a ello.

En cuanto cruzaron el umbral de la puerta de urgencias, pudieron ver a una joven guapa y asustada llamando a seguridad. Estaba discutiendo con una persona de malas pintas, drogado o ebrio. En su mano derecha sostenía como podía una herramienta punzante. Al parecer, le quería robar a la joven recepcionista algún medicamento que le sirviera de narcótico. El abuelo Guillermo, que a pesar de su edad y sus dolencias todavía podía presumir de tener una fuerza brutal, no se lo pensó dos veces, se abalanzó por la espalda del pobre diablo y cayó sobre él al suelo golpeando su mano con el arma blanca hasta que lo soltó. La señora Sarah y la abuela María se abrazaron chillando como locas. La joven recepcionista salió del mostrador para hacerse con una especie de destornillador manipulado con forma de navaja.

Ya se escuchaba el chillido de las botas militares del corpulento vigilante haciéndose con el malhechor, de forma que el abuelo Guillermo no se hiciera algún daño. Tras tanto alboroto, acudió un celador de guardia que estaría dormitando en alguna habitación; también acudió una enfermera veterana para hacerse con el control de la recepción. La joven estaba pálida, ni siquiera quería soltar el arma blanca por si el malhechor escapaba de los fuertes brazos del vigilante, algo más que improbable. La enfermera se le acercó y con dulzura le dijo:

—Tranquilízate, hija, ya ha pasado todo. Dame eso, no te vayas a cortar. Siéntate en la sala de enfermería y descansa un poco, ahora te llevo un poco de té.

La joven, pálida a no poder más, le dio las gracias. Apenas se la podía entender, pero era de suponer que le estaba agradecida por la atención; mientras, Sarah y la abuela María abrazaron a Guillermo, que estaba exhausto, y se dirigieron a la sala de espera por consejo de la enfermera veterana y robusta, a la vez que lo iban poniendo al corriente de todo lo sucedido, desde la pérdida de Mirabella hasta la mala caída de Sebastián, motivo por el cual le estaban practicando algunas pruebas cerebrales. Un dolor terrible y apagado conmovió a los tres, que se abrazaban sin parar de sollozar, intentando guardar la compostura, algo casi imposible, pues requería de mucho esfuerzo. La noche se convirtió en lo más parecido a un infierno; incluso la única belleza que había en el hospital hasta hacía poco era la joven y bellísima recepcionista, que ahora mismo estaba sufriendo un ataque de ansiedad, llorando como una Magdalena a moco tendido. El panorama era desolador. Al pasar un par de minutos, Sebastián asomaba por el pasillo, casi anestesiado de tantas pruebas y de tanto dolor de cabeza, el corazón roto y sus nervios aniquilados. Saludó a la robusta enfermera; esta le indicó con el dedo pulgar y un intento de buena cara que se dirigiera a la sala de espera; él hizo un gesto afirmativo, no tenía ni idea de a quién se iba a encontrar allí. Cuando abrió la puerta, los abuelos se le abalanzaron sobre él, convirtiéndose los cuerpos en un solo ser. La señora Sarah se contuvo y esperó a que esta dura situación pasara para poder abrazarlo con todas sus fuerzas, llorando fuertemente ante tal panorama. Sus lágrimas eran finas y cristalinas, no sabía hacia dónde dirigir su mirada. Era tan fuerte el amor y el dolor que había en el intenso abrazo de los abuelos y Sebastián que parecía que iban a estallar como una bomba nuclear. En cuanto el duro abrazo cesó, la señora Sarah se acercó a Sebastián; por unos instantes se miraron hasta que se fundieron en un fortísimo abrazo. Él lloraba sin parar, ella le decía:

—Llora, llora, amigo mío, desahógate, ya no puedes hacer otra cosa que desahogarte.

Él, como pudo y, con la voz entrecortada le preguntó:

—¿Por qué se la ha tenido que llevar Dios? Tan joven y bella, buena como ella sola, me la ha robado, igual que me quitó a mi madre, señora Sarah, a la que ni siquiera llegué a conocer ni por un instante, ¿por qué? ¿Por qué me han privado del amor de mi madre y ahora el de mi amada Mirabella, si yo lo único que he hecho en mi vida ha sido intentar superarme y mejorar día a día e intentar ayudar a las personas de la misma manera que me han ayudado a mí?

La señora Sarah seguía abrazándolo con todas sus fuerzas, la boca muy cerca de su oído.

—Tienes que ser fuerte, querido amigo. Tú has venido a esta vida para ser un genio y no puedes rendirte. Tu madre y Mirabella no te lo perdonarían, tienes que seguir creando esas fantásticas obras, y sobre todo escribe, saca toda la furia y plásmala en grandes cuadros, en buenos libros, y así ayudar a gente que ha sufrido semejantes pérdidas. Además, me tienes a mí para todo lo que necesites.

Sebastián se tranquilizó un poco después de escuchar la dulce voz de su amiga dándole algunos buenos consejos.

Se soltaron con lentitud, mirándose fijamente a los ojos llorosos de ambos, y cogidos de la mano se fueron acercando a los asientos incómodos y fríos de la sala de espera. Sus abuelos observaron la fuerte amistad que los unía. La abuela María, que estaba a su lado, le acariciaba la cabellera para intentar darle consuelo a su manera; por el otro extremo, su abuelo posó su mano en la rodilla del nieto al mismo tiempo que abría los ojos sin saber qué decirle. Sebastián asintió varias veces al mismo tiempo que decía:

—He de ser fuerte, tengo que ocuparme de Benjamín. A ver cómo me las arreglo con el pequeño ahora que su madre se ha ido para siempre. Mañana a primera hora hablaré con el señor Ricard para organizar el funeral.

—Estas desgracias no se pueden dejar para otro día, hay que ir improvisando sobre la marcha —dijo el abuelo con sus palabras quebradas.

Al cabo de unos minutos, ya algo recuperada del susto, asomaba su bello y angelical rostro la joven recepcionista. Sebastián levantó despacio su mirada y por un instante le pareció que Mirabella había resucitado, hasta que la chica habló.

—Buenas noches, ¿cómo están? Mi nombre es Alice. Para cualquier cosa que necesiten, tan solo tienen que tocar el timbre que hay justo a su espalda.

Sebastián le dio las gracias y, sin pensarlo siquiera, le dio una tarjeta de visita.

—Tome, señorita, por si tienen que llamarme para cualquier papeleo. Necesito tomar un café. A propósito, ¿la cafetería del hospital está abierta en este momento?

—No, señor Sebastián, pero justo a la salida diríjanse hacia la izquierda y hay una pequeña y acogedora cafetería que está abierta veinticuatro horas.

—Muchas gracias, señorita Alice. ¿Quiere que le traigamos un café o algo para picar?

—Ya que lo dice, un capuchino, que lo suelen hacer muy buenos. Gracias.

—Está bien, en un rato estamos de vuelta.

Los abuelos se cogieron del brazo y la señora Sarah hizo lo mismo con Sebastián y se dirigieron a la cafetería, tan tristes como despacio.

La joven y guapa Alice no le quitaba la vista al apuesto joven, aunque con un aspecto algo demacrado por tan cruel situación, pero nadie se percató. Una vez en la calle, el gélido frío que bajaba de la sierra parecía cortar la piel a tiras dando lugar a que se aferraran con más fuerza si cabe los unos a los otros. Ya en la cafetería, recién sentados recibió la llamada de su amigo y socio Stuard, quien en ese momento se encontraba en Nueva York, visitando el MoMa por unos problemas técnicos de la sala ingrávida del museo.

Sebastián miró el móvil con desgana, sumido en una triste amargura, al mismo tiempo que lo silenciaba, pensando en si lo descolgaba o no. Al cabo de unos largos y agonizantes segundos, tocó la pantalla con su pulgar, esperando la voz de Stuard.

—¿Eres tú, Sebastián? ¿Estás ahí? Háblame, por favor.

—Sí, mi querido amigo, estoy aquí junto con mis abuelos y la señora Sarah. Mirabella se me fue para siempre jamás. Dios me la acaba de arrebatar, al igual que hizo con mi madre.

—Amigo mío, lo siento de todo corazón, te mando un fuerte abrazo. Le he dicho a Nicole que mire billetes de avión para Madrid, ¿o voy a Granada directamente? Tú me dices qué hago.

—Si puedes, mejor espera a las ocho de la mañana, que he quedado en hablar con los padres para decidir dónde la enterramos, aunque creo que será en París. A mí me gustaría que descansara en el mausoleo junto a su tío Luis Gasquet, pero he de respetar la opinión de sus padres.

La señora Sarah, que era sumamente atenta, le ofreció un pañuelo para que secara las lágrimas que le salían hasta por la nariz.

—Está bien, mi querido amigo, esperaré a que me avises. Tú llámame en cuanto sepas algo, hablamos mañana. Intenta descansar un poco, te esperan unos días muy duros. Sé fuerte, hasta mañana.

—Hasta mañana, Stuard, gracias por llamar. En cuanto sepa lo que vamos a hacer, te llamo.

Cuando estaban terminando el café, Sebastián llamó al camarero con cara de cansancio para pedirle la cuenta y el capuchino para la señorita Alice. La noche en urgencias parecía estar muy tranquila, el reloj de pared anunció las tres de la madrugada con una melodía suave. En el mismo preciso instante en que se abrían las puertas, la señorita Alice dio un salto para recoger su encargo con el dinero en la mano, aunque Sebastián se lo negó. Ella soltó las monedas y el capuchino caliente en el mostrador, y en un acto reflejo cogió la mano de Sebastián con gran ternura dándole las gracias de todo corazón con su intensa mirada. Sus ojos eran tan grandes y bellos que lo abarcaban todo, con su mirada pareció llegar hasta lo más profundo del joven abatido, dándole un poco de vida. Todos quedaron estupefactos, sin tan siquiera saber qué decir.

—No hay de qué, señorita Alice. Gracias a usted por su esmerada atención en estos momentos tan duros que estoy pasando.

A lo que la joven contestó, seguramente sin pensar demasiado, o quizás pensándolo muy rápido:

—Es mi trabajo, pero sobre todo es la admiración que le tengo a usted lo que hace que no sepa qué hacer para que lleve esta situación lo menos dolorosa posible.

—Está bien, sea por el motivo que sea, gracias de todos modos. Y ahora, si nos disculpa, vamos a descansar un poco en la sala de espera.

—Sí, claro, faltaría más. Iré a por unas mantas por si la necesitan, de madrugada suele refrescar.

La señora Sarah observó las manos temblorosas de la joven Alice, sabía que eso significaba la fuerte tensión que generaba la presencia de Sebastián en la joven, pero no dijo nada al respecto. Lo diría en otro momento y en otro lugar.

La aguja del reloj sencillo y sin grandes pretensiones que colgaba encima del marco de la puerta de salida que había en la sala de espera marcaba las siete y media cuando Sebastián abrió los ojos. Sus abuelos ya estaban despiertos y la señora Sarah seguía durmiendo, apoyando la cabeza en el hombro de Sebastián, que no sabía qué hacer. Enfrente había una pareja de jóvenes que acababan de ingresar a su hija en urgencias por un ataque agudo de asma, cogidos de la mano y muy nerviosos mirando hacia el suelo de mármol blanco. Al cabo de unos minutos, Sebastián tosió con cierto pudor, para que su amiga despertara sin sobresalto alguno. Pronto recibiría la llamada del señor Ricard para concretar el lugar donde yacería para siempre jamás Mirabella.

En cuanto la señora Sarah se incorporó, dijo:

—Siento haberme quedado tan dormida, voy al baño para lavarme la cara y vamos a tomar café, ¿les parece bien? —dijo mirando a los abuelos, con rostros de cansancio y tristeza, que parecían haber multiplicado por dos sus marcadas arrugas en tan solo una noche.

—Está bien, dirigíos a la cafetería. Enseguida voy yo, que he de hablar con los padres de Mirabella, y ya os cuento luego.

Saliendo de la sala de espera, miró al mostrador y observó como la joven Alice se pintaba sus preciosos y carnosos labios. Terminaba el turno y recogía sus pertenencias para ir seguramente a casa a descansar. Cuando cogió a Sebastián por sorpresa mirando hacia ella, le dijo:

—Espere, le acompaño fuera y me despido de usted, yo he terminado ya. Adiós, Lucas, que te sea leve —le dijo a su compañero, que se quedó hecho un pasmarote al ver como Alice corría hacia ese tal famoso pintor, escultor y escritor de nombre Sebastián.

Ya fuera, en el pequeño jardín del hospital donde Sebastián esperaba la llamada del señor Ricard, la joven Alice se le acercó por detrás, poniéndole la mano en su hombro izquierdo, por tercera o cuarta vez en lo que iba de noche. Él giró la cabeza despacio para cerciorarse de quién se trataba, ya que por un instante pensó que podía ser la señora Sarah, cuando se dio cuenta de que era la joven y guapa Alice, que le miraba intensamente. Él apartó la mirada. En ese momento hubiese deseado que se tratara de Mirabella y por consiguiente hubiese resucitado, pero no era así; se tenía que conformar con su maldito destino de perder a su amada.

—Señor Sebastián, yo he terminado mi turno, voy a hacer unas pequeñas compras y luego a dormir. ¿Quiere que le mande un toque al WhatsApp y así tiene mi número de teléfono por si me tuviera que preguntar algo? Cualquier duda que tenga, estoy a su entera disposición para lo que necesite.

Aunque no quisiera tener contacto con nadie en demasía, sus ojos y su belleza en general hicieron que él pudiera hacer un gesto afirmativo con un pequeño movimiento de cabeza.

—Bueno, señor Sebastián, me marcho, ya no le molesto más, adiós. Espero que supere este trauma lo antes posible, llámeme cuando quiera o lo necesite.

Ella le dio un dulce beso en la mejilla y desapareció de su lado incluso antes de que él se percatara de que acababa de recibir un beso con una carga emocional fuerte llena de amor, cariño y esperanza.

—Adiós, Alice. Gracias por todo —le dijo él, con una voz apagada.

—Usted se lo merece, señor Sebastián —le dijo ya algo alejada y sin mirar hacia atrás la joven y llena de energía, con su preciosa melena balanceándose de un lado a otro de su fina y elegante espalda, aunque también agotada por su largo turno de guardia.

Sebastián se quedó pensativo, por su cabeza pasaba información de todo tipo y muy mezclada. Desde la primera vez que vio a Mirabella, sus paseos por el pequeño alcornocal, la primera vez que intentaron hacer el amor sin éxito en Miami, el día que le tapó los ojos en el estudio de París con el pañuelo de seda que le compró a la señora Aniz Jazmine... Tenía que llamarla para darle la mala noticia, y no solo a ella. En cuanto acabara de hablar con el padre y la madre de Mirabella y supieran dónde tendría lugar el funeral, se lo comunicaría a las personas que él pensara oportuno. Le esperaba una jornada dura y penosa, ese día se había convertido en su peor día de los casi treinta años de su existencia; aun así, en un pequeño resquicio de su inconsciente se le quedó grabado a fuego el nombre y el rostro de la joven y guapa Alice, y, por más que intentara quitársela de su cerebro, no lograba conseguirlo. En ese momento sonó su móvil de última tecnología con música de una de sus canciones preferidas de U2, *Beautiful day*. Aunque no era un buen día para que sonara esa canción, tampoco cayó en la cuenta de cambiarla. Después de pensarlo toda la noche, decidió que quien debería tomar la decisión de dónde descansaría Mirabella debía ser su madre, la señora Jeanette.

—Hola, señor Ricard. ¿Han tomado ya la decisión?

—Sí, como comprenderás, nuestro hijo Philippe está destrozado, al igual que su madre, y no quiere ni siquiera hablar de dónde queremos darle sepultura a su hermana. A Jeanette y a mí nos gustaría traerla a París, pero, después de pensarlo más pausadamente, hemos creído conveniente que descanse junto a su tío don Luis. A ella seguramente le hubiese gustado que fuera así. ¿Tú qué dices?

—Yo había pensado en esa posibilidad, pero preferí esperar a ver qué decían ustedes. Espero que me entienda.

—Pues claro que sí, qué le vamos a hacer, la vida es así de injusta y de nada vale perder los estribos, porque su madre está como ausente con los tranquilizantes. Voy a contactar con las personas que quieran acompañarnos a España y dejaré a los niños con la canguro de confianza, aunque Marcelo seguramente querrá ir a darle su ultimo adiós a Mirabella.

—Si le soy sincero, creo que no es buena idea que Benjamín vea las escenas de dolor, es muy pequeño todavía.

—Me pondré a buscar vuelos para Málaga.

—Yo me encargaré de todo aquí, tengo a mis abuelos y los agentes del seguro, que me ayudarán a organizar el entierro.

Las lágrimas le corrían a caudales tanto a Sebastián como al señor Ricard. Ambos se despidieron y se pusieron manos a la obra, no les quedaba otra que afrontar los durísimos momentos por los que estaban pasando. Stuard ya había comprado los billetes con destino a París, con lo que aprovecharía para ayudar en todo lo que fuera necesario a la familia de Mirabella.

—Señor Ricard, dele un fuerte abrazo a la señora Jeanette.

—Se lo daré sin duda alguna. Sé fuerte, hijo.

—Eso intento, creo que no me queda otra que aceptar mi destino. En cuanto al pequeño Benjamín, cuando todo esto termine, tomaremos la decisión que mejor sea para él.

—Eso está claro, entre todos encontraremos la mejor solución. De momento, comencemos a avisar a los familiares y amigos.

—Está bien, para antes del mediodía te llamaré para decirte cómo va lo del horario y todo lo demás.

—De acuerdo, vamos hablando.

Se despidieron para hacer frente a dos días muy duros, llenos de abrazos, llantos de amargura y algunas sonrisas escapadas de los recuerdos y la estela que había dejado atrás la maravillosa Mirabella. Los abuelos y la señora Sarah se marcharon a la aldea para descansar, mientras que Sebastián se quedó en el hospital para firmar toda la documentación necesaria y, mientras tanto, iba haciendo llamadas. A eso de las dos del mediodía recibió un SMS interactivo:

Hola, Sebastián, ¿cómo se encuentra? Me imagino que mal, pero recuerde que tiene que comer algo para no desmayarse. Aunque apenas hace horas que lo he conocido, me gustaría estar a su lado para poder abrazarle y acompañarle en este momento tan triste, aunque he de reconocer que querrá estar solo hasta que vayan viniendo los asistentes y familiares. De todas formas, si le puedo ayudar en cualquier cosa, me tiene a su entera disposición. Espero que no me malinterprete. Reciba un cordial saludo y recuerde, sea fuerte. Un abrazo de todo corazón.

FIN

# Índice